CHV

Weihnacht 1998

Liebe Ulli!

Ich hoffe, daß dieses Buch Deinem Geschmack entspricht! Ein erfolgbringendes, glückliches, schönes Jahr vor der Jahrtausendwende wünscht Dir mit Bussis,

Moray

Göran Tunström

Der Mondtrinker

ROMAN

Aus dem Schwedischen von
Hans-Joachim Maass

Carl Hanser Verlag

Die Originalausgabe erschien 1996
unter dem Titel *Skimmer*
im Albert Bonniers Förlag, Stockholm.

Der Verlag dankt dem Svenska Institutet in Stockholm
für die Förderung der Übersetzung.

2 3 4 5 02 01 00 99 98

ISBN 3-446-19294-8

Satz: Reinhard Amann, Aichstetten
Druck und Bindung:
Franz Spiegel Buch GmbH, Ulm
Printed in Germany

Es ist eine häufige philosophische Beobachtung,
daß wir auf die elementarsten Phänomene unserer
Existenz zuletzt aufmerksam werden und daß es uns
am schwersten fällt, gerade sie zu entdecken.

K. E. Løgstrup

I

Wie das Lächeln einer jungen Frau, die zum ersten Mal Botticellis »Geburt der Venus« im Original begegnet, tat sich auch dieser Morgen auf der Heide auf, wohin ich hinaufgeklettert war, um auf die Entfaltung meines Kraftflecks zu warten. Ich suchte mit dem Fernglas den Horizont ab, um mir bestätigen zu lassen, daß ich allein war und daß nichts von *Gegenwart* meine Gedanken stören würde.

Nichts. Die Wolken, die den Gipfel des Fretla beschattet hatten, verzogen sich plötzlich, und die Wiese vor meinem Sommerhaus hellte sich auf. Draußen auf dem Meer mit seinem kräftigen Blau wurde es weiß, und in einem kleinen Tümpel badeten Hunderte von Seeschwalben. Dort sah ich auch die Goldregenpfeifer, Austernfischer und Möwen, die von Zeit zu Zeit wie Schneewolken von den Vogelbergen aufflogen. Die acht Pferde des Kaufmanns stießen einander mit den Köpfen, und ein etwas kühler Wind wehte vom Gletscher herunter, um über die violetten Feldthymian-Kissen der Erdhügel zu ziehen und dann weiter auf die Lavafelder der Wildnis.

Dieses Land! Wie eine federlose, aufgedunsene Ente liegt es hier draußen im Atlantik, dieses Land, das Wagner hätte vertonen sollen. Wäre ich ein Dichter von Vaters Kaliber gewesen, hätte ich auch nicht gezögert, sein Librettist zu werden. Hier wollte ich sein und den Vollmond anheulen und mir das Erbeben der Unbegreiflichkeit ins Gedächtnis zurückrufen. Denn auf unseren Heiden kommt es zu anderen Gesprächen als unten in Reykjavik. Auf der Heide irren meine Gestalten in anderen Zusammenhängen umher als in denen, die ein hinderlicher Realismus zu fordern scheint. Hier tauchen sie am Rand des Blickfelds auf, nur um gleich wieder zu verschwinden, sobald ich sie fixiere. Hier oben sind sie noch Vorschläge, Ideen, Möglichkeiten. Ihr Charakter schwankt, kurz, ich *weiß* noch nichts, denn noch fürchte ich mich vor dem Wissen, das sich ja um einen schließt, so wie ein Buch, das man zu Ende gelesen hat, einen am Ende im Stich läßt.

Ich ging zum alten Isleifur hinein, um zu sagen, daß der Rauch aus dem Schornstein da unten meiner sei. Daß ich ein paar Wochen hergekommen sei, um nach Vaters Tod die Gedanken zu sammeln und zu schreiben.

»Ach so, Halldór ... Hab's im Radio gehört. Er ist nicht alt geworden.«

Isleifur trocknete die beiden Tassen ab, die er besaß, und bot mir etwas von seinem grünen starken Tee an.

»Und du selbst wolltest nach ...?«

»Paris. Aber Botschafter ist man ja nicht das ganze Leben.«

Ich saß am Fenster, wo sich der Altmännergeruch nicht so stark bemerkbar machte, und blickte auf den Grund und Boden hinaus, der Isleifur geblieben war; seine gesamte engere Verwandtschaft war ja beim Herrn, wie er es ausdrückte.

»Und dieser Fußball, der ist nie zurückgekommen?«

Er gluckste. Ich schüttelte den Kopf und sah, wie der Fretla weiter unten am Hang immer heller wurde. Jetzt traf der Sonnenschein schon auf meine Südwand. Von Isleifur hieß es, er könne selbst den Fuchs einholen, und er war es auch, der mir alles über die Heide beigebracht hat, was ich weiß. Über die Pflanzen. Über die kleinen Wesen unter der Erde. Darüber, wie man auf die Entfaltung seines Kraftflecks wartet. Über die Kolkraben. Es war Isleifur, der mich in einem Sommer, in dem Vater und ich bei ihm wohnten, bei der Hand nahm und zu dem mächtigen Nest auf dem unzugänglichen Felsen führte. Als ich später im Leben behauptete, ich wolle hinaufklettern und es mir näher ansehen, stieg ein unerklärlicher und nie zuvor gesehener Zorn in ihm auf:

»Niemals, mein Junge. Du darfst sie nie stören, sie sind wie ... wie.«

Er brachte diesen Satz nie zu Ende.

Als ich mit dem Abstieg begann, war aus dem Morgen Tag geworden; die Dinge hatten weichere Konturen angenommen, Dunst breitete sich um Bushaltestelle, Hafen und Pier aus, doch ich sah, daß Pastor Magnus Magnusson, unser Vorposten in Richtung Gott, wie gewohnt dort stand und wie an jedem Sonnabend seine Süßigkeiten aß.

Ich ging ins Haus, zu den weißen Papieren, dem Glauben und dem Zweifel, zu Kosmos und Chaos, um den Versuch zu machen, das Leben zu ordnen, das einmal gewesen war und in der Rekonstruktion erneut Gestalt annimmt, wenn auch nicht die *seines*, so doch *eines* Lebens, und wenn es kein Leben ist, dann vielleicht eine Erzählung, eine mehr oder minder angenehme Unterhaltung über die Lächerlichkeiten, die insgesamt den Namen der Liebe tragen.

II

Vater ist meine Mutter.

Er füttert mich mit Krähenbeerenkompott und Fromage aus Lavagelee. Er zwingt natürlichen Hai-Lebertran in mich hinein, er schneuzt mich und breitet zu Hause in der Küche seine mächtigen Schwingen über mir aus, in dieser Küche, die so manches Brot hat geboren werden und so manche Pastete hat aufgehen sehen. Man braucht nur die Augen zu schließen: viele Brote, viele Pasteten, ein Wald von Instrumenten, die noch lange weitersingen, nachdem die Lebenden sie in der Ecke am Herd verlassen haben. Mozart, Schubert. Die fallenden Quinten Haydns.

Musik – und das ist nicht nur bei uns so. Wenn man – nachdem man die Stille des Friedhofs passiert hat – in den Skáldastígur einbiegt, ist es, als beträte man einen magischen Sektor der Welt, vielleicht dank Fräulein Vigdis in der Eckwohnung. Ihr Fenster ist immer halb geöffnet, und ich weiß nicht, ob das Absicht ist, aber kaum hat man den ersten Schritt in unsere Straße getan, feuert sie »Aufforderung zum Tanz« oder ein anderes Erweckungslied ab, denn alles, was sie mit ihren Klavierlehrerinnenfingern anrührt, *wird* zu Erweckungsliedern, und eine Menge goldener Töne finden den Weg durchs Fenster ins Freie und fallen aufs Straßenpflaster, springen wieder hoch und umspielen die Beine der Passanten. Weiter hinten, in Nummer sechs, sitzt die kleine Alda und übt Etüden von Clementi, und ganz hinten singt sich das Mitglied des Pensionärschors der Meteorologen ein, um beim Herbstkonzert in Selfoss bei Stimme zu sein.

Ich kenne mich in der Straße aus, denn ich habe hier in allen Treppenhäusern Weihnachtszeitungen verkauft, bei Jón Oskarsson bin ich gewesen, wo es nach Schnaps riecht, bei der stillen Tante Herborg, die ihre Hunde in unsere Johannisbeersträucher pissen läßt, überall. Doch zu Hause fühle ich mich am wohlsten. Ich brauche nur die Augen zu schließen, dann sehe ich die noch lebenden Musiker vor mir. Den langweiligen Sveinn aus der Njalsgatan, Bjarni Helgason, den weißhaarigen, dessen Bratsche plötzlich auf den Klinkerplatten losrennt, wenn der Fretla grummelt und die Hauswände aufplatzen und ihre Risse erhalten, die bleibenden. Ich sehe, wie sich Bjarni vor Schreck krümmt und die Hände faltet. Allerdings hat er keinen Gott, zu dem er beten könnte.

Und Mordecai Katzenstein ist immer da, wenn ich die Augen schließe. Er hantiert mit den Gewürztüten aus Amsterdam, streicht sich Schnee aus dem Bart, und die Flammen der Stearinkerzen flackern über seinen Fingern.

Ist Lára dort? Manchmal, manchmal auch nicht. Meine seismische Mama mit dem Cello zwischen den Beinen, mit dem schweren schwarzen Haar, das ich vielleicht nur auf Fotografien gesehen habe. Meine Mama, die von den Adlersteinen erzählt, die lebende Junge zur Welt bringen. Von Lára, die von dem Fretla verschlungen wurde. Von dem Fretla, dessen Grollen die Luft erfüllt und die Häuser zum Erzittern bringt. Ja, sie ist bei Haydns Tönen dabei und in den Farben Mozarts enthalten. Sie ist als Seele dabei. Als Saga.

Dank einigen Fotografien weiß ich auch, wie Vater kurz nach meiner Geburt aussieht. Wie er mich in den Armen hält und mit seinen pflugförmigen Zähnen lächelt. Lang ist er, mit leicht gekrümmtem Rücken und eingefallener Brust, an der ich auf diesem ersten Foto in Windeln gewickelt ruhe. Männer mit zu kurzen Hosenbeinen und Jackenärmeln sehen trotz erheblicher Körpergröße unerwachsen und hilflos aus. Etwa wenn er wie ein Vogel den Kopf neigt, um meinen Blick zu suchen.

Ich weiß nicht, ob er ihn findet.

Die Kunst der Fotografie ist sonderbar. Auf dem zweiten Foto sitze ich, immer noch gewickelt, in seinem linken Ohr. Ich sitze bequem wie in einem Ohrensessel, sitze dank der

Doppelbelichtung auch in der Luft vor unserem Haus, oberhalb der Johannisbeersträucher, Vaters Stolz, die einmal im Jahr ihre Blätter entfalten, die ich im Lauf der Jahre zu berühren lerne, damit der Wohlgeruch sich in der Straße verbreitet.

Ich habe keinerlei Anlaß, gegen die ägyptische Sekte zu polemisieren, die der Ansicht ist, die Welt sei aus dem siebenfältigen schallenden Gelächter der Urgottheit Abraxas entstanden. Im Gegenteil. Ich würde gern Mitglied sein, wäre da nicht mein Erlebnis von *Schimmer.* Diesem absurden Leben zum Trotz, das ja meist dazu neigt, in einem totalen Fiasko zu enden.

Es kommt ja vor, daß Die Kurzlebigen in den Augen von Hinterbliebenen *schimmern.* Aber was ist mit denen, die in den Fünfzigern sterben? In den Nachrufen unseres Landes findet sich eine rührende Hilflosigkeit, und wenn ich mich recht erinnere, haben einige von Vaters Freunden dagegen angekämpft, als sie die Schlußworte über ihn formulierten, nämlich als sie behaupteten, er habe vor Liebe zu Dorsch, Schellfisch und Seelachs gebrannt. Ja, daß er diese Liebe gar in seinen echt isländischen Genen gehabt habe. Brachte das seinen Nachruf zum Schimmern?

Auf der dritten Fotografie meiner Kindheit – er hält mich wie eine Trophäe in die Luft – sehe ich ihn leuchten. *Wie* lange leuchten wir?

Vater war ein berühmter Mann.

Wenn er sprach, lauschte die Bevölkerung unseres Landes, denn er verlas im Radio den Fischereibericht. Er war beim Funk angestellt und war für verschiedene Sendungen zuständig, meist über Fisch, so daß ich mein Leben lang von Dorsch, Schellfisch und Köhler umgeben gewesen bin, nach und nach auch von anderen und unangenehmeren des Typs »Hecht im Karpfenteich«.

Vater war schon immer berühmt gewesen, weil er zufällig

das erste Kind war, das nach der Unabhängigkeit einen Blick in die Welt riskierte. Seine ersten Schreie wurden dokumentiert, sein Rülpsen an Mutters Schulter, die ersten taumelnden Schritte. Kein Wunder, daß er sich später noch oft einen Lebenslänglichen der Unabhängigkeit nannte.

An diesem Tag, mit dem ich beginnen möchte, saß ich wie gewohnt im Sessel unter Vaters Geige und betrachtete Den Heiligen Fußball auf seinem gläsernen Sockel. Nie gebraucht, ein wenig verschrumpelt, weil Vater sich bis zu den Füßen zu sehr bücken mußte. Es regnete heftig, und die Tropfen schlugen gegen die Fensterscheibe. Wenn man Regentropfen lange genug betrachtet, wird man am Ende sehr still und schläfrig. Jedenfalls wenn man nicht älter als vier oder fünf Jahre ist und recht oft einsam und still dasitzt. Einsam, still und stumm. Weil Vater Stille und Ruhe braucht.

Auch wenn er nicht zu Hause ist.

In der Einfalt meines Herzens glaubte ich damals, zu jener Zeit, daß mein absolutes Erstarren in Vaters Sessel ihm Frieden und Stille und Ruhe gab, auch wenn er sich in Feuerland befand. Dort befand er sich allerdings selten. Doch in Borgarnes und Djupivågur war er oft, unser fliegender Fisch-Korrespondent. In Akureyri und Arnastapi. Der Schellfisch zog ihn dorthin, der Dorsch und der Köhler. Sowie die eine oder andere Dame.

Ich lutschte am Daumen und hörte Radio. Stunde um Stunde, absolut still, in Erwartung von Vaters Stimme. Nachrichten, Wetterberichte, Kindersendungen, Musikkonzerte. Ich wurde ein gebildeter junger Mann mit dem Daumen im Mund und dem Teddy im Arm. Babysitter brauchte ich nicht. Ich zog mich an, aß von dem Essen, das auf geheimnisvolle Weise immer auf dem Tisch stand. Aquarien besaß ich auch. Nachts, wenn das Radio verstummt war, wachten Guppys und Schleierschwänze über mich. Von Zeit zu Zeit schwammen sie, wobei sie ständig über mein Leben wachten.

Es war wichtig, stillzusitzen: Das stellte Verbindung her. Es gab keine hinderlichen Bewegungen, keinen Lärm. Ich konnte diese Verbindung an Vaters Stimme ablesen, wenn er die Größe der Dorschfänge nannte, ja sogar wenn er sagte: »Das war alles für heute.« Da wußte ich, daß er wußte, daß ich ihm Ruhe und Frieden gegeben hatte.

An diesem Tag kam Vater mit gerunzelter Stirn, mit dem Tonbandgerät über der Schulter und der Aktentasche voller Tonbänder nach Hause. Er runzelte immer die Stirn, wenn er von irgendeinem Fisch-Seminar nach Hause kam. Es gab viel zu redigieren, weil der Fischereiminister fluchte, daß die Rundfunkwellen schwappten. Ohne zu grüßen, stiefelte Vater ins Badezimmer und wusch sich die Hände. Danach nahm er die Geige von der Wand. Eine andächtige Minute lang bat er Bogen und Saiten um Verzeihung, klemmte sich das Instrument dann zwischen Kinn und Hals und begab sich in die schmerzhafteste aller Melodien. »Der Tod und das Mädchen.«

Ich rührte mich nicht. Noch war es nicht Zeit dazu. Zeit war es, wenn er die Geige senkte und sagte:

»Endlich, Pétur. Endlich zu Hause.«

Nun war es so, daß wir Dorsch nach Nigeria exportiert hatten – einer vor kurzem eingegangenen Note zufolge schienen sie dort unten jetzt aber an Qualität und Geschmack der Ware etwas auszusetzen zu haben. Deshalb sei das Seminar trotz eines Brainstormings mit Kaffee und Cognac mühsam gewesen. Vater ließ durchblicken, daß keine Ideen ausgebrütet worden waren.

Dorsch schmeckt gut, wenn man Meerrettich und zerlassene Butter dazu hat. Meerrettich wächst auf Island nicht, doch ich hatte von Vater nach einer Norwegen-Reise eine Tube bekommen. Er war himmlisch. Aus diesem Grund fragte ich Vater jetzt, als er an seinem Schneidetisch saß, ob die Nigerianer Meerrettich und zerlassene Butter zu dem exportierten Dorsch äßen. Bei der Gelegenheit möchte ich gleich einflechten, daß diese meine Frage, die man wohl als meine erste politische »Äußerung« bezeichnen kann, unerwartete und für einige Menschen unheilvolle Konsequenzen hatte. Doch damals, in der freudvollen Stunde der Frage, war sie nichts anderes als ein Austausch von Wissensstoff zwischen Vater und Sohn.

Vaters Finger waren sehr feinfühlig, wenn sie sich über das Tonbandgerät bewegten. Es gefiel mir sehr, ihn arbeiten zu sehen, wie konzentriert er sich jedem Komma widmete, jedem Räuspern, allem, was »den natürlichen Fluß des Gesprächs« stören konnte, wie Vater nach seinen Ausflügen in die Syntax der Machthaber vielsagend meinte.

»Verfluchte ... verdammte Scheiße«, sagte der Fischereiminister. Vaters Finger schnippten. Er ließ die Räder surrend laufen, schnitt und riß, und plötzlich konnte der Minister sagen:

»Im Hinblick auf den Geschmack der Nigerianer ... betrachten wir die jetzt entstandene Situation mit großem Ernst ...«

In dem Moment hielt ich es für passend, Vater erneut zu stören:

»*Gibt* es Meerrettich in Nigeria? Und zerlassene Butter?«

»In Nigeria«, erwiderte Vater, ohne in seiner Konzentration nachzulassen, »in Nigeria ist *alle* Butter zerlassene Butter.«

»Ja, aber was ist mit Meerrettich? Die wissen vielleicht nicht, wie gut Meerrettich dazu schmeckt.«

»Ich werde dem Minister deine Ansicht vortragen«, sagte Vater, und ich freute mich darüber, etwas für den Export meines Landes getan zu haben.

Páll und Árni werden von ihrem Vater verprügelt. In ihrer Garderobe steht ein norwegischer Stock aus Wacholderholz – und immer dann, wenn der Poet Loftson fünf Schnäpse intus hat, bekommen sie Prügel mit dem norwegischen Stock. Hjörleifur hat keinen Vater, der ihn verprügeln könnte, sagt aber manchmal, es wäre besser, einen Vater zu haben, der einen verprügeln kann, als überhaupt keinen zu haben. Mein Leben sieht anders aus.

Als ich nun im Alter von fünf oder sechs Jahren frage, ob es in Nigeria Meerrettich gibt, schlägt mein Vater im Telefonbuch die Vorwahlnummer nach und ruft die Botschaft in Lagos an. Wir haben zwar keine Botschaft in Lagos, doch es gibt ein Hotelzimmer, das dem in London akkreditierten Botschafter zur Verfügung steht, wenn er sich in Nigeria aufhalten muß. Thorsteinn, der Botschafter, ist der Vetter meines Vaters und hat einen großen Schnurrbart, mit dem er Salvador Dalí nachäfft.

»Wen darf ich bitte melden?« fragt die Telefonistin in Afrika. »Der Botschafter sitzt gerade in einer Besprechung mit unserem Außenminister.«

»Dann verbinden Sie mich bitte. Auf Island ist Revolution.«

Dann wird unten am Äquator ein Hörer abgenommen:

»Du, Thorsteinn. Hier Halldór. Pétur möchte wissen, ob bei euch Meerrettich wächst?«

Onkel Thorsteinn seufzt schwer. Dies ist nicht Vaters erster Anruf. Thorsteinns Stuhl knarrt, und dann sagt er:

»Verzeihung, Herr Minister. Es ist unser Präsident.«

Dann beugt sich der Außenminister näher an den Hörer heran:

»Eine freundliche Empfehlung, bitte, und ich wünsche dem Herrn Präsidenten Wohlergehen und gute Gesundheit.«

»Herzlichen Dank dafür«, sagt Vater auf englisch. Anschließend spricht er wieder in unserer Muttersprache: »Stell doch mal fest, ob da unten Meerrettich wächst. Frag diesen Typ mal.«

»Wie heißt Meerrettich denn auf englisch?«

»Keine Ahnung. Pepperroot, vielleicht.«

»Herr Minister«, sagt Thorsteinn, »unser Präsident erwidert die Grüße auf das herzlichste und segnet unsere Verhandlungen. Er möchte außerdem wissen, ob es in ihrer Flora ... oder Fauna etwas gibt, was wir auf Island Meerrettich nennen?«

»Pepperroot? Lassen Sie mich mal meinen Außenstaatssekretär fragen.«

Schweigen, Klingelzeichen, Wortwechsel. Ein Theaterflüstern Onkel Thorsteinns:

»Der Außenminister ruft gerade seinen Staatssekretär an. Hier haben wir vierzig Grad im Schatten. Gestern hat die Klimaanlage gestreikt. Wenn ich dieses Rätsel löse, sorge bitte dafür, daß ich entlassen werde. Ich bin nämlich ein unverbesserlicher Idiot.«

»Ich weiß.«

»Ich habe mich in ein jüdisches Mädchen verliebt und beschlossen, sie zu heiraten, aber dazu mußte ich konvertieren. Nach zwei Monaten Ehe will sie sich scheiden lassen, und jetzt sitze ich da; keine Frau, keine Vorhaut. Ich habe Sehnsucht nach zu Hause.«

Als Vater mir den Hörer hinhielt, konnte ich ein afrikanisches Luftholen hören, ein Schniefen, Zikaden sowie den Außenminister:

»Entschuldigung, Herr Botschafter. Mein Staatssekretär möchte wissen, wie dieses Pepperroot aussieht. Er ist ... hm ... ein sehr einfacher Mensch ohne größere Bildung.«

»Das ist ja ein ... einen Augenblick, bitte. Hör mal, Halldór, was zum Teufel ist ein Meerrettich?«

Vater sah mich flehentlich an:

»Es gibt«, flüsterte ich, »zwei Sorten. Eine *große* Tube, auf der etwas Rotes steht, und eine kleinere – ich glaube, die ist weiß und sieht aus wie eine Mohrrübe, wenn sie noch wächst.«

»Wollen wir ihnen noch einen Tag geben, um es herauszufinden?«

Ich nickte. Onkel Thorsteinn beförderte die Botschaft weiter, und der nigerianische Minister sagte höchst irritiert:

»Nichts wissen diese Burschen. Ich habe sowieso vorgehabt, diesen unfähigen Mann zu entlassen.«

Daraus habe ich gelernt – oder hätte daraus lernen sollen –, daß auch der kleinste abwegige Gedanke ungeahnte Konsequenzen haben kann: Einige Tage später traf nämlich die Nachricht ein, daß der entlassene Staatssekretär eine Gruppe

Getreuer um sich versammelt und die Regierung gestürzt hatte. Onkel Thorsteinns Verhandlungspartner wurde ins Gefängnis geworfen. Der Staatssekretär rief sich selbst zum Premierminister aus und annullierte die Verträge über Dörrfisch; die Tinte, mit der Thorsteinn unterschrieben hatte, war kaum trocken. Überdies schickte er das große isländische Schiff, das auf Reede lag und wartete, wieder zurück, wodurch unser Land sehr viel Geld verlor.

Ich schreie. Das ist auch eine Erinnerung.

Vater hebt mich an den Handgelenken hoch, und ich versuche bei meinen vergeblichen Anstrengungen, mich zu befreien, die Luft zu zerbeißen. Ich schreie, bis ich keine Stimme mehr habe. Tief unter mir ist die Badewanne mit dem vorhin noch so schön grünen Wasser. Nackt hänge ich darüber. Ich weiß, daß mir der Tod droht, wenn ich falle.

Was das Meer ist, wußte ich. Von unseren Fenstern am Skáldastígur konnten wir sehen, ob es auf dem Rücken lag und sich sonnte oder ob es wütend war und schwarze Wangen hatte, oder ob es nur auf dem Bauch lag und eingeschnappt war. Wir gingen an den Quais spazieren und sahen uns die Fischerboote an. Bisher war es gutgegangen. Doch dann hatte sich plötzlich ein Ladekran meinem Blickfeld genähert, und ein entsetzliches Maul und ein paar böse Augen landeten direkt vor meinen Füßen: Es war ein Hai. Ich rannte weg von ihm. Ich rannte den ganzen Tag, rannte in der Nacht, warf mich im Bett hin und her. Der Hai verließ mich nicht. Jetzt war er in der Badewanne. Vielleicht ist das meine allererste Erinnerung.

Vater setzt mich auf den Fußboden und hüllt mich in eine Decke:

»Ist es immer noch der Hai?«

Vater sagt nicht, daß ich keine Angst haben soll oder daß es in der Badewanne keine Haie gibt. Er kommt mir in meiner Angst entgegen und sagt:

»Was gefährlich ist, kann man zeichnen.«

Der Hai kann auf mancherlei hindeuten, und von jetzt an ist er in der Welt, und ich entwickle mich zu einem großen Kenner seiner verschiedenen Daseinsformen. Sobald wir zu

Hause eine Gesellschaft haben, kommt das Gespräch auf Haie. Ich wußte alles über den Lebensraum des Hammerhais, die Tragezeiten des Schwertfischs und die Größe der ungefährlichen Dornhaie. Ausgewählte Teile unserer Regierung – Vaters Vettern waren damals gerade Wohnungsbau- beziehungsweise Landwirtschaftsminister – staunten.

Ich zeichnete sämtliche Monster der Meerestiefen, wobei mir ein gewisser Kapitän Nemo gute Dienste leistete. Kapitän Nemo wohnte in einem U-Boot in einem ganz hellen Salon hinter dicken Fenstern, wo er Orgel spielte. Er hatte rote Kissen, weiche Teppiche, Lampenschirme, die ein sanftes Licht warfen. Ich wollte möglichst viel über diese Grotte hören. Ich wollte das Wort Salon hören.

An den bis heute aufbewahrten Zeichnungen kann ich eine deutliche Entwicklung ablesen: Auf den allerfrühesten habe ich gewaltige Haie gezeichnet, die das ganze Blatt bedecken. Das Maul nimmt zwei Drittel der Fläche in Anspruch, und jeder Zahn ist deutlich zu sehen. Vor dem Maul schwimmt ein vollkommen nacktes kleines Menschlein. Nicht größer als eine Sprotte.

Viele große Haie. Viele Haifischmäuler. Doch das kleine Menschenwesen wächst, und bald taucht das U-Boot auf der Unterwasserszene auf. Hinter dem kreisrunden Glas steht Nemo in voller Taucherausrüstung und hält ein Messer in der Hand. Nach einigen weiteren Zeichenblocks verläßt er das schützende Glas. Zu Anfang noch durch Leinen und Nabelstränge mit dem U-Boot verbunden. Viel Blut. Viele abgerissene Gliedmaßen. Im Alter von etwa sechs Jahren hatte ich in Gestalt Nemos das Untier schließlich besiegt. Mit dem Bauch nach oben trieb es auf meinem letzten Opus dieses Genres davon und verschwand aus meinem Blickfeld.

Vaters Arbeit war geglückt. Er gab nie auf, denn er war leider ein bekennender *Agapist*: Ein Mensch, der sich ohne einen Gedanken an eigene Befriedigung der Aufgabe widmet, einen anderen zu vervollkommnen.

Das nahm gelegentlich merkwürdige Erscheinungsformen

an. Als ich mir in der Schule einmal die Hosen naß machte, weil es mir nicht gelungen war, die Toilettentür aufzubekommen, hielt Vater eine glühende Rede gegen die Politik der verschlossenen Tür. Ausgehend von Montesquieus Klima-Lehre teilte er die Menschen in warme und kalte ein. Die warmen *hielten* Türen *auf*, während die kalten, zwergenhaften Kretins sich einschlössen. Der ganze Elternabend hielt den Atem an, als seine wohlbekannte Stimme ein Feuerwerk von Metaphern abschoß, und unsere Lehrerin, eine gewisse Rannveig Proppé, gottesfürchtig, lieb und demütig, konnte um nichts in der Welt begreifen, was diese gelehrte Vorlesung mit der Toilettentür zu tun hatte. Sie kauerte sich unter seinen Anklagen zusammen, und als er mit glühendem Blick und rotem Teint bei einem Matriarchat auf Neu-Guinea angekommen war, wo aus Mangel an Türen *niemals* abgeschlossen wurde, fragte sie, ob jetzt nicht eine Tasse Kaffee schmecken würde, was meinem Vater zum ersten, aber nicht zum letzten Mal den Wind aus den Segeln nahm.

Auf geistiger Ebene trat er ebenfalls für mich ein.

»Reiße niemals Witze, mein Sohn, führe Tagebuch«, sagte er mit einem solchen Ernst, daß es auf lateinisch hätte geäußert werden müssen: »Decinas iocari, mi fili, diario verba commende« oder, unter Ausschluß von »mein Sohn«, in einen schönen Hexameter verwandelt:

DECINAS IOCARI, DIARIO VERBA COMMENDE.

Inzwischen sind es viele geworden, die schwarzen Wachstuchhefte, die er mir jedes Jahr zum Geburtstag schenkte, nachdem ich schreiben gelernt hatte. Darin, meinte er, solle all das Platz finden, was ich nach meinem Dafürhalten als einziger dächte oder erlebte. Nach einigen Jahren würde ich entdecken, welch bemerkenswert *historische* Person ich gewesen sei.

»Wenn du meinen Rat befolgst, wirst du entdecken, daß

dein Handeln ein Teil der Geschichte ist, daß dein Denken Strömen folgt oder von ihnen getrieben wird, die mächtiger sind, als das Ich sich vorzustellen vermag.«

»Hast du das geschrieben, Vater?«

»Nein, leider nicht. Ich habe *niemals* Tagebuch geführt; ich spiele statt dessen Geige.«

Die Küche. Ich brauche nur die Augen zu schließen.

Ich kann mich nicht erinnern, *welche* Sprache Mordecai Katzenstein spricht, doch an seine Stimme erinnere ich mich: eigentümlich bruchstückhaft, manchmal pfeifend, gelegentlich dunkel. In ihrer Mitte war etwas unrettbar zerbrochen. Man wird vom Zuhören heiser.

»Man beachte«, sagt er in allen Sprachen, »man beachte das Wort ›*sanft*‹ in Claudius' Gedicht. ›Sollst *sanft* in meinen Armen schlafen.‹ Ich glaube, es ist der Schlüssel zu Schuberts gesamter Tonwelt. Der Tod sagt ja zu dem Mädchen:

Gib deine Hand, du schön und zart Gebild!
Bin Freund und komme nicht zu strafen.
Sei guten Muts! Ich bin nicht wild,
Sollst sanft in meinen Armen schlafen!

Vater seufzt tief. Die Geige liegt auf seinem Knie. Sveinn, der Mann mit den größten Ohren und dem kahlsten Scheitel des Landes, sitzt kerzengerade da und gibt nichts von sich preis. Er hält sein Instrument unters Kinn, allzeit bereit anzufangen. Keine Erklärung entlockt ihm eine Reaktion.

Sowie ich die Augen schließe, sehe ich sämtliche Streichquartette, Trios und andere Konstellationen vor mir, die unsere Küche je beherbergt hat. Denn Vater lud berühmte Gäste oft noch zu einem Nachspiel ein. Das Juilliard-Quartett sitzt hinter meinen Augenlidern. Das Quartetto Italiano, viele weitere. Gewaltige Brote, viele Käsesorten, Wein. Wechselnde Gesichter im Lichtschein des luxuriösen, aus Norwegen importierten Holzkamins.

Ich glaube, mich durch die Kammermusik hindurchgehört

zu haben, angefangen bei dem ersten richtigen Streichquartett, Haydns Opus 33, mit dem die Wiener Klassik eingeläutet wird, bis hin zu Bartóks Nachtmusik und Janáčeks intimen Briefen. Ich höre sie immer und immer wieder und sehe den hinreißenden Augenblick, in dem die Musiker sich sammeln, verstummen, einander aufmerksam ansehen und ihre Bogen dann mit bemerkenswerter Gleichzeitigkeit zu den Saiten führen.

Dann gehe ich auf leisen Sohlen zum Fenster am Skáldastígur und schiebe es vorsichtig auf.

Im Zuge meiner Erziehung nahm mich mein Vater auch mit zum Mond. Vielleicht war es ein Bestandteil seines agapistischen Gesamtplans, mich *alles* sehen zu lassen. Weshalb lag wohl sonst ein Exemplar eines wissenschaftlichen Magazins mit so schwindelerregenden Bildern vom Mond auf dem Tisch, daß ich unwillkürlich sagen mußte: »Ich möchte gern wissen, wie es ist, auf dem Mond zu sein.«

Mein Vater erhob sich.

Als hätte er auf genau diese Replik gewartet. Er ging im Zimmer herum, rückte die drei Bilder zurecht, die nach jedem kleinen Erdbeben schief hingen, zog mit den Zehenspitzen die Fransen unseres halbechten Teppichs zurecht und strich sich das Haar zurück.

»Der Mond dürfte die Hölle sein. Da oben wächst nichts. Da gibt es nur Steine. Kies und schwarze Lava. Meilenweite Ödnis, Nacht. Und Steine, immer wieder Steine ...«

Er stellte sich mit dem Rücken zu mir hin und blickte aufs Meer, wie so oft, wenn er etwas Wichtiges zu sagen hatte:

»Es wäre eine bedeutungsvolle Erfahrung ...«

Also saßen wir eine Woche später in einem Jeep, der langsam über die Lava kroch. Als wir uns dem Viti näherten, sagte Vater:

»Jetzt müssen wir uns die Gesichter schwärzen.«

»Warum das denn?«

»Damit man uns nicht entdeckt.«

»Wer soll uns nicht entdecken?«

»Das wissen wir noch nicht.«

Vater wußte es aber wohl schon. Er blinzelte:

»Sie wollen in Ruhe gelassen werden, sie sind nämlich heimlich hier. Es sind Amerikaner. Mehr sage ich nicht.«

»Ist das auch ein Grund dafür, daß Keflavik so geheim ist?«

»Nein, das liegt an einem *Abkommen*.«

»Aber es ist doch *unsere* Erde, und du hast gesagt, wir Isländer seien ein selbständiges Volk in einem freien Staat. Hast du da gelogen?«

»Nein. Das ist auch wahr. Auf seine Weise. Wenn auch falsch. Auf seine Weise. Eigentlich ist kein Mensch das eine oder das andere.«

Unsere Gesichter wurden schwarz wie die Lava. Wir bewegten uns geduckt zwischen den urzeitlichen Felsblöcken fort; ich wußte, daß wir »auf dem Mond sein« spielten.

Aber plötzlich: der Mond. Plötzlich: ernst. Plötzlich: ein schwindelerregendes Gefühl. Als wir beide die Köpfe über eine Hügelkuppe hoben, war es mit meinem Sprechvermögen eine Zeitlang vorbei. Ich schluckte und schluckte und tastete nach Vaters Hand, doch Vater tastete nach den Knöpfen des Tonbandgeräts. Er zog den Fuß im Kies ein wenig nach und hielt das Mikrophon dicht an die Erde, atmete schwer und illustrierte so die Mühe unserer Wanderung. Danach begann er leise: »Wir befinden uns endlich auf dem Mond. In einer Entfernung von einigen hundert Metern sehe ich drei Astronauten in weißen Raumanzügen . . .«

So war es. Unten auf dem Steilhang des Kraters bewegten sich drei Lebewesen. Ihre Gesichter waren hinter riesigen Helmen mit Glasfenstern verborgen; sie rutschten zum Krater hinunter, und ich hätte am liebsten geschrien, weil ich nicht begriff, was mir heute klar ist: Daß das Leben nicht das ist, was es zu sein scheint. Überhaupt nicht. Es ist etwas vollkommen anderes. Es ist nicht aus den Worten erbaut, die wir verwenden, es verläuft in Strömen über, unter, auf und quer zu allem, was wir benennen; das eigentliche Leben ist eine rührende Konstruktion inmitten einer anderen Dimension als der, in der wir zu leben glauben – eine äußerst dünne Moosschicht auf den Außenseiten von Steinen, kaum sichtbare Spuren auf den Hunderten von Millionen Jahren, die ebenfalls nichts sind. Ich hätte am liebsten geschrien, weil ich diese Lebewesen – und uns – und alle die, die ich nicht sah – wie in einem engen Kreis aus Zeit inmitten des zeitlosen Chaos zu sehen glaubte, das wir Wirklichkeit nennen, und – erneut, was in mir seitdem wie ein Stottern ist – in einer Zeitlosigkeit ohne Monate, Jahre und Tabellen, wobei alles um uns herum ein dünner, dünner Schleier ist. Ein Fingernagel könnte unseren Kosmos mit einem einzigen Riß zerfetzen ...

Ich griff nach Vaters Hand und merkte nicht, daß ich ins Mikrophon sprach, so daß meine Stimme noch heute in einem Stimmenmuseum bewahrt ist:

»Sind wir oder die da wirklich?«

»Im Augenblick dürften wir allesamt wirklich sein. Sie sind Amerikaner und üben für eine Fahrt zum Mond. Du darfst kein Wort von dem verlauten lassen, was du gesehen hast.«

»Warum sind sie hier bei uns?«

»Weil Island auf der ganzen Welt der mondähnlichste Ort ist.«

»Das ist ja schrecklich. Das ist wie draußen im Weltraum.«

»Wir *sind* draußen im Weltraum, Pétur. Weit, weit draußen. Aber so sieht es an vielen Stellen aus. Es ist dein Land, und du mußt lernen, es zu lieben.«

»Das wird mir nicht leichtfallen.«

»Es ist eine billige Kunst, das zu lieben, was schon schön ist. Einem Stein auch nur einen einzigen Tropfen Milch abzuverlangen ist bedeutend schwieriger.«

»Ich finde jedenfalls, daß wir in ein anderes Land umziehen sollten. Weshalb sollten wir hier wohnen? Weshalb?«

»Weil inmitten von all dem Grau der Feldthymian blüht und das Rispengras lächelt. Weil man sich einmal im Jahr in die Wildnis begeben und sich daran erinnern soll, daß wir Teilchen eines kosmischen Traums sind.«

»Wirst du darüber eine Sendung machen?«

»Ich hebe es bis auf weiteres auf.«

»Ich hebe es bis auf weiteres auf.«

Wo immer ich mich in der Welt befunden habe, habe ich in »Vaters gesammelten Irrtümern«, wie ich das Archiv der bis auf weiteres aufgehobenen Sendungen nenne, immer großen Trost gefunden. Denn um seinen Minderwertigkeitskomplex zu verdecken und die Nation bei guter Laune zu halten, ließ man den eingefleischten Optimisten Halldór durch die Welt reisen und Sendungen machen, nicht nur über Fische, und überall gelang ihm der Nachweis, daß es dort schlechter bestellt war als zu Hause.

Nirgendwo glaube ich ihm näher zu kommen als dort beim Tonbandgerät, wenn seine keuchenden Atemzüge und sein Räuspern irgendeinen Schönredner unterbrechen, den er interviewen will. All diese Energie, die darauf verwendet worden ist, eigene Beiträge wegzuschneiden. So viele Ausrufe des Typs: »Nein, das kann doch nicht Ihr Ernst sein?«, »Ist das wirklich wahr?«, »Das ist ja unglaublich!« Und ich glaube das Erstaunen in seinem Gesicht und seine totale Unverstelltheit zu erkennen, wenn er eine dieser größten Sünden eines Interviewers begeht. Nein, in ungeschnittenem Zustand war er wahrlich kein großer Rundfunkmann. Eine meiner Lieblingssendungen hege und pflege ich wie ein Kind.

INTERVIEW MIT HENRY MILLER

Im Hintergrund Elvis-Presley-Musik. Meeresrauschen, das Rascheln von Strandhafer. Vaters wohlbekanntes Atmen, ein laut hupendes Auto. Vaters »Ohohoh, das wäre beinahe ins Auge gegangen. Ja, hm, wir befinden uns jetzt am Strand des gewaltigen Stillen Ozeans, in einem Graben, ohohoh, da sind wir aber ein bißchen naß geworden ...« Neue Stimme: Die Hitze hier in Kalifornien ist drückend. Ein paar hundert Meter von hier bewegen sich nackte Leiber im Gegenlicht am Strand. Es glänzt richtig um die ... der Frauen ... ich fange noch mal an ... Wir befinden uns in der drückenden Hitze von Big Sur, Kalifornien, in einem Badeparadies voll spielender Frau ... hm ... Menschen und Frauen ... Ich bin hier, um den Schriftsteller und Frauenjäger Henry Miller zu interviewen. Oben unter den Palmen kann ich das Haus sehen, das mir einige Einheimische gezeigt haben. Auf dem Rasen steht ein Rasensprenger, eine Hängematte schwingt träge im Wind, und nichts deutet darauf hin, daß hier einer der größten Schriftsteller der Gegenwart wohnt ... und ich soll jetzt aus dem Graben kriechen, pfui Spinne, wie schlammig das hier ist, darf nicht vergessen, im Hotel die Hosen zu waschen ... hm ... ich betrete jetzt den Rasen, und ich muß schon sagen, man nimmt noch die Spuren spielender Frauen ... wahr, eines verspielten Lebens im Zeichen der Lust und der Liebe ... diese Formulierung muß ich mir noch mal durch den Kopf gehen lassen ... ich gehe jetzt zur Tür und klopfe an ... klopf, klopf, klopf, ich warte, ich muß schon sagen, eine gewisse Spannung spüre ich schon, muß sofort Pétur anrufen, wenn ich wieder im Hotel bin, sssch, jetzt kommt da drinnen jemand ... eine Tür geht auf ... Oh, good morning, excuse me, I am a reporter from the Icelandic Radio, I wonder if it is possible to talk to Mr. Miller? Who? Mr. Miller, Mr. Henry Miller? Die Frau: I don't know any Miller. Die Frau ruft: Hey, Oscar, do you know any Miller, Henry Miller? Vater flüstert: The writer, the famous writer, he is supposed to live here. Antwort: Not in my house. We don't read books, do we, they are dirty. Der Mann, jetzt an der Tür: Brenda, I take care of this. Die Frau entfernt sich. Der Mann: Oh, Henry, Henry Miller, the pornographer? He doesn't live here. You see that house over there, there he lives, but he does not live there now, he is in Paris ... Vaters erloschene Stimme: So he is not here.

An dieser Stelle endet das Band abrupt.

Damals schaffte es Vater noch, dem allezeit wachen Auge der Revisoren zu entkommen, da es ihm während einiger Tage am Strand gelang, eine dokumentarische Sendung mit dem Titel »Stille Tage in Big Sur« zusammenzubekommen.

Es war jedoch die Reportage über einen Besuch bei einem ehemaligen Sozialminister, die das Faß zum Überlaufen brachte. Vater hatte aus gewöhnlich gutunterrichteter Quelle erfahren, daß der Minister, der früher Installateur gewesen war, seinem Schwager, dem Ministerpräsidenten, gratis eine Wasserleitung zu dessen Sommerhaus verlegt und dafür die Konzession für eine Fabrik zur Herstellung von Trockengestellen und Scheuerbürsten erhalten hatte. Vater mußte sich wegen seines Mißerfolgs am Stillen Ozean dringend rehabilitieren. Da der Begriff »investigativer Journalismus« erst vor kurzem bei uns am Strand angeschwemmt worden war, hoffte er, auf eine reiche Ader der Korruption gestoßen zu sein – doch da sein Frühwarnsystem in dem gesellschaftlichen Spiel nicht sonderlich entwickelt war, ist wohl jemand auf den Einfall gekommen, ihn auf den Arm zu nehmen. Folglich bauschte er die Tatsache auf, daß der Sozialminister an einem Sonnabendnachmittag seine beruflichen Kenntnisse nutzte, die Wasserleitung verlegte und anschließend mit seinem Schwager einen Longdrink zu sich nahm. Vater wußte noch im Alter von fünfzig Jahren nicht, daß jeder – mit Ausnahme bestimmter Fundamentalisten – korrupt ist, wenn sich die Möglichkeit dazu bietet. Das Ergebnis war ein empörtes Gespräch, einige zerstörte Tonbänder und ein tobender Rundfunkchef, der zu Vater ins Zimmer stürmte: »Wer in drei Teufels Namen interessiert sich dafür, wie eine Fabrik für Scheuerbürsten und Trockengestelle gebaut wird.« Worauf Vater von seiner Stellung als *ziemlich* »free floating intellectual« auf den Posten versetzt wurde, auf dem er eine bestimmte Zeit zubrachte. »Du hast doch so ein gutes Händchen für Fische.«

Dennoch mußte ich unwillkürlich ausrufen: »O Heiliges Radio!«

O Heiliges Radio!

Als Sohn eines alleinstehenden Elternteils hatte ich das Privileg, mit einer Menge landesweit bekannter Stimmen Umgang zu pflegen, obwohl Vaters Stimme von allen im Funkhaus die landesweit bekannteste war.

Ein Wasserloch. Ein Reservoir für Dürstende.

Ein solches war vor allem Pàtina Sigurdardóttirs Zimmer bei den Nachrichten ganz hinten im A-Korridor. Vater parkte mich dort oft, und Pàtina, dieses gewaltige Hefegebäck, Herrscherin über Engagementslisten und Konditoreibedarf, hatte nichts gegen mich. Ich war ein stilles und fügsames Kind, das gern lauschte, wenn diese Elefanten, Leoparden und Löwen nach des Tages Arbeit dort auftauchten. Sie kamen oft von weit her, von Dschungeln und Fronten, Wüsten und brennenden Städten. Und langsam – noch mit Schußwechsel im Blick, mit den Gewalttätigkeiten von Staatsstreichen und den Repliken des Mannes auf der Straße in den Ohren – schlenderten sie herein und ließen sich an den Keks- und Gebäcktellern nieder, die dort stets wie zufällig bereitstanden.

Einige dieser Gestalten waren groß und lärmend, andere klein und in allen Farben schillernd; es gab welche, die immer so taten, als sendeten sie direkt von den Fronten, während andere ihre Informationen aus den Whiskyflaschen von Hotelbars hatten; da sah ich die sonntagsschullehrerinnenhafte Frau, die Guerilla-Führer in drei Sprachen geliebt hatte, dort die Konkubine eines Präsidenten, jederzeit mit Informationen aus erster Hand aus dem ersten Schlafzimmer des Landes, in dem dieser am liebsten ein Sabbatjahr im Kugelhagel verbrachte, frei nach Nietzsches Devise: »Schmeckt dir das Leben nicht, nun gut, dann setz es aufs Spiel, dann schmeckt es wieder zu leben.«

Bei Pàtina gab es immer etwas zu feiern: ein Überleben im Nahen Osten, einen wiedergefundenen Dackel, den hundertsten Geburtstag Errol Flynns.

Hier konnte man ein Stündchen verplaudern. Hier wie in vielen Häusern, doch dieses war das beste. Denn in dem elenden Klima, das Gott in seiner Gnade über Island hat ruhen lassen, erschuf er, gleichsam als Ausgleich für unsere Leiden, einige Stunden, die man »Plauderstunden« nennt. Sie beginnen, wenn es in allen Zimmern blau ist.

Denn so ist es nun mal: alle Aktivität, angefangen bei der ersten Stunde der Morgendämmerung bis hin zur letzten flackernden Flamme in der Nacht, ist für einen wahren Plauderer nichts als eine Vorbereitung. Alle Worte sind wie Angelschnüre, die in verschiedene Richtungen geschleudert werden. Man registriert, wo etwas anbeißt, wo es Hinweise auf Wortschwärme gibt, hütet sich aber sorgfältig davor, alles mit dem Kescher an Bord zu holen. Brummelnd, ja geradezu bockig hält man im Gedächtnis die genaue Lage seiner künftigen Fangstätten fest, nimmt in sich gekehrt und einsilbig Frühstück, Mittagessen und Kaffee ein und tut, als wäre nichts. Denn eine Kunst ist es zu plaudern, eine Kunst und eine Leidenschaft: nämlich aus dem, was klein zu sein scheint, etwas Größeres herauszuziehen. Einen solchen Mann nennt man »Hirten der Plauderstunde«, was bedeutet: der Mann, der die Worte zusammentreibt.

»Warum sollte ich wohl reisen«, tröstete sich Vater, nachdem man ihn an den Fischereibericht gekettet hatte, »wenn ich nur bei Pàtina eintreten muß, um von der Welt zu kosten. Durch das einfachste Und, Aber, Wo Wir Gerade Davon Sprechen, wird man durch einen bemerkenswerten Hyper-Weltraum aus den Dörfern Afrikas in die Zen-Gärten Tokios versetzt, von den Steppen Patagoniens in die Lavafelder der Wildnis.

Denn bei ihren Zwischenlandungen sitzen sie ja bei Pàtina herum. Unser hitziger Svan mit dem sanften Image, Seinn, der mangels Tageszeitungen die Encyclopedia Britannica hervorholt, ein beliebiges Wort aufschlägt und um dieses herum – a capella – eine Analyse hinlegt, die dem Hörer vorkommt, als stammte sie aus den letzten Kurznachrichten; dort sitzt der jungfräuliche Knabe, unser fliegender Reporter, Held und Bezwinger der Wildnis, dort lächelt die Königin von Afrika mit Plisseerock und geradem Scheitel und erinnert sich daran, wie sie von einem Panzer in Beirut aus in ein zerbombtes Hotel hineinsieht, in dem ein Mann an einem Flügel sitzt und *spielt.*«

»Jetzt übertreibst du aber ein bißchen, Vater.«

»Ja, mein Sohn, ich übertreibe.«

»Warum hast du mich auf den Namen Pétur taufen lassen?«

»Ja, was heißt taufen?« sagte Vater und blickte von seinem Schneidetisch auf.

»Denn getauft bin ich doch wohl?«

Nach einer langen Zeit der Flaute an der religiösen Front durchlief ein Schauer des Konfirmationseifers die Schule. Viele der älteren Klassenkameraden hatten beim Pastor Konfirmandenunterricht genommen, und ich hatte gelernt, daß man getauft sein muß, um in den Besitz der Gnade zu kommen.

Vater antwortete nicht, doch ich beharrte:

»*Bin* ich nun getauft oder nicht?«

»Wenn ich das wüßte«, seufzte er und machte einen erneuten Versuch, sich zu seiner Arbeit zu verkrümeln.

In mir machte sich zunehmende Empörung breit:

»Wie ist es *möglich*, so etwas *nicht* zu wissen?«

»Wenn du mir zuhörst, wirst du es vielleicht verstehen.« Er sauste auf dem Stuhl herum und faltete die Hände im Schoß.

»Ich selbst weiß es nicht, und ich habe sogar Pastor Thorlacius gefragt. Wenn er nüchtern ist, behauptet er, du seist nicht getauft. In betrunkenem Zustand behauptet er das Gegenteil. Du bist ganz einfach ein theologisches Problem. Eines Tages wurden wir beide zu einer Hochzeit eingeladen ...«

»War das nach Mutters Tod?«

»Fast alles ist nach Láras Tod. Fast *alles*. Aus diesem Grund ...«

Er zeigte mit einer ausholenden Handbewegung auf das Zimmer, sich selbst, die Welt, die in meinen Augen recht wohlgeordnet aussah. Er zog ein Taschentuch hervor und schneuzte sich. Anschließend begann er, in dem blauen Nachmittag unseres Zimmers zu plaudern:

Wenn man nicht mehr ganz jung ist, lernt man sowohl Bischöfe als auch Trinker kennen. Eines Tages, während eines schauerlichen Regengusses, wurden diese zwei in Gestalt Gyrdir Stefanssons vereinigt. Bischof Gyrdir – dessen Namen du freundlicherweise für dich behalten solltest – vollzog – gegen das Versprechen, Gott nicht hineinzuziehen – die Trauung des überzeugten atheistischen Paares Ragnhild und Páll Karason. Bischof Gyrdir ist ein guter Mensch, großzügig, freigebig und allgemein beliebt, und Svana Jakobsdóttir, die ihn als Tischherrn hatte, war ungeheuer beeindruckt. Ich war auf der anderen Seite Svanas untergebracht, und du standst im Kinderwagen schräg hinter ihr. Nun war es so, daß die Hochzeit in einem Zelt stattfand, und während des Regens hatte sich der Erdboden dort drinnen in schieren Schlamm verwandelt, was die Braut und einige der freizügigeren Freundinnen veranlaßt hatte, sich Schuhe und Kleider auszuziehen, so daß die Mahlzeit in hübschen kleinen Dessous genossen wurde. Daraus zogen einige Gäste den Schluß, daß sie an einem wenn nicht gerade historischen, so doch bemerkenswerten Hochzeitsfest teilnahmen.

Svana, eine an Leib und Seele sehr hingebungsvolle Person, hatte die Aufgabe übernommen, Bischof Gyrdirs Mundschenk zu sein, was dazu führte, daß sie mehrere Male mit einem schelmischen Lächeln sagte:

»Darf ich nachschenken, Herr Bischof?«

Bischof Gyrdir gefiel es sehr zu sehen, wie sie sich nach der Flasche ausstreckte, und aus diesem Grund nickt er, bedankt sich und trinkt, um erneut sehen zu können, wie die grazilen Arme sich bewegen.

»Es ist sogar das erste Mal, daß ich neben einem Bischof sitze«, gesteht Svana beim Hauptgericht errötend.

»Für mich ist es tatsächlich auch das erste Mal ... ich meine, ich sitze zum ersten Mal neben einer ... einer?«

»Einer Sekretärin. Einer angesäuselten kleinen Sekretärin«, sagte sie lächelnd. »Aber jetzt schmeicheln Sie, Herr Bischof«, fügt sie unvermutet hinzu.

»Sag doch Gyrdir zu mir, einem benebelten kleinen Gyrdir«, sagt der Bischof.

Unter derart angenehmen Gesprächen verging das Essen, bis Gyrdir mächtig betrunken war. So auch die meisten Gäste. An der Mitte des Tischs saß die junge Braut und stillte dich aus reiner Großzügigkeit, und die schweren Augen des Bischofs hingen an der lebenspendenden Brust, während er das Glas leerte, das er nicht hätte leeren sollen. Das Fenster zur Wirklichkeit schlug mit einem Knall zu, die Zeit wurde zu vier oder fünf erkennbaren Augenblicken zusammengedrückt, und als die Braut Ragnhild sich plötzlich erhob, um auf die Toilette zu rennen, überreichte sie dich, Pétur, ihrem Tischnachbarn, der dich wiederum weiterreichte, als wärst du das Hauptgericht, zum dritten Mal angeboten und abgelehnt. Auf diese Weise bist du beim Bischof gelandet. Ich sollte an dieser Stelle vielleicht einflechten, daß ich auch nicht ganz nüchtern war. Wenn jedoch ein Kind bei einem Bischof landet, wissen Bischöfe, was zu tun ist. In meiner Einfalt glaubte ich, daß er ganz allgemein nur freundlich war, als er dich in den Armen hielt, und wußte nicht, daß er im selben Augenblick eine Kristallschale mit einer noch nicht ausgetrunkenen Flüssigkeit entdeckte. Die Assoziationen brauchten keine langen Wege, und so gebot er der Gemeinde mit einem Zeichen zu schweigen:

»Sende uns dein Wort und deinen Geist, damit der, der jetzt in diesem Wasser getauft werden soll, von der Sündenschuld gereinigt wird. Somit wollen wir nun in christlicher Liebe dieses Kind unserem Erlöser darbringen, Jesus Christus, und aus ganzem Herzen darum flehen, er möge es annehmen und ihm seine Gnade und seinen Segen schenken. Ich taufe dich ...? Ich taufe dich auf ...?«

Er blickte flehentlich auf die Gemeinde, die zu Tränen gerührt, zum Teil wegen des Alkohols, zum Teil wegen dieses erhabenen Rituals, schließlich ausrief:

»Das ist doch Halldórs Pétur ...« Worauf Bischof Gyrdir die Stimme hob und sagte: »Somit taufe ich dich auf den Namen Pétur Halldórson.« Dann tauchte er die Hand in die

Kristallschale und strich dir die Bowle über die Stirn. Da kam es mir vor, als wäre ich plötzlich ernüchtert. Oder wie auch immer. Ich stand auf und entriß dich dem Bischof: »Was zum Teufel erlaubst du dir, Gyrdir. Das ist doch Entführung. Das ist Kindesraub! Mach die Taufe rückgängig, sonst ...«

Verzeih mir, mein Sohn, daß ich so gehandelt habe, daß ich jetzt genötigt bin, all dies zu erzählen. Eine Bürde ist diese Handlung gewesen, und eine Erleichterung ist es, sie in Worte zu verwandeln: In meinem Zorn gab ich dem Bischof einen Schubs, so daß er zu Boden fiel und im Sturz die Kristallschale mitriß, deren Inhalt sich über sein Gesicht ergoß. Da lag er nun im Schlamm, und ich – der ich dich Svana übergeben hatte – kniete neben ihm und schrie: »Mach das rückgängig, mach das rückgängig!« Doch Gyrdir war in Ohnmacht gefallen, und Svana, die in Theologie nur wenig Bewanderte, tätschelte mir die Wange und sagte: »Das war doch nur zum Spaß«, was meine Verzweiflung steigerte, denn man *kann* doch nicht, dachte ich mir, jemanden *zum Spaß* taufen, und schon gar nicht, wenn man Bischof ist. »Er könnte ja so einer werden, mein Sohn«, schrie ich. Da wachte Gyrdir auf, richtete sich in dem Schlamm auf und wischte sich die Weinbowle aus dem Gesicht. »Wie *werden*?« wollte er wissen. »Nun ja, ein Christ.« »Wer denn?« »Mein Sohn, natürlich.« »Dein Sohn? Wäre das denn so gefährlich?« »Ja, denn dann sind wir nicht am *selben Ort*«, schrie ich, denn ich bekam solche *Angst*, daß du buchstäblich *woanders* aufgenommen werden könntest. »War das nun eine Taufe oder nicht? Erinnerst du dich?« wollte ich wissen. Ich schüttelte ihn: »Ja, ja, natürlich erinnere ich mich, aber nicht daran, *was* es war.« »Mein Gott, Gyrdir, ich muß es wissen. Wenn nicht mal der Pastor sich erinnert, was er getan hat, *kann* man es wohl doch kaum eine Taufe nennen. Antworte mir.«

Jetzt kam Svana Jakobsdóttir, die unfehlbar liebliche, mit einem Weinglas, das sie Gyrdir an die Lippen führte. Das schien in seinem Gehirn das Gleichgewicht wiederherzustellen. Er schüttelte den Kopf. Bestimmte Teilchen fielen wieder an die richtige Stelle, worauf eine Art Gedankentätigkeit begann:

»Na ja, so einfach ist es wohl nicht. Wenn bei diesem ... bei diesem Ereignis ... Wasser ... dabei war, *dürfte* es eine Taufe gewesen sein. Glaube ich.«

»Es war eine Weinbowle.«

»Mit Wodka drin«, sagte ein anderer.

»Mit etwas Rum auch, will mir scheinen«, sagte ein dritter.

»Wer hat diese elende Bowle angesetzt?« rief ich aus.

Jemand sagte:

»Sie ist nach Hause gegangen. Aber die Flaschen dürften noch da sein.« Jemand richtete Gyrdir auf und bemühte sich, ihm den Schlamm vom Rücken zu entfernen. Hinter einem Vorhang stand eine ganze Batterie von Flaschen: Wein, Wodka, Rum, Mineralwasser, Coca-Cola. Dort war keine Aufklärung zu erhalten, und der Bischof seufzte schwer:

»Mein Gott, mein Gott. Der schwedische Theologe Aulén hatte wohl recht damit, daß die Sakramente als Gnadenmittel mit handfesten Risiken verbunden sind, die mit den außerchristlichen Bezügen des Sakramentsgedankens zusammenhängen. Der Glaube läßt keine Rationierung von Gottes Gnade zu. Wenn die Frage gestellt wird: Sind die Sakramente Symbole *oder* reale Gotteshandlungen, erweist sich diese Fragestellung vom Standpunkt des Glaubens aus als irreführend. Es handelt sich um ein *Sowohl-Als-auch*.«

»Wenn du noch einmal *sowohl als auch* sagst, Gyrdir, dann weiß ich nicht, was ich mit dir mache, du gottverfluchter Bischof. Ihr verfluchten Liberalen.«

Ich schüttelte eine Flasche mit Tonic Water vor seinem müden Gesicht:

»Ist dies klares Wasser oder nicht?« Doch ich erhielt keine Antwort.

Während Vater erzählte, waren draußen die Straßenlaternen des Skáldastígur angegangen. Das Dämmerlicht hatte die Hauswände nach und nach in einen warmen Pelz aus Ocker und Blau gehüllt. Offenbar war ich immer noch ein theologisches Problem, denn statt sich wieder seiner Arbeit zuzuwenden, beugte er sich näher zu mir und sagte:

»Allerdings habe ich mit noch einer Sache zu ringen – wenn ich meine Ansätze zur Ehrlichkeit fortführen will –, und die hat etwas mit deiner Großmutter Sunneva zu tun. Ich war einmal auf einer meiner Reisen und hatte sie gebeten, von Zeit zu Zeit nach dir zu sehen, obwohl du dich geweigert hattest, einen Babysitter ins Haus zu lassen, denn, wie du sagtest, du ›hättest schon einen‹.«

»Das hatte ich auch.«

»Aha, du beharrst. Wen denn, wenn ich bitten darf?«

»Das weiß ich nicht, Vater.«

Ich fühlte mich verletzt: *Er* war es doch. Selbst auf sehr große Entfernungen war er es. Doch wenn er es jetzt leugnete, würde mir damit rückwirkend auch meine Geborgenheit entzogen. Mir fuhr ein kalter Schauer über den Rücken, und ich war nahe daran, wieder zum Daumen zu greifen, nahe daran, die Herzfrequenz zu verringern und wie früher in der Einsamkeit der dunklen Nächte katatonisch still zu werden.

»Sunnevas Verhalten dir gegenüber hatte immer etwas Bemerkenswertes an sich. Es war nicht unangenehm oder aggressiv, ganz und gar nicht, aber sie hat dich immer so eingehend und mit gerunzelter Stirn betrachtet, als grübelte sie ständig darüber nach, *wer* du seist. Sie konnte wohl nicht verstehen, daß ich seit Láras Tod allein mit dir lebte und daß sie und ich nicht mal die Zeit gefunden hatten zu heiraten. Vergiß nicht, Pétur, daß sie ihre tiefsten Eindrücke zu der Zeit empfing, in der Gott mindestens vier Fünftel der Luft über Island ausfüllte. In ihren Augen schwebten wir beide in großer Gefahr, du als Ungetaufter und ich als Unverheirateter. Manchmal kommt mir der Gedanke, daß sie recht hatte.

Eines Tages geschah es also. Großmutter Sunneva glaubte allein im Haus zu sein; ich hatte mich wegen eines Migräne-Anfalls nicht auf den Weg machen können. Es war während der hellen Morgenstunden; ein gelbes Licht breitete sich in den Zimmern aus. Von meinem Bett aus und durch die fast geschlossene Tür sah ich sie zu dir hineingehen. Ich sah sie am Fußende stehen. Nichts Besonderes. Ich wollte gerade den Blick abwenden und zur Wand sehen, als etwas in ihren Bewegungen meine Neugier erregte. Sie sah sich mehrmals um, so wie es Diebe und Hexen tun – dann hob sie ihre zitternde Hand über dich.

Langsam, sage ich – und als wäre es der letzte Rest eines menschlichen Denkens und Fühlens in unserer chaotischen Welt, in der Werte nicht mehr heilig gehalten und unvergessen bleiben –, langsam, sage ich nochmals, damit du das Einzigartige an ihrem Handeln erkennen kannst – denn sie war ja im übrigen eine flinke Frau –, ja, es war, als hätte man ein anderes Lebewesen losgelassen, um diese Handbewegung zu machen. Der Zeit zum Trotz. Gegen die Sprache neuer Generationen. Also, ein drittes Mal: Langsam hob sie die Hand und sagte mit zitternder Stimme, als wäre die Verzweiflung ihre einzige Rechtfertigung: ›Der Herr segne und behüte dich, der Herr lasse sein Angesicht leuchten über dir und sei dir gnädig ...‹«

Ich glaube nicht, daß Vater bewußt war, daß er selbst die Hand hob, um seine Erzählung zu illustrieren. Er hob sie langsam, als zöge seine Mutter *seine* Hand über mich, so daß jetzt alle beide beteten:

»Der Herr wende dir sein Angesicht zu und gebe dir Frieden, im Namen des Vaters, des Sohnes und des Heiligen Geistes, Ame...«

Er hielt abrupt inne, wischte sich eine Träne aus dem Augenwinkel und kehrte zu seiner gewohnten Stimmlage zurück:

»Sunneva gehörte damals zu den Stillen im Lande. Ihre Frömmigkeit war erst spät geweckt worden. Sie hatte gelernt, über die Äußerlichkeiten des Lebens hinauszublicken und kleidete ihre Worte nie in farbenfrohe Lumpen. Man spürte jedoch, daß sie eine Fülle des Daseins ahnte, die sie uns anderen durch bestimmte Taten insgeheim zukommen lassen wollte. Sie wollte, daß wir mit unserem ganzen Ich existierten, wollte, daß Gott eine *Möglichkeit* erhielt, uns zu entdecken.«

»Hat sie all das gesagt?«

Vater fuhr zusammen. Er sah mich schieläugig an:

»Nun ja, nein. Das hat sie eigentlich nicht getan, aber sie meinte es so.«

»Oder meinst *du* vielleicht, daß sie es meinte, und daß du sie gern so haben möchtest?«

»Werde nicht *allzu* schlaumeierisch, Pétur. Aber ich glaube, daß du schon verstehen wirst, wenn ich weitererzähle: Sie stand da an deinem Bett. In der Hand ein Glas Wasser. Sie tauchte die Finger ins Glas, strich dir ein Kreuzzeichen auf die Stirn und flüsterte:

›Jetzt taufe ich dich auf den Namen Pétur, du kleiner Racker. Im Namen des Herrn, Amen.‹ Dann sah sie sich hastig um und sank ermattet in den blauen Sessel. Es war, als hätte sie ein Lebenswerk vollendet, als hätte sie dich, den letzten Sprößling des Geschlechts, auf trockenes Land gezogen und dir Lungen zum Atmen gegeben. Ich war erschüttert, zum Teil wegen meiner Unterlassungssünde; es hätte mich schließlich so wenig gekostet, dich taufen zu lassen, da es für mich ja nicht das geringste bedeutete ... zum Teil ...!«

»Es bedeutete dir nichts?«

»Nein ... allerdings, doch, ja, unterbrich mich nicht ständig. Ich konnte ja nicht zulassen, daß sie mich entdeckte, und so kletterte ich durchs Fenster hinaus, sprang auf den Rasen hinunter und spazierte zwei Runden ums Haus, räusperte und hustete mich durch die Außentür – da noch ein *zum Teil* übrig war, bevor du mich unterbrachst: zum anderen war ich erschüttert darüber, daß etwas, was nicht da ist, im Leben eines Menschen einen so großen Raum einnehmen kann. Ich wollte wissen, ob es zu sehen war. – Sie saß noch so im Sessel wie in dem Augenblick, in dem ich mein Zimmer verlassen hatte. Ich sagte: ›Wie stehen die Dinge im Haus? Geht es Pétur gut?‹ Und Mutter sagte: ›Ihm geht es jetzt bestens. Möchtest du Kaffee?‹ Das wollte ich. Wir tranken. Sie sagte, wenn auch vielleicht mehr zu sich selbst: ›Wie lächerlich wir Alten doch sind. Doch das können wir uns leisten, weil uns sowieso niemand mehr auf der Rechnung hat, obwohl wir inwendig exakt genauso sind wie ihr Jüngeren.‹ ›Denkst du an etwas Bestimmtes?‹ Das sei nicht so, behauptete sie. Ich kann nur hoffen, daß sie log, an vieles dachte und ein schlechtes Gewissen hatte. Vielleicht war sie eine gute Großmutter, bevor sie starb, doch die Mutterschaft ...«

»Warum verstummst du?«

»Du bist so jung, und vieles wird schwer zu erklären sein. Aber irgendwann mußt du ja erfahren, wer du bist und warum. Sitzt du gut?«

Die blaue Stunde war noch nicht zu Ende.

Es war einmal, sagte Vater, in grauer Vorzeit, genauer am 17. September 1943 um sieben Uhr abends. Da begab es sich, daß Sveinn Björnsson, unser künftiger Präsident, eine Ansprache an die Nation hielt, die deren gesamte Existenz berühren würde. Nach zahlreichen lyrischen Ausbrüchen und einer Liste alles dessen, was der Krieg den Isländern geschenkt hatte, angefangen bei Besatzungssoldaten bis hin zu Heringsölfabriken und einer verzwanzigfachten Eierproduktion, behauptete er, die brütende Dunkelheit, unter der das Volk jetzt lebe, werde dann wie weggeblasen sein. Ein neues Leben werde anbrechen, ein Leben, wie es zuvor nicht dagewesen sei, werde aufflammen wie in den Gedichten Jónas Hallgrimssons: Es werde ein neues Volk mit einem neuen Herzen zur Welt kommen, und »die Vorzeit werde nur noch ein Erröten auf den Abhängen des Fjälls sein«.

Und dann fuhr er mit seiner klassischen Ansprache fort, welche die Nation dazu brachte, sich näher über die Radios zu beugen: »Wir sind ein kleines Volk, aber kein armes. Wir haben genügend Land und die reichsten nur denkbaren Fischgewässer. Wir könnten in materiellem Wohlstand leben. Doch genügt das? Ich frage euch, ihr Söhne Heimdalls, genügt das?« Unser wahrscheinlicher künftiger Präsident hielt länger den Atem an, als es je ein anderer getan hatte, solange Funkstille gemessen wird. Danach zitierte er die Zeilen von Bjarni Thorarensen, die unsere Nation meist in Tränen ausbrechen lassen:

Am schönsten und teuersten
Und auf ewig am größten
Bist du in der Liebe deiner Kinder
Und in unseren Träumen von der Zukunft ...

Dann wechselte Sveinn erneut die Stimme und wiederholte seinen rhetorischen Schlenker: »Nochmals frage ich euch, ihr Söhne Heimdalls, genügt das?«

Aus natürlichen Gründen konnte die Nation nicht antworten. Sie wartete mit offenen Mündern und gab der Stimme damit die Chance, selbst zu sagen: »In eurem Namen antworte ich: Nein und nochmals nein. Wir müssen unsere Erde füllen, unsere leeren Landstriche, und wir müssen es jetzt tun. Deshalb, ihr Söhne Heimdalls: Sucht euch heute abend eine Frau vom Geschlecht Heimdalls und befruchtet sie. Ja, laßt in dieser Nacht das Leben von zehntausend neuen Isländern entstehen, so wie einst an einer einfachen Krippe ein Licht entzündet wurde. Diese Kinder sollen Kinder der Unabhängigkeit genannt werden, und von dem Staat, den wir dann in neun Monaten, am 17. Juni 1944, ausrufen werden, sollen sie als Taufgeschenk eine an den Preisindex gekoppelte Krone erhalten sowie einen Fußball – alternativ eine Puppe aus reinstem Zelluloid. In strahlender Sonne will ich, euer wahrscheinlicher künftiger Präsident, diese neuen Leben, die unser Land aufbauen werden, in Empfang nehmen, und in diesem Land sollen Milch und Honig fließen. Ja, es soll ein Land Gosen werden.«

Und Vaters Erzählung zufolge geschieht dies: In einer engen Wohnung am Undurstigur steht während der Ansprache unseres künftigen Präsidenten ein achtzehnjähriger Jüngling und schluckt seine tägliche Ration natürlichen Hai-Lebertrans. Er nimmt seine Dosis gegen Schmerz, Überdruß und Verzweiflung, denn natürlicher Hai-Lebertran hilft gegen alles. Der Name des Jünglings ist Nestor. Er ist lang und schlaksig und dürfte in seinem Gebet an den Hai-Lebertran wohl auch etwas von einem stärkeren Knochengerüst gesagt haben. Er hat ein langes, schmales Gesicht mit hohem Haaransatz; es klappert, wenn er sich vom Zimmer in die Küche bewegt, in der das Radio steht, und seine Lippen umschließen halbgeöffnet die vorstehenden Schneidezähne. Er lächelt ein wenig, als Sveinn die allen so wohlbekannten Zeilen zitiert, und als Sveinn sich auf die schon beschriebene Weise zum Mikrophon beugt, äfft Nestor ihn nach. Sein Mund ist geöffnet, und als die mächtigen Schlußworte verklungen sind, bleibt Nestor der natürliche Hai-Lebertran im Hals stecken. Er schnappt nach Luft, stützt sich am Schreibtisch ab, auf dem er seine dichterischen Versuche aufbewahrt, worauf diese zu Boden fallen, um recht eigentlich nie mehr aufgehoben zu werden. Stöhnend und von Tränen geblendet tastet er sich zur Tür, schafft es, sie zu öffnen und taumelt auf die leere Straße hinaus, denn in diesem Moment ist es noch keinem aus dem fruchtbaren Teil der Bevölkerung gelungen, sich von der Botschaft zu erholen, und Nestor versucht, wie er auf der schlammigen Straße daliegt, einen Laut herauszubringen, einen Ruf, doch es wird kein Ruf, es wird ein Flüstern, und das Flüstern lautet:

»Hilfe.«

Den Gesetzen der Naturwissenschaft zufolge hätte dieses Flüstern von keiner lebenden Seele wahrgenommen werden dürfen, doch das Wort »Hilfe« ist ein eigentümliches Wort, Pétur, vergiß das nicht; es scheint gelegentlich die gleichen Fähigkeiten zu besitzen wie die automatisch ihr Ziel ansteuernden Raketen von heute, denn statt vor seinem Gesicht in den Schlamm zu fallen, findet es zwischen den Häusern seinen Weg zur Freyjugata, biegt links beim Baronsstigur ab, umrundet das Heck der Kirche, setzt seinen Weg zur Njalsgata fort, macht einen Bogen zum Vitastigur, und dort dringt es mit einem schwach schwirrenden Laut in den Gehörgang eines jungen Mädchens ein, in das Ohr eines panisch flüchtenden Mädchens ohne Höschen. Ihr Name ist Sunneva, und bevor meine Geschichte zu Ende ist, wird sie deine Großmutter sein, Pétur. Achtzehn Jahre alt ist sie um diese Zeit, die einzige Tochter eines zweifelhaften Kaufmanns namens Erling Jonsson, der den größten Teil seiner Zeit in Borgs Restaurant zubrachte. Sunneva war immer dabei, denn ihre Mutter war nach Kopenhagen geflüchtet; Sunneva saß neben ihrem zunehmend betrunkenen Vater und sehnte sich danach, umarmt zu werden, was dazu führte, daß sie eine zu Flirts neigende Dame wurde, gelegentlich etwas laut, manchmal etwas locker. Nestor, der in dem Restaurant arbeitete, mochte sie nicht, denn sie würdigte ihn nie eines Blicks.

Die Blicke waren den Soldaten vorbehalten, die sich hier aufhielten, um uns vor anderen Soldaten zu schützen. Sie schufen für die Eingeborenen Arbeit und Wohlstand, und zum Dank wurde ihnen zuweilen erlaubt, mit den Töchtern des Landes Bekanntschaft zu schließen, und beide Parteien hatten viel Verführerisches zu bieten.

Sunneva, meine *Mutter*, stand an diesem Tag – dem 17. September 1943 – aus einem Soldatenbett auf und sollte als Dank für den Besuch etwas Schönes wählen dürfen, was sie an ihrem lieblichen Körper tragen konnte. Der Soldat hielt ein schwarzes Höschen hoch. Danach ein rosafarbenes:

»Such dir aus, welches zu haben willst.«

»Du kannst mir doch beide geben.«

»Es gibt vielleicht noch andere arme Mädchen, die es nötig haben, sich den Popo zu wärmen.«

»Ich bin nicht arm«, sagte Sunneva, »höchstens im Geiste.«

»Wie findest du denn das hier?«

Da stand der Soldat vor ihr und hielt ihr ein spitzenbesetztes Prachtstück hin.

»Das ist das Schönste, das ich je gesehen habe.«

»Dann nimm es doch, Darling.«

»Das geht nicht. Ich darf kein Grün tragen.«

»Kein Grün tragen?« sagte der Soldat.

»In unserer Familie liegt ein Fluch auf Grün. Mein Vater würde mich töten, so wie ein Verwandter einst umgebracht wurde, als er eine grüne Wolljacke trug. Im siebzehnten Jahrhundert.«

Der Soldat lächelte:

»Bist du denn kein modernes Mädchen, das sich über solchen Aberglauben hinwegsetzt?«

»Neein. Jaa, doch, vielleicht. Aber das Ding wird mich ins Unglück stürzen«, sagte Sunneva und schnappte sich das Höschen.

Zu Hause zog sie die verhaßten alten Unterhosen aus und wollte sich gerade unter Aufbietung aller ihr möglichen Rationalität das grüne Höschen überstreifen – als der Vater, Erling, betrunken in der Tür erschien:

»Was um alles in der Welt erlaubst du dir da, Mädchen?«

Er riß das Höschen an sich, ließ es auf den Fußboden fallen und trampelte darauf herum:

»Begreifst du nicht ... siehst du nicht ...«

»Das war das schönste von allen.«

»Aber weißt du denn nicht ...«

»Das ist Aberglaube. Du hast das alles in den falschen Hals bekommen, und ich bin ein modernes Mädchen. Außerdem ist es *pistazien*-farben.«

Erling blieb das Wort im Hals stecken. Er kaute und schluckte, bis ihm der Schaum vor dem Mund stand:

»Raus aus meinem Haus«, brüllte er mit der beginnenden Wut, die sich nicht mehr legen würde, bis er neun Monate später mein Großvater wurde.

Doch an der Ecke Bragagatan und Undurstigur liegt Nestor und stöhnt. Er sieht Sunneva mit etwas Grünem in der Hand angelaufen kommen:

»Klopf mir auf den Rü... Rü... Rücken. Der Hai... Hai... Hai-Lebertran ist mir in die falsche Keh... Keh... Kehle ger... ger... geraten.«

Sunneva kniet sich hin und schlägt ihm mit den Händen hart auf den Rücken, bis der natürliche Hai-Lebertran herauskommt. Nestor bleibt befreit, mit blutunterlaufenen Augen und mit dem Gesicht nach unten liegen. Er wischt sich an Sunnevas ausgebreitetem Rock ab und legt ihr den Kopf in den Schoß.

»Hast du was Falsches gegessen?«

»Hai-Lebertran.«

»Den du in den falschen Hals bekommen hast. Warum das denn?«

»Aber hast du nicht gehört, was der Präsident gesagt hat?«

»Welcher Präsident?«

»Unser wahrscheinlicher künftiger Präsident, Sveinn. Im Radio, Sunneva.«

»Woher kennst du meinen Namen?«

»Den kennt doch *jeder.*«

In diesem Augenblick war von der Njalsgata her in der im übrigen völlig stillen Stadt ein entsetzliches Gebrüll zu hören: »Sunneva, Sunneva!« Diese ergriff Nestors Hand: »Kannst du mich irgendwo verstecken?«

»Ich wohne da drüben«, sagte er und zeigte auf das kleine gelbe Haus am Undurstigur. Er erhob sich mit Mühe und zog sie in die Wohnung.

»Vater tobt vor Wut. Ich darf dieses Ding hier nicht anziehen.«

»Du hast es doch gar nicht an. Was trägst du statt dessen?«

»Gar nichts. Du hast sicher von Erlings Angst vor allem

Grünen gehört. Kein Salat, kein Spinat, nichts. Was soll dieser Sveinn noch gesagt haben?«

»Er hat eine sehr wichtige Ansprache gehalten, aber wenn du sie nicht gehört hast, ist sie schwer zu erklären, und wenn du sie gehört hättest, würde ich dich fragen, ob du Lust hast. Weil es zum Besten des Landes ist.«

»Was denn?« Sie wirbelte das grüne Höschen mit der Hand herum.

»Daß das Land mehr Kinder braucht. Und daß wir als Taufgeschenk eine an einen Index gekoppelte Krone bekommen würden, wenn ... wenn es zum siebzehnten Juni im nächsten Jahr ein Kind gibt, wenn wir eine freie Nation werden.«

»Sind wir das nicht jetzt schon?«

»Wir sollen noch freier werden. Mit einem eigenen Präsidenten. Lauter solchen Dingen. Mit einem Nationalfeiertag und Hymne. Du weißt schon.«

Das Gebrüll kam jetzt immer näher. Nestor konnte durchs Fenster sehen, wie der Alte von Hauseingang zu Hauseingang lief und gegen die Türen schlug. Sunneva stürzte sich kopfüber unter die Decke, und Nestor tauchte hinterher.

»Glaubst *du* an solches abergläubisches Zeug?« flüsterte sie in der Dunkelheit.

»Ich weiß nicht. Manchmal *muß* man an etwas glauben, woran man nicht glauben will. An natürlichen Hai-Lebertran glaube ich aber.«

Jetzt war der Alte vor Nestors Fenster, das im Parterre lag. Nestor meinte fast, das Gesicht des Alten zu erkennen, das nur einen Meter von seinem entfernt war. Er preßte sich noch mehr an Sunneva und bekam einen Stoß von ihren nackten Beinen ... und ja, der Rock war hochgerutscht. Er berührte sie und schluckte:

»Das hier ist ein ... ein großes Er... Er... Erlebnis für mich.« Und im Schatten dieser Worte preßte er sich eng an sie und flüsterte in das sehr nahe gelegene Ohr:

»Würdest du mit mir gern ein Kind machen, ich meine, weil der Präsident es nun mal will.«

»Nun ja, ich weiß nicht. Kinder schreien. Bei Kindern muß man die Windeln wechseln. Nein, Kinder will ich nicht, aber du darfst mich gern umarmen, ich meine, weil du mich gerettet hast.«

»Wenn ich verspreche, mich um all das zu kümmern.«

»Das sagst du nur.«

»Nein, ich verspreche auf Ehre und Gewissen, mich um all die praktischen Dinge zu kümmern.«

Jetzt hörte er, wie der Mann da draußen sich entfernte, der böse und verzweifelte Erling Jonsson. Sie lagen still im Bett und atmeten.

»Du kannst nicht ahnen, was das hier für mich bedeutet. Ich bin noch nie einer Frau so nahe gekommen. Du weißt, ich komme aus Isafjördur.«

»Einmal ist immer das erste Mal«, erwiderte Sunneva einfach.

»Ich weiß nur theoretisch, wie man liebt.«

»Ach was, lieben, du brauchst nicht so hoch zu greifen.«

»Obwohl ich das Gefühl habe, als würde der Körper die Theorie jetzt in die Praxis umsetzen.«

»Na schön«, seufzte Sunneva. »Wenn du versprichst, dich um das Kind zu kümmern. Wie hieß er noch, dieser Präsident? Was hast du gesagt?«

Ja, ja, Pétur, so hat es sich vielleicht zugetragen, als ich als Spermium hierherzuwandern begann. Aber Tatsache bleibt: Zusammen mit elftausend sogenannten Kindern der Unabhängigkeit kam ich – dem Wunsch des Präsidenten gemäß – am 17. Juni 1944 zur Welt. Es war ein regnerischer Tag. Der Gesang wurde von stöhnenden, schreienden Müttern in allen Ställen und Herbergen übertönt, denn der gute und inzwischen ausgerufene Präsident war in seinem Idealismus erhört worden, hatte aber dieses kleine Detail vergessen: die Entbindungskliniken ausbauen zu lassen. Und Vater mußte sich um mich kümmern, denn Mutters lockere Sitten legten sich erst, als sie gläubig wurde. Und sie wurde wahrhaft gläubig. Als

Lára starb. In dem Augenblick holte sie etwas ein: ein Licht, wie sie behauptete. Ein wanderndes Licht, das lange zu ihr unterwegs gewesen war.

Wohnten Vater und ich im Skáldastígur 12 also allein?

Es ist schwierig, diese Frage eindeutig zu beantworten. Ich möchte behaupten, daß es vollständig von der Wirklichkeitsauffassung abhängt, zu der man sich bekennt. Ist alles eine Täuschung und ein Schein? Die Philosophen haben sich in dieser Frage sicher schon längst geeinigt, doch wenn ja, ist es über Vaters Kopf und meinen hinweg geschehen. denn wir müssen festhalten, daß nur äußerst wenige von denen, mit denen wir täglich Umgang pflegen, zu der sogenannten Wirklichkeit gehören. Wenn ich mich nun zu einem so ernsten Problem mit so vagen Worten äußern darf.

Ich ging meist gegen acht Uhr zu Bett, nicht aus Zwang, sondern mit Freude. Denn wie sehr Vater auch damit beschäftigt war, seine Tonbänder zu redigieren oder sich Wissen für künftige Reportagen anzulesen, nahm er sich stets die Zeit, eine Weile auf der Bettkante zu sitzen und Märchen von der Welt zu erzählen, von Menschen, denen er begegnet war, von Orten, die er besucht hatte; darauf verstand er sich gut, und das übergreifende Thema war: Die Welt ist phantastisch und der Mensch ein Glückspilz, der hier gelandet ist, und am allerglücklichsten ist der Mann, dem es vergönnt ist, die Frau zu beschauen. Wahrlich genial. Als er mir somit eine neue Landschaft zum Träumen gegeben hatte, wünschte er mir eine gute Nacht und ging. Er ließ die Tür jedoch angelehnt, so daß ich seinen Rücken sehen und ihn auflachen hören konnte, leiser und immer leiser, bis ich von der Traumwelt völlig umschlossen war. Doch eines Nachts wachte ich auf.

Ich mußte auf die Toilette. In unserem Badezimmer gab es ein Fenster zu dem mißratenen Garten auf der Rückseite des

Hauses. Vater war kein gärtnerisches Genie. Die dünnen Johannisbeersträucher wollten und wollten nicht wachsen; Stiefmütterchen und Ringelblumen fröstelten an der Mauer. Mit diesem Königreich war es wahrlich nicht weit her. Trotzdem verbeugte sich Vater – wie ich entdeckt hatte – jedesmal leicht, wenn er auf die altersschwache Hintertreppe hinaustrat, als stünde dort eine ihm huldigende Menschenmenge. Respekt vor der Natur kann ich verstehen, Ehrfurcht vor dem Mysterium des Wachsens, ja sogar vor dem, was schief wächst oder so gut wie gar nicht.

Aber immer?

Jedoch stand ich jetzt am Badezimmerfenster. Es war Nacht und Vollmond über der Eberesche. Vater stand an den drei kleinen Steinen, die eine Pyramide bildeten, eine von der Natur geordnete Formation. Aus irgendeinem Grund wünschte er nicht, daß ich sie berührte, als ich im Kletteralter war. Still, mit dem Rücken zu mir und zum Haus, unter dem gewaltigen sahnefarbenen Mond, stand er da, die Hände eigentümlich gekrümmt. Er hatte die Arme in die Höhe gereckt, so daß sie ein Stück in die Helligkeit reichten. Ich öffnete vorsichtig das Fenster, damit ich seine Hände deutlicher sehen konnte: Er hatte sie zu einer Schale geformt. Und plötzlich fielen ein paar Tropfen Mondmilch in die Schale. Und Vater bückte sich und trank.

Es fiel mir schwer zu atmen. Zum einen, weil das, was sich vor meinen Augen abspielte, etwas war, was ich noch nie zuvor gesehen hatte, zum anderen, weil ich mich wie ein unerwünschter Betrachter von etwas fühlte, was noch eine Zeitlang verborgen bleiben sollte. Ich konnte sehen, wie dieses Mondfluidum durch Vaters Adern strömte, sie von innen erleuchtete und ihn fluoreszierend machte. Die Haut glühte, die Augen wuchsen und sandten Strahlen in die Dunkelheit, und einige dieser Strahlen ließen aus der Pyramide zu seinen Füßen Funken sprühen, und ich weiß nicht, wie lange dies weiterging, weiß aber, daß es am Ende des zwanzigsten Jahrhunderts geschah und daß den Steinen zunächst nur als eine

Art Unruhe in der Luft, dann immer deutlicher materialisiert ein Gesicht entstieg, ein Körper. Ich sah dunkles Haar mit einer Strähne auf der Stirn, ich sah große Augen, einen Hals, den linken Arm einer Frau, eine lange Hand, die Vaters Nacken in einem weichen Bogen umfaßte und ihn zu sich heranzog. Ich schloß die Augen und fiel auf den Fußboden.

Das war das erste Mal. Als ich am nächsten Morgen aufwachte, lag ich in meinem Bett und hatte pochenden Kopfschmerz. Die Sonne schien, Vater summte in der Küche vor sich hin, ich spürte den Duft von Toast und warmer Schokolade. Er brachte mir alles auf einem Tablett herein. Es war wie immer: Meine blaue Tasse stand dampfend und warm da, eine Scheibe Toast war mit Honig bestrichen, eine zweite war mit Sardinen belegt und die dritte mit Leberpastete. Das Glas mit frischgepreßtem Apfelsinensaft war da. *Morgunbladid* ebenso. Vater öffnete das Fenster und fragte, ob ich gut geschlafen hätte.

Es hätte nicht alltäglicher sein können.

Doch statt wie sonst zu antworten, murmelte ich ein Wieso? und dachte, er würde jetzt sagen, »im Hinblick auf das, was heute nacht geschehen ist ...« Aber nichts dergleichen. Er nickte freundlich, pfiff das Thema aus Schuberts Forellenquintett, schlug die Feuilletonseite auf, und so schlängelte sich dieser Tag in die Ewigkeit.

Einen Vollmond später wiederholte sich das Ganze. Er stand da draußen im Garten unter einem Himmelskörper, der neue Kraft geschöpft hatte und jetzt mit eigener Milch prall gefüllt war. Diesmal erschien eine blaue Fylgja. Zwar war sie nicht blau, weder ihre Haut noch ihr Haar, und erst später kam ich auf die Idee, sie so zu nennen, um sie von allen anderen Fylgjen zu unterscheiden, die Vaters Nächte bevölkerten. Doch sie hinterließ eine Art Blauheit in den Zimmern. Und wenn die erste Haar und Hand gewesen war, so war diese Bauch und Brust. Vielleicht ist es dieser Art von Lebewesen vorbehalten, sich stückweise und geteilt zu präsentieren.

Welch aufgewühlte Stille im Fenster. Meine Finger lächelten; sie schlossen das Fenster, damit ich einer Entdeckung entging. Doch in jener Nacht entfernte ich die allerkindlichsten Bücher auf meinem Regal, während ich auf leise, tappende Schritte und auf Flüstern in allen Ecken und Winkeln des Hauses lauschte.

Aber natürlich: Es ist unmöglich, seinen Körper über Nacht bis zur Erwachsenengröße aufzublasen. Als ich am nächsten Morgen durch eine knatternde Gardine und ein zum Meer hin geöffnetes Fenster geweckt wurde, betrübte es mich, die Zerbrechlichkeit meiner Gliedmaßen und Zartheit meines Brustkorbs zu entdecken. Vergeblich suchte ich aus dem Inneren des Snæfelljökulls, der auf der anderen Seite des Meeres lag, Kraft zu schöpfen, doch Vater stand näher am Fenster. Die Kraft strömte statt dessen vermutlich direkt in ihn hinein, denn er wirbelte herum:

»Heute fahren wir nach Selfoss, laufen eine Runde und essen etwas Teures.«

»Wieso? Hast du was zu feiern?«

»Das Wetter. Wir könnten doch das Wetter feiern.«

Er log.

Es kamen Abende, an denen eine Tür unmotiviert aufging, an denen ein Lichtstrahl schräg auf den Fußboden fiel. Es kamen Abende und Nächte, in denen ich – nicht völlig auf dem Grund des Schlafs – spürte, wie mir eine weiche Hand übers Gesicht strich. Wenn wir um den Tjörnin herumspazierten, geschah es auch, daß er lächelte, gleichsam selbst überrascht bei einer Erinnerung aus dem Archiv der Nacht, von der ich hoffte, er werde sie mir eines Tages mitteilen. Und dann kamen sie, diese Tage, an denen vereinzelte Repliken sich zu einem Muster verdichteten. Beim Füttern von Enten beispielsweise:

»Hattest du heute Nacht eine Fylgja bei dir, Vater?«

»Du weißt also Bescheid.«

»Kommt sie wieder? Oder sind es immer neue?«

Er hockte sich hin und ließ eine Stockente direkt aus den Händen fressen.

»Tock, tock, tock«, sagte er.

Damit war es gesagt.

Beim Spazierengehen unter Möwen und Fischerbooten, unter grüßenden Fischern und Einkäufern:

»Warum haben heute nacht die Türen so geknallt?«

»Du hast es gehört?«

»Es war praktisch unmöglich, es nicht zu ...«

»Ich glaube, es gibt gleich einen Regenschauer. Sie war eine schwierige Frau. Sie trug an einem dunklen, sehr schweren Berg. Vielleicht kam sie, um Hilfe gegen sich selbst zu finden, doch es mißlang mir. Ich war laut und lärmend, und sie sagte, meine Worte seien wie ein Hagelschauer an der Kopfschwarte. Ihre Sprache erschauerte. Verstehst du, wovon ich spreche, Pétur?«

»Eines Tages werden die Worte mich wohl einholen. Sprich nur weiter, Vater, wenn es hilft.«

»Früher sei es leicht gewesen, mit ihr ins Gespräch zu kommen, sagte sie, doch dann seien die Adjektive ausgestorben. Es sei eine Art Virus gewesen. Dann waren es die Personalpronomina. Irgendein Liebessturm hatte die Ausrufe- und Fragezeichen hinweggerafft. Jetzt blieben nur noch einige Substantive und gelegentlich ein gefrorenes Verb. Es war wohl nicht leicht.«

»Trotzdem wolltest du, daß sie kommen?«

»Hoffnungen. Jede Begegnung ist eine Hoffnung. Man weiß ja nie.«

»Darf ich dich etwas fragen?«

»*Daran* habe ich dich wohl noch nie gehindert.«

»Und du versprichst, nicht wütend zu werden, denn ich will nur *Bescheid wissen. Weshalb* kommen alle diese Fylgjen? Warum nie eine Mami, eine, die meine Mami *werden* kann?«

Vater reckte den Kopf zu den Pelikan-Hälsen der Kräne:

»Wer wird seiner Aufgabe je gerecht. Wer wird überhaupt einer Sache je gerecht? Gib mir etwas Zeit, Pétur.«

Daß Stoff so dünn sein kann.

Und sie flüstern, diese Frauen, die sich über das Bett meiner Kindheit beugen. Der Himmel ihrer Brüste nähert sich meinem Land, in dem es zwischen Schlaf und Wachen keinen Unterschied gibt. Sie flüstern mich zu sich, zu dem dunklen Duft ihrer Achselhöhlen, sie flüstern und entziehen sich, und deshalb weigere ich mich im Traum, erwachsen zu werden, obwohl mein Körper größer und schwerer wird; er bietet einen guten Schutz für meine Kleinheit, und deshalb gehe ich in meinen Träumen weiterhin auf Islands Straßen. Ich beschreite sie unter schwarzen Wolken, gehe unter helleren Himmeln auf ihnen, öffne schwere Haustüren aus Eiche und die zusammengenagelten Bretter von Schafhürden, betrete nackte Hinterhöfe und stelle überall die gleiche Frage:

»Gibt es hier eine Lára? Ich bin gekommen, um ihre Brüste zu berühren.«

Aber niemals. Und immer wieder: »Sie ist *gerade* hier gewesen.« Oder: »Sie soll gerade hierher unterwegs sein.«

Aber niemals. Und immer wieder.

»Welch ein Festessen«, ruft Vater aus, wischt sich den Mund mit der Leinenserviette ab und betrachtet all die Wracks auf dem Eßtisch.

Er ist tapfer in seiner Vaterschaft. Er kocht. Er importiert fritierte Bambusschößlinge, Morcheln, Meerrettich. Ich erinnere mich noch an seine Brombeersuppe auf frostigem Teller mit einem eisigen Sahneklecks an dessen dunklem Strand. Ich erinnere mich an fritierten Ziegenkäse mit Basilikumsauce, ich erinnere mich ...

»Es war doch gut? Oder?«

»Ja, Vater. Es war gut. Es war sehr gut.«

Es ist nur so, daß ich nie anderes als gute, bessere, beste Speisen gekostet habe. Ich wußte alles über Seewolf-Frikassee, Piri-Piri-Hähnchen in Ananassauce, Seezunge Walewska. Mir macht niemand etwas vor, wenn es um »eine Spur zu salzig«, »könnte etwas kälter sein« und »die Farbe ist ein wenig zu blaß« geht.

Doch ich ahne es: Alle diese Mahlzeiten waren Tests. Er kostete, wiederholte, machte sich für Die Große Mahlzeit bereit, bei der sie, deren Namen ich nicht kenne, ihm gegenübersitzen und das sagen sollte, was *ich* eines Tages zu hören bekommen würde: »What is the name of this wonderful fish?« Denn Vater sagte einmal: »Vor langer Zeit, vielleicht in einem Traum, wurde mir eine Begegnung mit Dem Absoluten Du versprochen: Einer Frau von großer Schönheit, Klugheit und Liebeslust, und mit jeder Frau, die sich an mir feucht gerieben hat, habe ich gedacht, jetzt, jetzt wird das Leben endlich seinen tiefsten Sinn zeigen, sein absolutes Ziel.«

Was ich da zu hören bekam, konnte mich nicht traurig machen. Ich hatte seine große Einsamkeit schon verstanden: Sie machte sich bei diesen Mahlzeiten durch das ewig wiederholte Nicht Wahr überdeutlich.

»Gut, nicht wahr, Pétur?«

»Ja, Vater.«

»Gerade richtig gebraten, nicht wahr?«

»Ja, Vater.«

»Recht gemütlich, nicht wahr?«

»Ja, Vater.«

Wie schweres Laub, Blätter, die über dem Eßtisch herabsegelten, während ich mein tägliches Gebet murmelte, er möge noch einige von denen, die sich an ihm feucht rieben, sich über mich beugen lassen ...

Sie hieß Unnur. Ich war sieben Jahre alt.

Ich schleppte mich durch die Tür ins Haus und warf – als ich Vater im Arbeitszimmer entdeckte – die Jacke mit aller Kraft auf den Fußboden, trampelte mit meinen schlammverschmierten Füßen darauf herum und blieb dann mit dem Rücken zu Vater so stehen, bis er – ich weiß nicht, nach wie langer Zeit – auf mich aufmerksam wurde.

Da hob er endlich den Kopf. Ich konnte ihn nämlich im Flurspiegel sehen, wenn ich ein wenig nach links blickte.

»Was ist los?«

Ich entschied mich, nicht zu antworten. So wurde es deutlicher, und ich schaffte es noch, das schmerzliche »Er mag mich nicht« zu denken. Er sieht mich nicht. Mein Leben hat keinen Sinn. Als ich mit der Sinnlosigkeit so weit gekommen war, war er plötzlich ganz bei mir:

»Ist heute was Trauriges passiert?«

Es war noch nicht die richtige Situation, darauf zu antworten. Mein Schmerz wog unendlich viel schwerer als zwei Minuten unerklärlichen Verhaltens. Erst als er mich noch einmal einer verwunderten Frage würdigte, beschloß ich, daß nun die Zeit für ein nachdrückliches Jaaaa gekommen war.

Erst danach setzte das große Heulen ein.

Es war nicht geplant, denn ich hatte sofort losbrüllen wollen, sobald ich den Skáldastígur betrat, doch es war rutschig draußen, und wenn man weint, verdunkelt sich das Blickfeld. Jetzt stand ich wie angewurzelt im Flur.

Vater kam mir zu Hilfe:

»Geht es um irgendein Mädchen?«

»Jaa.«

Im Spiegel sah ich, daß er nach einem Buch griff, planlos

darin blätterte und dann zu lesen fortfuhr. Es war unerhört, mitten in dem Unausgesprochenen allein gelassen zu werden. Es kam mir vor, als stünde ich auf einer Eisscholle, die immer schneller den Fluß hinuntertrieb. Schließlich sah ich mich gezwungen, alles auf eine Karte zu setzen.

»Frag weiter!«

Das Wunder ereignete sich. Er legte das Buch beiseite, erhob sich aus dem Sessel und kam zu mir in den Flur:

»Möchtest du erzählen?«

»Jaa.«

»Und um wen geht es?«

Immer noch starrte ich auf das Hutregal, immer noch tropfte feuchter Schmutz auf meine Jacke, aber es war noch unmöglich, die Füße auch nur einen einzigen Zentimeter vom Fußboden zu heben.

»Unnur. Es ist Unnur.«

»Auds und Gunnars?«

»Jaa.«

»Du magst sie?«

»Jaa.«

»Aber sie mag dich nicht?«

Ich versuchte, den Rotz abzuwischen, der mir aus der Nase lief, doch jetzt kamen die dicken Tränen, jetzt brachen alle Dämme:

»Es ist so, mußt du wissen, daß ich nie ... niemals nach Hause zu gehen wage, bevor *alle* anderen weggegangen sind ... denn Einar und Unnur ... es kommt mir vor, als könnte ich nicht ertragen, daß sie sich im selben Zimmer aufhalten. Ich spioniere ihnen überall nach, und dann will ich nur noch sterben, wenn sie allein im selben Zimmer sind und er Sachen zu ihr sagt, über die sie lacht.«

»Dann wirst du eifersüchtig?«

»Ich weiß nicht, was es ist, aber ist so ein merkwürdiges Gefühl im Körper, wenn sie lacht, und deswegen habe ich ihm heute ein Bein gestellt.«

»Hat er sich weh getan?«

»Es war an einer so dummen Stelle. Bei den Kissen. Er fiel einfach nur auf die Kissen und glaubte, daß ich Spaß mache. Über Ostern wird er nach Norwegen fahren.«

»Es würde dir besser gefallen, Unnur zu treffen, wenn er nicht dabei ist?«

»Mm.«

»Wir könnten sie einladen, zu uns zu kommen. Dann könnte sie hier übernachten, und ihr könntet allein spielen.«

Ich schluckte. Es ging gleichsam ein bißchen zu schnell.

»Aber worüber ... worüber sollen wir ... uns unterhalten?«

»Wir werden uns eine gute Liste mit Dingen einfallen lassen, über die ihr sprechen könnt. Worüber *möchtest* du denn mit ihr sprechen?«

»Darüber, daß sie hübsch ist und so.«

»Dann nehmen wir ein Blatt Papier und schreiben. Damit du es nicht vergißt.«

»Aber ich traue mich wohl nicht. *Warum* traue ich mich nicht?«

»Wahrscheinlich *soll* es nicht ganz leicht sein, mit Frauen umzugehen. Mir fällt es auch nicht immer so leicht, wie du weißt. Es gibt Dinge, die man sagen will, und Dinge, die man sagen *kann*.«

Ich fühlte mich sehr müde. Ich ging in mein Zimmer, legte mich ins Bett und muß eingeschlafen sein, denn als ich zum Essen geweckt wurde, war es schon dunkel.

Vater, der die Gabe besaß, Dinge übermäßig zu organisieren, rief Aud und Gunnar an – ja, er rief beide an, da sie in Scheidung lebten und sich um Unnur stritten, was weder Unnur noch mir bewußt war – und lud Unnur über die Ostertage zu uns ein. Sie kam. In einem rosafarbenen Kleid. Hatte neue Zöpfe mit blauen Schleifen. Eine kleine Tasche mit Zahnbürste und Pyjama. Sie machte vor Vater einen Knicks, richtete Grüße ihrer Eltern aus und war entsetzlich affektiert. Genauso affektiert wie Vater übrigens. Er hatte den Eßtisch für uns zwei mit Servietten und brennenden Kerzen gedeckt. Es gab Schweinekoteletts und Baiserstücke mit Schlagsahne und Schokoladensauce. Er sagte: »Jetzt laßt es euch gutgehen, bis ich wiederkomme. Ich komme vielleicht erst spät.« Ich hatte in einem schwachen Augenblick behauptet, wir könnten allein zu Hause sein. Es war nicht einfach. Während der gesamten Mahlzeit warf ich Seitenblicke auf den Zettel, der mit einer Heftzwecke hinter der Gardine befestigt war.

Papis Tonbandgerät zeigen.

Bilder in einem Buch über Sex angucken.

Fragen, ob sie eine Limonade möchte.

Es war ziemlich langweilig, bis sie von Auds und Gunnars Streit erzählte. Unnur meinte, sie könnten sich genausogut scheiden lassen. Die Hauptsache ist ja, daß sie Freunde bleiben, sagte sie, und ein feines Lächeln umspielte ihre Lippen.

Dann wollten wir uns schlafen legen. Sie putzte sich als erste die Zähne. Einer davon saß schon ziemlich locker. Sie zeigte mir, daß sie mit ihm wackeln konnte. Sie bot mir an, ich dürfe gern mal fühlen. Das tat ich. Er saß ziemlich locker. Als ich mir die Zähne putzte, verschwand sie ins Zimmer und zog sich den Pyjama an, doch ich konnte noch sehen, daß sie ein geblümtes Höschen anhatte, eins mit roten Blumen. Ich zog mich im Badezimmer um.

Als ich ins Zimmer kam, hatte sie sich schon in das Bett über meinem gelegt. Ich hatte es ihr vorher gezeigt und gesagt, es sei ihres. Wenn sie es haben wolle. Sonst könne sie meins bekommen. Das hatte ich gesagt. Aber das obere sei schon in Ordnung. Sagte sie.

Sie schlief fast auf der Stelle ein. Ich schlief gar nicht ein, doch, vielleicht gegen Morgen; etwas im Zimmer war so merkwürdig, etwas, das vorher nicht da gewesen war, doch mir fiel nicht ein, was es war.

III

Vögel sollen fliegen.

Vögel sollen nicht neben einem in Gedanken versunkenen Wesen schweigend auf einem Stein mit Aussicht auf Heiden, Fjälls und ein aufgewühltes Meer sitzen.

Vögel sollen sich vor allem nicht mit kleinen Hüpfern einer solchen Gestalt immer mehr nähern. Das ist pervers. Dies gilt ganz besonders, wenn der Vogel ein Kolkrabe ist. Überdies scheint er schon seit Tagen meine Nähe zu suchen. Er fliegt nicht mal dann weg, wenn ich den Arm bewege oder eine andere Stellung einnehme. Ich habe sonst nicht viel übrig für Berichte über die Klugheit von Tieren, die prophetischen Gaben von Hunden oder die Intelligenz von Katzen. Ich weiß aber, daß sich außerhalb des provinziellen Territoriums unserer Vernunft so viel unbekannte, ungezähmte Energie bewegt, daß es die Forschungslabors der Welt noch jahrzehntelang mit Fragen füllen wird.

Die Fragen, die Heidegger zufolge die Frömmigkeit des Denkens sind, sind ja die einzigen Wege, die zu ... um ein Haar hätte ich gesagt »die zu Gott überleiten«, was hier oben auf der Heide nicht schwer zu sagen ist. Ja, vielleicht begebe ich mich gerade wegen dieser Leichtigkeit hierher, bevor ich mit den Schreibereien des Tages beginne. Ich habe mir jedenfalls eingebildet, daß es hier draußen *leer* ist, daß nichts *geschieht*, daß ich mich hier von meinen zivilisatorischen Unsitten befreien kann, beispielsweise der, am Morgen jeden Tages unter den Todesanzeigen nach meiner eigenen zu suchen. Ich versuche so zu tun, als wäre es mir gar nicht bewußt, wenn ich die Seiten durchblättere, doch es entgeht mir nicht, daß die Augen mit genau diesem Auftrag vorausgeschickt worden sind. Und hier draußen habe ich ein ähnliches Verhalten entdeckt: Ich versuche, die Steine, die Lavablöcke und die weiten Linien am Horizont sozusagen postum zu betrachten. Ich versuche, mich zu einem Niemand, einem Nichts zu machen – doch es geht schlecht, weil ich, du, wir alle eine Erzählung mit uns herumschleppen.

Ich zitiere Vater: ICH »findet nicht statt«.

Ich zitiere: dessen Tätigkeit ist »stillgelegt«.

Ich zitiere: ICH bin vorübergehend »außer Betrieb«. Doch das hilft nur wenig. Die Erzählung folgt dir in einigem Abstand, bewacht dich. In Reykjavik, in Paris. Sie betrachtet dich aus den verschiedenen Zimmern der vorigen Woche. Aus denen der Kindheit. Von den Aussichtspunkten der Niederlagen. Sie läßt dir keine Ruhe. Daher die Heide. Daher meine Irritation darüber, von diesem Kolkraben gestört zu werden. Doch schließlich gab ich nach. Ich stand auf:

»Na schön. Dann gehen wir eben.«

Und der Kolkrabe führte mich durch das unwegsame Gelände, über Lavaboden und Felsvorsprünge, bis ich mich nach einer halben Stunde endlich über einen Felsabsatz beugte und auf das Nest der Kolkraben tief unter mir blickte.

Und ich sah, was der Kolkrabe gesehen und gewußt hatte: Dort unten lag seine Gefährtin. Tot. Sie lag auf der Brust, die Schwingen in all ihrer glänzenden Pracht ausgebreitet. Das Hochamt der Fliegen hatte schon begonnen. Unter den Schwingen des Kolkrabenweibchens hätten sich einige frischgeschlüpfte Jungen befinden sollen. Es gab keine Jungen. Doch glänzend wie ein Stück Gold lag in einer Felsspalte einige Meter unter mir eine Patronenhülse, und im Berg steckte ein Eisenring, wie man ihn zum Befestigen von Taljen und Seilen benutzt.

Als ich das gesehen und mich aufgerichtet hatte, verabschiedete sich der Kolkrabe lautstark. Er stieg in immer höheren Kreisen empor, trug seine schwere Trauer in die Welt hinaus und ließ mich als Zeugen zurück. Deshalb blieb auch die Erzählung still im Wind stehen.

Eines Tages in seinem Leben wird man zwölf Jahre alt.

Das ist für viele eine folgenschwere Jahreszahl: Das Leben muß jetzt eine bestimmte Richtung einschlagen, und der Körper will nicht immer das gleiche.

Es ist ein solcher Tag, an dem der Snæfellsjökull sich wie eine Kirche vor dem blauen Himmel abzeichnet. Die Gardine bläht sich im Fenster; ich spüre gleich nach dem Aufwachen, daß der Berg mir Kraft gibt und daß der Tag eine Merkwürdigkeit enthalten wird. Und ich versuche, im Schokoladenduft aus der Küche dieses Unbekannte zu deuten, in dem Geräusch des Öffnens der Speisekammertür, im Klang des Briefkastens, als Vater die Zeitung holt. Deutliche Wahrnehmungen, die mich alle reizen und mit Erwartung erfüllen.

Wie wunderbar lächerlich dieses Ritualisieren: Die schleichenden Schritte auf der Treppe, das Räuspern, bevor die landesweit bekannte Stimme zu singen beginnt: »Hoch sollst du leben«. Heute gibt es Krümel im Bett.

»Soso«, sagt er. »Damit ist deine Kindheit wohl zu Ende, wie ich zu meinem Bedauern sagen muß. Gleichzeitig heiße ich dich in der Sphäre der Erwachsenen willkommen.«

Er stellt das Tablett auf die Bettkante.

Während wir essen, werfe ich Seitenblicke auf das Paket. Bis er aufsteht und feierlich wird:

»Damit ist die Stunde gekommen, und so weiter. Hiermit überreiche ich dir ein Zeichen meines Versagens im Leben. Mit den Flügeln deiner Füße sollst du den Ball – du weißt ja, daß dies der Ball ist – in ein Instrument des Sieges verwandeln. Es ist ein heiliges Geschenk, das du gut pflegen sollst. Möge es dir Erfolg im Leben bescheren. Eine Gabe unseres alten Präsidenten an dich durch mich, die Transitstation. Laß mich ihn für dich aufblasen.«

Ich sehe Vater, einen der Elftausend, wie er das Papier auseinanderfaltet und den verschrumpelten Lappen hervorholt, der in all diesen Jahren auf seinem Glassockel gelegen hat, sehe, wie er den Mund an den Gummischlauch führt und zu blasen beginnt; die Hülle in seiner Hand liegt zunächst still, dann zuckt sie ein wenig, kippt zur Seite wie eine Sau, schwillt an. Er bläst und bläst, bis seine Wangen blau werden und die Augen aus ihren Höhlen zu quellen drohen.

»Hör auf, Vater, du siehst schrecklich aus.«

Er hört nicht auf. Er gibt alle Luft von sich, die er besitzt; meinetwegen entleert er sich total, und alle Vernunft, alles Pneuma verläßt ihn. Ausgepumpt sackt er am Fußende meines Bettes zusammen, mit einer letzten Anstrengung gelingt es ihm, den Stöpsel in den Schlauch zu drücken. Dann stöhnt er ein Bittesehr und bleibt auf dem Fußboden liegen.

Doch ich bin jung, und mein Glück kennt keine Grenzen; ich springe aus dem Bett, fange im Schlafzimmer an zu dribbeln, schieße gegen die Wand, die Tür, gegen Vaters Bauch, ja sogar auf die mittlere Sprosse des offenen Fensters, und dabei liegt Vater nach wie vor auf dem Fußboden und versucht etwas neue Luft einzuatmen, doch es ist, als hätte er alles, was er besitzt, mir gegeben, seinem eingeborenen Sohn, Pétur Halldórsson.

Es kann kein gewöhnlicher Ball gewesen sein. Gewöhnliche Bälle kommen nur im Plural vor. Ich spürte seine Kraft im selben Augenblick, in dem er meinen Fuß berührte, an einem Punkt, an dem ich, ohne es zu wissen, eine unbekannte Kraft besessen haben muß, Gleichgewicht, Freude. Kurz: Der Ball hatte mich gefunden.

Er wollte mich, und ich wollte ihn. Ich streichelte ihn mit dem Fuß, hob ihn leicht über den Kopf, drehte mich im Flur auf dem Absatz um, schlug den Ball quer über den Skáldastígur, fing den Abpraller mit dem Kopf auf, einmal, zweimal, den ganzen Weg an der Asvallagata entlang, ja, während meines ganzen triumphalen akrobatischen Spiels an der Bjarkagata und dem Abhang des Hringbraut bis zur Skalholtgata. Zwischen Autos und Bussen. Inmitten der erstaunten Blicke von Fußgängern, und wenn ich es nicht wollte, berührte der Ball keinmal den Boden.

Ich sah sie von weitem: Eggert und Páll und Árni, ich sah Einar und Olafur, wie sie den alten Fetzen gegen die Garagentür an Bragagatan knallten, und wie üblich guckte das entsetzliche Mädchen Juliette über die Mauer, und wie üblich stand Svala mit ihrem Korb voller Heringe da und gaffte bewundernd, und ich knallte den Ball gegen die Hauswand, so daß Juliette sich duckte und verschwand. Ich fing den Ball mit dem Knie auf, brachte eine *bicicleta* über einen geparkten Wagen hinweg zustande, ja, ich war an diesem Juliabend mit seinen ungewöhnlich lauen Winden unbesiegbar. Der Ball las meine innersten Gedanken; er war alles, er war golden, aber rot leuchtete mein mit Glut gezeichneter Name im Leder: PÉTUR leuchtete es, und ich schlug mit der Breitseite zu und hob den Ball in einem weiten Bogen über den Erdboden. Der Ball sauste an den Markierungen vorbei, die in der Garage das Tor bezeichneten, flog über die Mauer und versank – wie die Sonne – hinter dem Horizont unserer Augen: Ein Schuß, der die Welt verändern würde, zumindest meine.

Das Spiel, schreibt Huizinga, ist etwas, was beginnt und in einem bestimmten Augenblick endet. Solange es währt, herrscht Bewegung, Wellengang, Abwechslung und eine bestimmte Reihenfolge. Wenn es einmal zu Ende gespielt ist, bleibt es als geistige Schöpfung erhalten. Oder, wie ein früherer Beamter des französischen Kriegsministeriums sich ausdrückte: »Gegenüber den Regeln eines Spiels ist keine Skepsis möglich.« Auf chinesisch heißt Spiel WAN – was bedeutet: »Kleine Schmuckstücke zwischen den Fingern hindurchgleiten lassen«, alternativ: »Den Mondschein genießen«, was sich wiederum mit »sich unter spielerischer Aufmerksamkeit einer Sache widmen« übersetzen läßt. Im Griechischen haben wir das Gegensatzpaar: Agonistik–Paideia, das heißt Kampf, Wettbewerb – Spiel; die meisten Sprachen kennen diesen Dualismus, während das Französische KEIN GEGENSTÜCK DES BEGRIFFES KENNT, etwas, was jeder auf der Stelle verstehen dürfte, der irgendwann in seinem Leben gesehen hat, wie ein französischer Botschafter an einem Juliabend mit ungewöhnlich lauen Winden einen isländischen Fußball krampfhaft festhält. Denn genau dies war der Anblick, der sich Páll und Árni, Svala, Olafur und mir bot, als wir die Bragagatan hinaufrannten, um eine Ecke bogen und uns bereitmachten, das hübsche schmiedeeiserne Gitter aufzureißen, das wir Isländer dem Vertreter Frankreichs mit einer leicht einfältigen und einschmeichelnden Geste zum Geschenk gemacht hatten. In dem Glauben, daß Gittertore nur verschlossen gehalten werden, um Schafe auszusperren, versuchte ich es aufzureißen. Der Mann stand da auf der Treppe, umgeben von wildem Wein und einigen abgebrochenen Rosen, ein Mann mit dem Körperbau einer Bierflasche, mit Hängeschultern, einem schwarzen Schnurrbart und blinzelnden schwarzen Augen. Zwischen seinen Fingern sah ich meinen Namen PÉTUR und in etwa gleicher Höhe mit diesem Namen die hochnäsige Juliette.

In der Sprache meines Landes – damals standen mir nicht viele andere Möglichkeiten zu Gebote – rief ich (freundlich):

»Können wir den Ball wiederhaben, Onkel?«

Er stand unbeweglich da, die eine Hand über, die andere unter dem Ball. Unbeweglich auch Juliette. Und abermals erhob ich die Stimme:

»Können wir den Ball wiederhaben, Onkel?«

Und in dem Glauben, mit einem geistig Behinderten zu sprechen, machte ich eine Geste mit kreisförmigen Handbewegungen, denen ein Zeigen folgte:

»Den Ball? Wiederhaben?«

Keine Bewegung, kein Blick. Immer wieder hat sich diese Szene vor meinem geistigen Auge abgespielt. Sie enthält in sich alles, was die Lebenseinstellung eines Menschen begründet. Denn bis jetzt war mein Leben offen gewesen, ohne Richtung, unbegrenzt: Jederzeit konnte sich alles mögliche ereignen. Und während ich noch dort stehe, möchte ich mich gern an das erinnern, was ein Freund – viel später – sagte: »Du darfst dich selbst als jungen Menschen nie verachten. Vergiß nie, daß der, der du heute bist, aus dem hervorgewachsen ist, der du *gewesen bist.* Gerade das Kind, das du gewesen bist, ist die einzige Voraussetzung für den Menschen, der du *bist.* Jede deiner Handlungen von damals hat für heute eine Konsequenz, auf die du vielleicht nicht stolz zu sein brauchst, die aber dennoch dir gehört.«

Und jetzt folgt die Replik, die mich wie eine Guillotine von meiner Kindheit trennt.

»Non.«

Obwohl ich mit meinen Studien des Französischen oder irgendeiner anderen Sprache noch nicht begonnen habe, verstehe ich sofort den Sinn seiner energischen Äußerung.

»Geben Sie uns den Ball«, schreie ich.

»Non.«

Seine absolute Unbeweglichkeit ist erschreckend. Wir hüpfen und zerren an dem Tor – aber nichts hilft; er äußert nur die Replik, die ich hier in korrekter Schreibweise und Übersetzung wiedergebe, die sich an diesem Abend aber wie das Kläffen eines Terriers anhört:

»Ce ballon est la propriété de l'État français.«

Dieser Ball ist Eigentum des französischen Staates.

Da fahre ich mit der Faust in Fisch-Svalas Korb und ziehe eine ganze Handvoll blutiger Heringe heraus, die ich dem Botschafter entgegenschleudere. Doch sie landen allesamt auf der kleinen Juliette. O mein Gott, wie schön sie war!

An einer unansehnlichen Haustür in der Ysagata kann der aufmerksame Flaneur ein Schild lesen, wenn er einige herabhängende Ebereschenzweige zur Seite biegt:

THORLEIF
SMÖR
POET

Thorleif Smör, der seine Tage damit beendete, auf Sansibar Tauwerk zu spleißen, war einer der Vettern meiner unbekannten Mutter, und zu der Zeit, als der Fußball PÉTUR auf den zehn Metern ins Unbekannte noch durch die Luft sauste, war er nur einer der vielen Vettern und zufällig Poet. Später würde ich jedoch erfahren, daß der einzige, der diesen Titel zur Schau trug, es nicht war. POET – der älteste Beruf im Land, stand nämlich für POlizeiliche Einsatz-Truppe. Er war mit anderen Worten unsere Geheimpolizei in höchst eigener Person, unsere kleine CIA.

Als unsere Unabhängigkeit ausgerufen wurde, gab es ein entsetzliches Durcheinander im Allting. Ein neues Land. Ein modernes Land. Hier gehe es jetzt darum, sagten die Klugen, nicht einfach wie früher weiterzumachen; wir dürften uns nicht mit einem Augenzwinkern über all die Gesetze hinwegsetzen, die uns die Dänen als Bürde auferlegt hätten, Gesetze, aus deren Sinn und Inhalt wir nie schlau geworden seien. Gesetze, die zu übertreten wir ganz im Gegenteil verlockt würden, gerade weil sie existierten. Damals – zu der Zeit, als wir also noch ein ungehorsamer Vasallenstaat waren – waren *alle* Poeten, damals hatte jedermann einen Vers auf den

Lippen. Man begrüßte sich mit einem Knittelvers, Jambus oder Trochäus; und es regnete Metaphern – das letzte, was einen Poeten im Stich läßt. Es war eine herrliche Zeit.

Doch jetzt: Ein Zeitabschnitt der Umschulung stand vor der Tür. Einige *mußten* Politiker werden, andere Unternehmensführer, Administratoren, Bürokraten. Für jeden Dänen, der verschwand, mußte man das Loch sozusagen mit einem Isländer stopfen. Das Allting, das bisher eher die Funktion eines Dichterpodiums gehabt hatte, leerte sich plötzlich, das flache Land begann sich zu bevölkern, man tat wieder so, als liebte man es, mit den Händen um warme Zitzen verschiedene Arten von Kühen zu melken, während man damit fortfuhr, seine ungeschriebenen Gedichte zu vollenden. Denn, wie Snorri sagt: »Schlimmer als der Tod ist eine halbe Verszeile.« Oder mit den Worten eines seiner modernen Nachfolger:

Quälend auch die üble Sitte,
den Vers zu enden in der Mitte.

Die im Alltag noch Übriggebliebenen – größtenteils epische Dichter, Vertreter unendlicher Preisgedichte – beschlossen, die Ämter durch Losentscheid zu verteilen, und man versprach auf Ehre und Gewissen, niemand werde mehr als ein paar Jahre auf seinem – und hier senkte sich ein neues Wort auf das Vaterland hernieder – Ministersessel hocken müssen. Man schleifte die widerstrebenden Flüchtlinge nach Reykjavik zurück und klebte ihnen Etiketten auf die Brust: Karl Jonsson, Exportminister, Frej Einarsson, Präsident, Olafia Sigurdardóttir, Kirchenministerin, und so weiter. Es war eine düstere Zeit.

Will heißen: Zunächst hießen sie gar nichts, doch dann brach ein Sprachenstreit aus, danach ein Sprachwettbewerb. Sieben Begriffe wurden gestrichen, doch neue Worte kamen zur Welt. Kerngesunde isländische Wörter.

Es gab viel zu bedenken: Einige sollten Herrschende werden, andere Beherrschte, denn so war es im Ausland. Einige waren Beamte, andere nicht.

Thorleif fiel also das Los zu, unsere Geheimpolizei zu werden, und eine Zeitlang debattierte man, inwieweit er in Anonymität leben sollte oder nicht. In den Zeitungen brach ein Streit aus. Thorleifs Mutter, die berühmte Signhild auf Hattvik, meinte, Anonymität passe nicht zu ihrem Sohn. Er sei, betonte sie, ein Mann der Ehre oder werde es zumindest sein, und die Bürde, die man ihm auferlegen wolle, sei so schwer, daß sie mit einer geeigneten Dosis an Öffentlichkeit und Medaillen kompensiert werden müsse. Schließlich einigte man sich darauf, ihm seine Berufsbezeichnung zu belassen, allerdings mit dem Unterschied, daß sie wie oben erwähnt gedeutet werden sollte. Jedoch erlegte man ihm auf – für den Fall, daß eine Spionageaffäre aktuell würde und fremde Elemente unbequeme Fragen stellten –, seine ursprüngliche Dichterrolle am Leben zu erhalten, indem er täglich ein Gedicht publizierte, das bei Bedarf den UB (unwillkommenen Besuchern) zu zeigen sei. Diese Gedichte sollten »weiche« Themen wie Natur, Alltäglichkeit des Lebens, die Liebe etc. behandeln, weshalb es zu seinen Amtspflichten gehörte, sich während der Arbeitszeit Erfahrungen der verschiedensten Art zu verschaffen.

Ich erzähle dies nur, weil ich ein Beispiel dafür nennen möchte, worüber wir isländischen Staatsbürger sprachen, wenn wir Thorleif besuchten, obwohl wir seine eigentliche Mission kannten. Wir waren jedoch davon beseelt, eventuelle Lauscher einer fremden Macht in die Irre zu führen.

Als Biograph und Geheimpolizist war Thorleif Smör unvergleichlich, ja, er hatte sogar ein eigenes Genre erfunden, das diese beiden Seiten seiner Persönlichkeit in sich vereinigte:

In den Kalten Norden wurde
Der Franzmann berufen.
Laut Auskunft, die Thorleif
Im Monat Mai zu lesen bekam,
Kein Totschläger.

So begannen eine Zeitlang die meisten seiner Epen, da er scharf auf die Papiere reagierte, die er aus dem Ausland empfing und die in der Regel wie folgt lauteten:

»M. Louis Eugène Abrabanelle, geboren am 13.4.1936 in Lacoste, Prov... legte im Alter von 18 Jahren in Apt die Reifeprüfung ab ... blablabla ... Monsieur A. ist ein zuverlässiger und sorgfältig arbeitender Beamter, der sein Amt zu größter Zufriedenheit ausgefüllt hat, weshalb wir ihn auf das wärmste empfehlen können. Sein Interesse für Ihr Land ist vielfach bezeugt, und seine Offenheit für neue Kontakte macht ihn zu einer lebendigen Persönlichkeit. Hat sich im Fernen Osten aufgehalten.«

Thorleif Smör begriff, daß der größte Teil dieser Darlegung verlogen war. Kein Mensch läßt sich auf diese Weise zusammenfassen, und wenn er es zuließe, wäre es eine große Tragödie.

Jeder Mensch birgt in sich ebenso viele Menschen, wie es in der Musik Tonfolgen gibt. Bei Städten verhält es sich genauso: Auf einer Straße entlangzugehen, philosophiert Thorleif und lehnt sich in seinem Schreibtischstuhl zurück – heißt, auf ebenso vielen Straßen zu gehen, wie es Atemzüge gibt ... Allerdings nicht in Reykjavik, beendet er diese Reflexion, die möglicherweise in einem kleineren Gedicht wieder auferstehen würde. Er schärfte seine Sinne, wie er es ausdrückte, und blickte über die Stadt, die sich noch nicht entschieden hatte, wie sie aussehen wollte. Er sah das alte Flugfeld. Flugzeuge und Frauen waren für ihn das Schönste, was es gab.

Er sah auf die Uhr und erkannte, daß der isländische Staat keine Einwände erheben würde, wenn er jetzt sein Tagwerk beendete. Er verschloß die Tür, putzte mit dem Jackenärmel das Namensschild, legte die Hände auf den Rücken, sah sich anweisungsgemäß um und begann seinen Heimweg.

Thorleif Smör hatte ein kompliziertes Verhältnis zu seinem Ich: Er war damit betraut, es zu bewachen wie eine Kostbarkeit. Er bewachte es gegen Krieg, Trunksucht und häßliche Nebensätze, gegen Feuersbrünste und Humor, hielt in weitem Umkreis Ausschau, damit keine fremde Macht sein Inneres besetzte – ein Königreich, frei von Korruption.

Fragte man ihn, wie es ihm gehe, gab er leider Antwort. Gut ging es ihm nie, und er berichtete geduldig über den Zustand seines Körpers und seiner Seele. Für das, was *gut* war, besaß er nur eine Handvoll farbloser Wörter, während er für das Böse und Krankhafte eine Palette besaß, deren Reichhaltigkeit ihresgleichen suchte. Es kam vor, daß er mit den Gebrechen seiner Füße begann und sich Glied um Glied, Muskel um Muskel beschrieb; mit der Laterne eines immer umfangreicher werdenden medizinischen Wissens leuchtete er in jede Ecke und jeden Winkel seiner winzigen Kathedrale. Als Mitglied im Landesverband der Hypochonder Islands verfügte er über ein reiches Netz von Ärzten, so daß er bei jedem Wehwehchen mindestens drei Stück davon mit verschiedenen Spezialgebieten konsultieren konnte. Und als wir ihn jetzt näher kommen sehen, renne ich über die Straße:

»Thorleif, Thorleif, komm her und hilf uns!«

»Was ist passiert?«

»Dieser Typ da«, sagte ich und zeigte in den Garten, »will meinen Ball nicht zurückgeben. Ich habe ihn von Vater bekommen. Ich habe heute Geburtstag.«

»Gratuliere. Aber das da, das ist doch der französische Botschafter.«

»Er hat den Ball genommen, Thorleif.«

Thorleifs Verhältnis zum Sport war nicht das beste, seitdem ihm eines Tages ein Pingpongball gegen die Stirn geknallt war.

»Ist es der Ball da? Den der Botschafter hält?«

»Siehst du einen anderen?«

»Und warum heult dieses Mädchen so?«

»Sie hat sich mit Heringen bekleckert.«

»Die du« – er sah sich um, und sein Blick blieb an Svalas Korb hängen – »Svala weggenommen hast, um sie damit zu bewerfen? Nun ja, ich werde sehen, was ich tun kann.«

Er räusperte sich und zog die Handschuhe aus.

»Könnt ihr Kinder so nett sein, einen Schritt zurückzutreten. Ich muß jetzt französisch sprechen. Es ist immerhin möglich, daß er euch nicht verstanden hat.«

Das imponierte uns gebührend. Wir stellten uns gehorsam in einem Halbkreis hinter ihm auf. Thorleif machte den Mund auf:

»Mon cher monsieur l'Ambassadeur« (und ich nehme mir jetzt die Freiheit, von nun an in unsere Muttersprache zu übersetzen). »Diese Kinder, die mir sämtlich bekannt sind, äußern durch mich den Wunsch, den Ball zurückzuerhalten, den Sie gerade in Händen halten, Herr Botschafter. Er ist nämlich ein Geburtstagsgeschenk dieses Jünglings von seinem Vater.«

Thorleif legte mir die Hand auf den Kopf und zog mich zum Gartentor:

»Mach einen Diener.«

Ich verbeugte mich. Doch schon bevor ich den Kopf hatte heben können, höre ich ihn wiederholen:

»Non. Ce ballon est la propriété de l'État français.«

»Mais, mon cher monsieur ...«

»Non.«

Auf Island – das ist schon immer mein Eindruck gewesen – werden Kinder respektiert, ob sie nun Früchte einer Ehe sind oder nicht. Wir besitzen keine andere Aristokratie als die Kinder. Die Kinder sind, je nach ihren Fähigkeiten, vollwertige Glieder der Gesellschaft. So kam es, daß ich schon im Alter von acht Jahren erkannte, was »arbeitslos« bedeuten kann, als meine Sommerfamilie in Isafjördur einen Kartoffelpflücker gekauft hatte, der von einem Pferd gezogen wurde. Für uns, die wir nicht in Anspruch genommen wurden, war dies ein kummervoller Sommer. Folglich schreie ich jetzt – im Namen aller Kinderpopos Islands:

»Du bist ein Dieb, du Scheißkerl.«

Thorleif weigerte sich, diese Äußerung zu übersetzen. Die Tochter des Botschafters streckte mir die Zunge raus. *Sie* hatte verstanden und hätte nur zu gern einen der Heringe vom Kiesweg aufgehoben, um ihn zurückzuwerfen, wagte es aber wohl nicht wegen ihres idiotischen Vaters. Thorleif legte mir erneut die Hand auf die Schulter und äußerte die verblüffenden Worte:

»Dies wird sich möglicherweise als knifflige juristische Frage erweisen. Ich glaube, im Augenblick ist es das beste, wenn wir uns zurückziehen.«

Vaters Verhältnis zu fremden Mächten war bislang immer gut gewesen. An diesem Abend jedoch, mit seinen ungewöhnlich lauen Winden, als ich die wachsende Schar verließ, die mit verrotzten Nasen und aufgerissenen Mündern alles getan hatte, um der isländischen Sprachlosigkeit ein Gesicht zu verleihen, begriff ich, daß sich alles verändert hatte.

Ich weiß, daß ich größtenteils aus Wasser bestehe, und es kam mir vor, als würde ich durch meine eigenen Augen auslaufen, als ich ihn dort sitzen sah. Vater war ein Wrack. Er zeigte auf seinen Adamsapfel unter einem blaulilafarbenen Gesicht und machte eine hilflose Geste.

»Er hat uns den Ball weggenommen«, heulte ich. »Er ist aber nur zufällig da gelandet, auf der anderen Seite der Mauer, und als er kam, sagte er nur non . . .«

Vater hob die Augenbrauen zu zwei Fragezeichen: Wer? Wo?

»Der französische Botschafter. Und Thorleif Smör kam und sprach französisch mit ihm, aber er sagte trotzdem nur non, stand einfach nur da, er und dieses eklige Mädchen Juliette. Die kann ja nicht mal ein R aussprechen. Warum sind einige Menschen so?«

Vater zeigte sich konsterniert.

Danach zornig. Er gab mir durch Zeichen zu verstehen, ich solle zur Bücherwand gehen, wo ich mit dem Finger an den Regalen entlangfuhr, bis er mich stoppte. Ich zog ein Buch hervor, blätterte, bis er »Stopp« sagte, worauf ich las: »Ein Psychopath befindet sich in einer konstanten Angriffshaltung, die sich als durchgeführter Prestige- und Machtkampf äußert, der auf normale Lebewesen lähmend wirkt. Aus Furcht, die eigenen Schwächen könnten entlarvt werden, verbietet er alle Kommunikation in Fragen sensibler menschlicher Probleme, vor allem sexueller . . .«

Vater schlug mit der Hand bestätigend auf den Artikel, und dann zog ein Schleier der Wehmut über ihn . . .

Jetzt folgte eine Zeit, in der Vater »Barbiturate« für das schönste Wort der isländischen Sprache hielt. Die Tage erhielten Filzpantoffeln. Keine Frau warf sich mehr gegen seinen früher elektrifizierten Zaun, der Strom war abgeschaltet. Das, was noch von ihm übrig war, ging dazu über, Bücher über Gratins und exotische Desserts zu lesen. Zwischendurch »ordnete er die Bücher«.

»Die Bücher ordnen« war sein Ausdsruck für das Zur-Ruhe-Kommen nach der Segelfahrt seines Lebens. Dabei ging es so zu, daß er eine halbe Stunde vor seinen Regalen stand, den Blick fest auf den fernen Snæfellsjökull geheftet. Langsam tasteten sich seine Hände zu einem Schriftsteller vor, dessen Name mit A begann und den er unter die Bücher anderer Schriftsteller mit dem Anfangsbuchstaben A zu stellen gedachte. Doch meist schlug er das Buch auf, las hier eine Zeile, dort eine, nahm das Buch dann geistesabwesend mit zum Sessel, legte es sich auf den Schoß und schloß die Augen. Ich hob es irgendwann auf und brachte es dann dem System zufolge unter, in dem er mich früher unterrichtet hatte: Im ersten Regal sollten Bücher stehen, in denen zu lesen war, wie die Welt aussieht (Geographie), im zweiten Bücher darüber, wie es in der Welt gewesen ist (Geschichte), im dritten Werke darüber, was die Menschen über das alles denken (Philosophie und Religion), im vierten Werke darüber, was sie aus all diesem Wissen gemacht haben (Literatur, Kunst, Musik), sowie in den drei letzten Regalen Bücher darüber, was der Mensch tun kann, um sein Elend zu lindern (Psychologie, Gartenbaukunst, Hundedressur, Zusammenleben sowie Origami).

Denn wenn all dies geordnet war, pflegte er zu sagen: »Jetzt ist alles in Ordnung. Jetzt werde ich das eigentliche Leben in Angriff nehmen; denn wenn ich nun gelesen und alles richtig verstanden habe und mich außerdem erinnern kann, müßte ich jetzt ein weiser Mann sein. Ich müßte so gut wie *alles* wissen ...

Das wäre aber auch alles, was ich wüßte. Denn es kommt mir vor, als würde all dieses Wissen wie die Lava erstarren und sterben, wenn es meine grauen Zellen passiert. Ich bin eine bedauernswerte Figur und beneide diese Heiligen, die Licht um sich verbreiten und mit ihren Erzählungen Sonnenflecken in das Leben der Menschen schicken – und damit meine ich nicht Leute wie Tante Svava, die schon gläubig ist, sondern die, die eine kleine Wachskerze unter alle schwarzen Wörter halten, aus denen ihre Erfahrung besteht.«

Er sprach mit Anstrengung, tonlos. Nur selten bekam er Besuch von der Seele, nur selten von Frauen, nur selten war Leben in der Bude. Ich wußte nicht, ob es noch dieselbe Person war, mit der ich das Haus teilte.

Eines Tages kam der Protokollchef des Außenministeriums zu uns, Vaters Vetter Olafur. Vermutlich hatten sie zuvor telefoniert:

»Der Fall ist praktisch unlösbar. Der Himmel weiß, ob am Ende nicht doch der Botschafter den Sieg davonträgt.«

»Dann zünde ich das Haus an«, sagte ich, um Vater zu trösten.

»Das hätte Konsequenzen. Weißt du, daß wir nicht mal das Recht haben, das Feuer zu *löschen*, falls sich jemand da drinnen dagegen wehren sollte? Und dann der Wind, die Holzbebauung in der Umgebung und der allgemeine Standard unserer Feuerwehr. Und im Grunde, Pétur, war es doch wohl nicht das erste Mal, daß ihr die Familie schikaniert habt ...«

»Was soll das heißen, schikanieren ...«

»Rücksichtslosigkeit von Kindern gegen die Ehre Frankreichs kann selbst der ausgeklügeltsten Wiener Konvention den Rang ablaufen. Wenn du dich aber ruhig verhältst, wirst du wohl einen Ball bekommen.«

Am Tag darauf traf eine Delegation der Alliance Française unter Führung von Philippe de Marc ein, einem naturalisierten Franzosen, der nach Island gekommen war, um die Islandfischer zu erforschen, über die Pierre Loti sein Buch geschrieben hat – und das spezielle Französisch-Isländisch, das sich zu Beginn des Jahrhunderts für kurze Zeit bei Faskrudsfjördir bemerkbar gemacht hatte. Philippe war Philologe und hatte sich vorgenommen, aus dem recht knappen Material eine interessante Theorie darüber zu entwickeln, wie sich eine Sprache neu bildet und Leben bekommt. Doch dazu kam es nicht: Am Fjord lernte er eine gewisse Stefania kennen, achtzehn Jahre, und die Musik, die sich danach in seinem Inneren ausbreitete, machte er sich auch äußerlich zunutze: Er wurde Musiklehrer, gab für fünf oder sechs interessierte Damen im Fjord Klavierabende und wurde isländischer als die Isländer selbst. Als er beim Jahrestreffen der Alliance Française von dem Fußball erfuhr, schämte er sich für sein früheres Land und setzte den Kauf eines neuen Fußballs durch. Rektor Gíslason, der bei diesen Treffen französisch zu sprechen glaubte, war die andere Hälfte der Delegation:

»Wo hast du deinen kleinen Sprößling, Halldór?«

»Draußen«, erwiderte Vater und warf mir einen Seitenblick zu. Ich stand hinter der Tür.

»Ich bin nicht in meiner Eigenschaft als Rektor hier, obwohl das von Zeit zu Zeit angebracht wäre. Wir haben nämlich eine Überraschung für ihn.«

»Wenn in dem runden Paket da ein Ball steckt, könnt ihr genausogut wieder nach Hause gehen. Auch ich kann es mir leisten, einen neuen zu kaufen, sogar zwei, wenn es sein muß, aber es geht um *den* Ball.«

»Wir haben versucht, ihm gut zuzureden. Um Frankreichs willen ... Wegen der Gloire.« Philippe schluckte. »Wir haben versucht, ihn zu der Einsicht zu bewegen, daß die ganze Geschichte ein bißchen lächerlich ist ...«

»Lächerlich?« schrie Vater, und seine Stimme stieg ins Falsett. »Lächerlich ist sie? Ein großes Land preßt einem kleinen Land den Stiefel in den Nacken.«

»Du hast doch nicht vor, zu den Medien zu gehen?« fühlte

der Rektor vorsichtig vor. »Wir können es uns nicht leisten, Paris zu irritieren, so wie es im Augenblick bei den Exporten aussieht. Ich sprach nämlich gerade mit ...«

»Zu den Medien *gehen*«, schrie Vater. »Ich *bin* die Medien.«

Was leider nicht mehr den Tatsachen entsprach.

Der Protokollchef des Außenministeriums lehnte sich in seinem Dienstzimmer an den Panzerschrank und trank Milch. Vom Besuchersofa aus verfolgten Vater und ich den Weg des Getränks durch ihn. Olafur war zwei Meter groß und trug das ganze Jahr über eine kostbare Mütze aus Karakul-Wolle, die ihm Chruschtschow während seiner Zeit in Moskau verehrt hatte. Dort hatte er sich mit Kakerlaken und Ratten herumgeschlagen und den Gefangenenchor aus »Nabucco« in die verborgenen Mikrophone gesungen.

»Ich habe versucht, diesen französischen Idioten bei einem kleinen Lunch zur Raison zu bringen: bei Pastinakengratin mit Gorgonzola – ich hatte ihn in meinem Käsegeschäft in der Rue de Seine gekauft. Ich gehe gelegentlich hin, um mich einzudecken.

Als kleines *amuse-gueule*, als Appetithappen also, bekam er Hummerschwänze ... aber das hat auch nicht geholfen.«

»Könnten wir zur Sache kommen, Olafur?«

»Du bist so unsinnlich, Halldór. Seit dreißig Jahren unterbrichst du mich, sobald ich den Versuch mache, bei unserer Arbeit ein bißchen Atmosphäre zu schaffen. Die Hummerschwänze waren ganz einfach die Konversationsgegenstände, die uns zur Fußballfrage führen sollten. Es ist schade, daß sie verschwanden, diese Gegenstände. Doch wie auch immer: Ich machte ihn darauf aufmerksam, daß wir vermeiden sollten, die Angelegenheit der Lächerlichkeit preiszugeben. Er zeigte sich völlig verständnislos. Schien der Meinung zu sein, daß man als Franzose schon ganz grundsätzlich nicht lächerlich sein kann, und in rein juristischer Hinsicht behauptete er, das Recht auf seiner Seite zu haben. Und hier stoßen wir auf viele Schwierigkeiten. Die moderne politische Theorie, von der man sagen könnte, sie werde mit Hobbes eingeleitet, stellt gerade »die Rechte« in den Mittelpunkt. Der Mann besitzt ja politische Immunität, was Freiheit bedeutet. Im Diplomaten-Katechismus steht unter anderem folgendes: rechtliche Freistellung von Verpflichtungen dem Staat gegenüber, was im Mittelalter für etliche geistliche und weltliche Würdenträger das Privileg bedeutete, Staatsbeamten jeden Zutritt zu ihrem Gebiet zu verweigern.«

»Lieber Olafur, wir haben ein Kind hier, kannst du seine Ohren nicht verschonen?« unterbrach ihn Vater, der noch nie auch nur eine Argumentation abstrakter oder analytischer Art verstanden hatte.

»Ich bin sehr wohl alt genug, mir das anzuhören. Dieser Fall betrifft mich persönlich.«

»Wenn das so ist, Pétur, wenden wir uns Oppenheims ›International Law‹ zu und stoßen auf folgendes: Die Regeln über den Schutz der Tätigkeit einer diplomatischen Vertretung besagen, daß ihre Räumlichkeiten unverletzlich sind, was auch für die Residenz ihres Leiters gilt. Beamte des Gastgeberlandes haben ohne Genehmigung keinen Zutritt zu ihr. Es obliegt dem Gastgeberstaat, dafür zu sorgen, daß die Räumlichkeiten nicht angegriffen oder beschädigt werden und daß es nicht zu Störungen der öffentlichen Ordnung kommt. Inventar, Kraftfahrzeuge und so weiter dürfen weder einer Haussuchung, einer Beschlagnahme oder einer Zwangsvollstreckung unterworfen werden.«

»Welch eine Barbarei«, seufzte Vater und sah aus dem Fenster.

»Weiter: Der Missionschef soll gemäß Artikel 29 der Wiener Konvention unantastbar sein. Er soll mit Respekt behandelt werden, und Angriffe gegen seine Person, seine Freiheit und seine Würde sollten mit entsprechenden Maßnahmen verhindert werden.«

»Würde?« stöhnte Vater.

»Er ist von Zollabgaben befreit, was Waren für den eignen Gebrauch betrifft, und sein Gepäck darf nicht untersucht werden, es sei denn, es besteht *begründeter* Anlaß zu dem Verdacht, daß es Gegenstände enthält, deren Einfuhr verboten ist – und Fußbälle fallen, soviel ich weiß, nicht unter diese Kategorie. Wegen eines Verbrechens kann er nicht vor Gericht gestellt werden. Falls dies nun ein Verbrechen ist. Und so weiter.«

Olafur leerte die Milchflasche und stellte sie zwischen Panzerschrank und Kamin. Dann schlug er sich auf die Knie, ein Zeichen, daß die Sitzung beendet war.

»Es muß andere Auswege geben«, meinte Vater, »nicht nur Péturs wegen. Man hat mir in diesem freien Land auf die Füße getreten, in diesem Land, in dem die Freiheit der Meinungsäußerung ein Leitstern gewesen ist, in dem ich aber auch zum ersten Mal einer Zensur ausgesetzt worden bin.«

»Nun ja, nicht zum ersten Mal.«

»Die Demokratie ist zu einem Rollenspiel geworden. Das wußte im Grunde schon Perikles, falls du dich an ihn erinnerst.«

»Ich war derjenige, der dich auf ihn aufmerksam machte, Halldór. Könnte ich aber nicht mit der Regierung sprechen und vorschlagen, daß sie einen neuen Ball kauft? Anschließend könnten wir die ganze Geschichte vergessen.«

»Würde sich diese Koalition darauf einlassen? Niemals. Die Regierung würde auseinanderbrechen. Man würde von Vetternwirtschaft sprechen.«

»Der Mensch *ist* ein im Grunde korruptes Wesen, ein Opportunist, der um jeden Preis zu überleben sucht. Der Außenminister fährt am Sonnabend nach Dänemark, könnte er nicht ...?«

»Niemals«, entgegnete Vater. »Entweder *der* Ball oder keiner. Es darf nicht sein, daß wir vor Frankreich kriechen.«

Welche Worte er in den Mund nahm. Staatsmännische Worte. Und angesichts seiner Nähe zu den Wohnungen der Macht waren sie vielleicht nicht so verwunderlich. Dann versetzte Vater mir einen Tritt gegen das Schienbein. Mit einem Blick gebot er mir, in Tränen auszubrechen. Ich gehorchte.

Ich wollte ihm nicht im Weg stehen, falls es ihm jetzt einfiel, in den Wüsteneien der Rhetorik herumzutrampeln:

»Olafur, du scheinst dies nicht ernst zu nehmen. Warum fragst du nicht, was ein Kinderherz empfindet, wenn es einer solchen Kostbarkeit beraubt wird? Warum konsultierst du nicht das Kind selbst?«

Und, bevor er eine solche Konsultation erlaubt:

»Mir ist eine glänzende Idee gekommen. Wir richten ein Familienfest aus. Viele Kinder. Natürliche Kinder. Wir laden den Botschafter und seine Familie ein. Spiele, freundliche Gespräche, nichts Provozierendes. Auf dem Heimweg wird er von Reue ergriffen. Von Zerknirschung.«

»Aha«, sagte Olafur mit irrendem Blick. »Und was für Spiele gibt es?«

Das eigentliche Leben und das Wissen darum, wie man sich in dessen Gewimmel verhält, gehörten nicht zu den stärkeren Seiten Olafurs. Seine Eltern, die seine Lernbegabung schon früh erkannt hatten, hatten die Feder in seinem Rücken aufgezogen, was ihn direkt in die Arme des Außenministeriums geführt hatte.

»Pétur, sprich mit Olafur. Er hat als Kind nicht spielen dürfen.«

»Nein, ich war für etwas Größeres ausersehen«, sagte Olafur bitter. »Meine Eltern wollten so gern, wie meine Mutter es einmal ausdrückte, die Brotsamen vom Tisch meiner Begabung kratzen. Man hielt mich von Rausch und Taumel des Lebens fern.«

»Man kann mit Schneebällen werfen ...«

»Im Haus, Pétur, was kann man im Haus anfangen?«

»Sackhüpfen, Ringelspiele tanzen, Reise nach Jerusalem ...«

»Und sind dies auch ... würdige Spiele? Kein Betatschen oder so was ... kein Betatschen der Mädchen. Ich denke vor allem an seine Tochter.«

»Du meinst Doktorspiele?«

»Vielleicht habe ich so etwas gemeint, wenn ich gewußt hätte, daß man so etwas tatsächlich spielen *kann*.«

»Was mir vorschwebte«, sagte Vater, »war folgendes: Daß die Kinder ein gutes Beispiel dafür sein sollten, was isländische Erziehung im Gegensatz zu der steifen französischen Attitüde bedeuten kann, diesem zur Schau getragenen Abstand zu den Kindern.«

»Du meinst so eine *freie* Erziehung, die du Pétur hast angedeihen lassen, eine Erziehung ohne *irgendeine* Struktur? Sollte man nicht einen von uns Erwachsenen mit dem Botschafter darüber sprechen lassen, welche Ideologie hinter eurem ... hm ... Verhalten steckt? Über die Grundsätze, nach denen du dich gerichtet hast, Halldór? Wenn es um ... Pétur geht?«

Vater zuckte zusammen, ich desgleichen. Etwas wie ein eiskalter Schatten glitt über mich hin, der Verdacht, ich könnte nach »Grundsätzen« erzogen worden sein. Doch der war also unbegründet.

»Nein, weißt du, Olafur, Pétur und ich, wir beide leben einfach drauflos.« Und damit schenkte er mir sein leicht albernes Lächeln. Doch Olafur schüttelte den Kopf:

»Ich glaube, ich muß Ragnhild anrufen. Mit dem Franzosen kann man so ja nicht reden.«

Ragnhild, die Bildungs- und Kultusministerin und zugleich Olafurs Cousine mütterlicherseits, hatte ihr Zimmer Wand an Wand mit dem Protokollchef, und nachdem er gegen die Wand geklopft hatte, dauerte es nur eine Minute, bis sie in das Zimmer trat.

Bei Vaters Anblick errötete sie heftig, ohne daß mir klar war, weshalb. Sie setzte sich auf die äußerste Kante eines Stuhls und zwirbelte sich die Spitzen ihres dunklen Haars, was sie Vater zufolge schon als kleines Mädchen gemacht hatte. Ragnhild war sehr schön und sehr tüchtig in allem, was ihr Ministerium betraf, sowie noch in einigen anderen Dingen.

»Wir sitzen hier und machen ein Brainstorming, falls der Ausdruck erlaubt ist, über Kinder und Kindererziehung. Ob du uns vielleicht ein Briefing über einige Hauptgedanken wichtiger Theoretiker in diesem Fach geben könntest?«

»Bei den alten Griechen angefangen?«

»Nein, zum Teufel. In einer Stunde habe ich Lucia di Lammermoor. Schulvorstellung, muß mich bis dahin noch warm singen.«

»Vielleicht sollten wir mit Luther anfangen. Er war ein leidenschaftlicher Vorkämpfer einer freieren Erziehung. Da er selbst eine tiefe Angst vor den Schulen hatte, die nichts anderes waren als Gefängnisse. Eines Tages hatte er fünfzehnmal Prügel bezogen.«

»Hast du ein Zitat? Etwas, was man dem Franzosen ins Ohr träufeln kann?«

»›Kinder sollen laufen und hüpfen und etwas tun, worauf sie Lust haben – man soll Kinder so erziehen, wie es zu ihrem Alter paßt, und die Arbeit soll wie ein Spiel von der Hand gehen. Wir predigen den Kindern, verstehen aber nicht mit ihnen zu lachen.‹ Ende des Zitats.«

»Notier dir das und übersetz es ins Französische, Ragnhild. Wie Luther sagt: ›Wir predigen den Kindern, verstehen aber nicht mit ihnen zu lachen.‹ Ausgezeichnet.«

»Abgesehen davon, daß er vermutlich Katholik ist und bei passender Gelegenheit ›strenggläubig‹«, sagte Ragnhild und versuchte, den kurzen Rock über die Knie zu ziehen.

»Hat sich nicht auch Rousseau mit so was beschäftigt? Obwohl der ja Schweizer war.«

»Ich glaube, er sagte so etwas wie, daß man kein anderes Buch brauche als die Welt und keinen anderen Unterricht als die Erfahrungen, die dem Kind begegnen. ›Es geht nicht darum, es die Wahrheit zu lehren, sondern darum, ihm zu zeigen, wie es sie selbst finden kann.‹«

»Bitte nimm das ins Protokoll auf. Hört sich modern an.«

Olafur öffnete jetzt den Panzerschrank und entnahm ihm eine Tüte mit Birnen und einen Käsehobel. Dann stellte er sich über den Papierkorb und schälte eine der Birnen. Er teilte sie in vier Schnitze und überreichte uns die safttriefenden Stücke.

»Williamsbirnen, die besten, die es gibt. Aber warte, Ragnhild, ich werde dir eine Serviette geben. Du bekleckerst dich immer. Wenn du endlich lernen könntest, ordentlich zu sitzen, *brauchtest* du dich nicht zu bekleckern.«

Er wandte sich an Vater und mich:

»Ragnhild kann es nämlich einfach nicht lassen, auf ihrem eigenen rechten Fuß zu sitzen – vielleicht nicht gerade während der Kabinettssitzungen –, aber bei sämtlichen offiziellen Essen, bei denen ich die Ehre hatte, ihr Tischherr zu sein. *Auf* dem rechten Fuß und weit vom Tisch entfernt, was notwendig zur Folge hat, daß eine übervolle Gabel oder ein überquellender Löffel auf dem langen Weg zu ihren schönen Lippen tropft. Dagegen gibt es ein Heilmittel, was ich ihr schon vorhalte, seit sie zwölf Jahre war: näher beim Teller zu sitzen, ja, sich sogar über ihn zu beugen. Es scheint aber nicht machbar zu sein, unsere Bildungsministerin in so einfachen Dingen auszubilden. So wie damals, als ich dich zu diesem Lachs eingeladen hatte. Meine Sauce hollandaise landete ...«

Bildungsministerin Ragnhild blickte mit Abneigung auf Olafurs rundlichen Körper:

»Du hast dir nie überlegt, dir mal eine Flagellantengruppe zu suchen? Du selbst schlürfst. Soll ich von Pestalozzi erzählen, einem gütigen Narren, der rund achtzig Flüchtlingskinder um sich versammelte, von denen viele Schußwunden im Kopf hatten, während andere apathisch und mager wie Skelette waren, einige waren debil, andere voll Trotz und Mißtrauen ...«

»Schlürfen? Ich?? Ich finde, du bist heute reichlich aggressiv.«

»Und du sitzt da, stocherst in den Zähnen herum und steckst die Zungenspitze raus. Soll ich weitermachen oder nicht?«

»Nein, ich muß mich warm singen. Allein. Wenn du eine Liste mit guten Zitaten zusammenstellst, bin ich schon zufrieden. Du kannst gehen. Nur eins noch: Kannst du dir nicht mal einen anderen Rock kaufen, etwas Violettes zum Beispiel? Du mußt dafür sorgen, daß wir in den Ministerien uns *freuen*, wenn wir dich sehen. Danke für deine Mitarbeit.«

Sie knallte die Tür hinter sich zu.

»Und jetzt, Pétur, vertraue ich dir die Aufgabe an, ein Spielprogramm auszuarbeiten und passende Spielkameraden zu suchen. Selbstverständlich werde ich erst mit dem Präsidenten sprechen und mich seiner Anwesenheit vergewissern ... Jetzt muß ich wohl, leider.«

So wurde ich zum Kinderminister ohne Portefeuille ernannt und schritt mit hocherhobenem Kopf durch seine Tür hinaus. Schon als wir uns bei der Treppe befanden, hörten wir, wie er seine mächtige Stimme ausprobierte.

Olafur war ein großer Opernliebhaber. Seine Stimme war vielleicht nicht die schönste im Land, doch sein szenisches Gestaltungsvermögen war gewaltig. Zahlreich waren die von ihm gestalteten Statistenrollen, und er war der einzige in dieser Kategorie, der rezensiert worden war, mal als flüchtender Sachse, mal als Teppichhändler oder als Eiche des Waldes im Sturm. Wenn er die Bühne überquerte, verblaßte der beste Tenor. Da dröhnten die Bodendielen, da erzitterten die massiven Schloßportale. In die Oper zu gehen war eine Freude, denn wenn die Musik langweilig war, konnte man sich damit amüsieren, unter den Pickelhauben und an den Bettlerstäben sowohl Kirchenminister, Männer aus dem Allting und wie gesagt Protokollchefs wiederzuerkennen.

Möglicherweise war es irgendeine Bühnendekoration aus der Oper, die mich auf den Gedanken brachte, wieder zurückzurennen und in sein Zimmer zu stürmen:

»Olafur, Olafur, ich habe eine Idee.«

Er unterbrach unangenehm berührt seine Stimmübungen.

»Du kennst doch alle diese kostbaren Ming-Vasen im Höfdi?«

»Ja, was ist mit ihnen?«

»Ich habe mir gedacht, wenn wir da drinnen ein bißchen Fußball spielen, wenn man die Vasen gegen ein paar billige Sachen aus dem China-Magazin austauscht, dann könnten wir sie aufs Korn nehmen. Sie herunterschießen, und dann könntet ihr sagen, also ihr Erwachsenen: Na ja, eine Ming-Vase mehr oder weniger. Hauptsache, die Kinder können sich austoben. Dann bekommt er vielleicht ein noch schlechteres Gewissen.«

Bis zum heutigen Tag kann ich beschwören, daß er mit dem Kopf nickte und sagte:

»Schön, Pétur, eine fabelhafte Idee.«

»Schubert«, sagt Mordecai Katzenstein und füttert unseren luxuriösen holzbefeuerten Herd mit einem weiteren Stück Holz. »Will man *überhaupt* etwas Negatives über ihn sagen, dann höchstens, daß er es nie geschafft hat, die Finessen der Polyphonie zu erlernen. In seinen Stücken spielen die Instrumente nacheinander die Hauptrolle. Daher ist mir heute danach zumute, es mit Haydns 76. zu versuchen. Ich sehne mich nach seinen fallenden Quinten.«

Er streicht sich über den schwarzen Bart, und eine Duftwolke von eingelegtem Hering breitet sich in der Küche aus.

»Solange du in meinem Haus spielst, mußt du schon bei Schubert bleiben. Wir sehen uns schließlich nur einmal im Jahr ...«

»Ich habe mir gedacht, zur Abwechslung ... etwas klassisch Abgeklärtes.«

»Nein, Mordecai, du bist mein Gast mit den Verpflichtungen eines solchen.«

Ja, einmal im Jahr bekamen wir Besuch von Mordecai Katzenstein. Er war Rabbiner in Amsterdam, und eine Nebenbeschäftigung bestand darin, nach Island zu reisen, um zu kontrollieren, ob die eingelegten Heringe von Kornelius Jonsson tatsächlich koscher waren.

Er wohnte immer bei uns. Er nahm mich zum Saucen-Raum bei Kornelius mit, auch in den Raum, in dem die Fische geputzt wurden, und ich lernte, daß der koschere Hering an einem Ring auf dem Dosendeckel zu erkennen war. Vater hatte einmal eine Reportage über den Erfolg des koscheren Herings auf dem Exportmarkt gemacht. Vor allem sei dieser Hering unter den *Muslimen* New Yorks populär geworden. Vater sagte, daß man von einer *Welt* Besuch erhalte, wenn ein

Mann wie Katzenstein einen besuche. Von ihm läßt sich nicht sagen: Ja, es ist ein Jude hier gewesen, der darauf achtet, daß Hering korrekt eingelegt wird. Wenn man von Katzenstein spricht, braucht man viele Worte: Worte anderer Art, Worte mit *Zeit*, Worte mit *Farbe*. Und wenn ich diesen Kopf hinter dem schwarzen Bart sehe – der schon viele Male weiß geworden sein muß –, erblicke ich dunkle Straßen, kleine Häuser, gewaltige Bibliotheken; ich spüre den Duft von Gerichten, von denen ich noch nie habe kosten dürfen, sehe all dieses Leiden, das kein menschliches Leiden ist. Es ist Das Menschliche Leiden, da es kein anderes Tier gibt, das seinesgleichen auf die gleiche Weise foltert. Vater sagte oft, wir seien eine Fehlkonstruktion, wir hätten die Verbindung zwischen dem neuen und dem alten Gehirn verloren, wir seien erst mit der Ankunft des abstrakten Gedankens wirkliche Menschen geworden, das heißt Unmenschen. Deshalb sei es sehr wichtig, daß solche kleinen schieläugigen Menschen mit schwarzem Bart manchmal über Island einschwebten.

Gelegentlich, sagte Vater, hasse ich ihn. Gelegentlich hasse ich alle die, die ein Auschwitz, einen Gulag, die Behandlung von Folterern überlebt haben, weil sie – vermutlich mit allem Recht – allein die Wahrheit gesehen zu haben meinen. Es gab einmal einen sorgsam gepflegten Begriff: Humanismus. Er bedeutete unter anderem ein Abstandnehmen von verschiedenen Formen brutaler oder erniedrigender Behandlung des Menschen; es war ein ehrenhafter Begriff, der im Alltagsleben und in der politischen Debatte nur vage verwendet wurde und einer realistischen Wahrnehmung des Daseins im Weg stand. (Damals hörte ich Vater wohl zum einzigen Mal dieses Wort verwenden, realistisch.) Es ist kurz gesagt mühsam, mit ihnen umzugehen. Sie geben dir das Gefühl, dumm und oberflächlich zu sein. Er ist wohl mein bester Freund, sagte Vater.

»Das Problem jedes einzelnen ist das größte«, sagte Onkel Mordecai einmal, als ich Zahnschmerzen hatte. »Wenn du dort Schmerzen hast, *ist* der Zahn das größte Problem der

Welt. Und du weißt, was man über die Seekrankheit sagt: Erst hat man Angst vor dem Sterben, dann hat man Angst, nicht zu sterben.«

Streichquartette und Hering. Die Riesenohren des reglosen Sveinn, die rot aufflammten, wenn die Ofentür geöffnet wurde, Stefans Pizzicati, die sich so anhörten, wie es meiner Meinung nach im Fretla klang, in der Unterwelt.

»Dann ist es also Zeit für den Choral, diesen zweiten Satz, der so voller Todessehnsucht ist. Habt ihr mal die Winterreise gehört?«

»Ich finde, das Wort Romanze klingt *häßlich*.«

»Nicht wenn du lauschst. Die gleiche Intuition, die Franz zu dem Gedicht von Matthias Claudius führte, führte ihn auch zu Wilhelm Müller, der in Mendelssohns Salons Goethe begrüßt hatte und dessen Gedichte nach dem Wiener Kongreß verboten wurden. Schubert entdeckt sie in einer illegalen Zeitschrift – es gab viele davon während dieser furchtbaren Periode, und diese einsame Wanderung durch ein ländliches Italien nimmt ihn sofort gefangen. In vierundzwanzig Gedichten kein einziges Lebewesen mit Ausnahme des Sensenmanns. Hör dir gelegentlich Lied Nr. 14 an. Der Greise Kopf, das Schubert plötzlich in G-Dur schreibt: ›Ich habe mich sehr gefreut‹, als vom Tod die Rede ist. Wollen wir spielen?«

Ich lümmelte auf der Küchenbank und ließ mich von den existentiellen Fragen des Chorals einhüllen, doch bevor ich einschlief, öffnete ich vorsichtig das Fenster zum Skáldastígur, damit Passanten, die zufällig vorbeikamen, zuhören konnten.

Der Präsident war informiert und einverstanden.

Auf Bitten des Protokollchefs schickte er dem französischen Botschafter eine Einladungskarte: »Familienfest im Höfdi in Anwesenheit des isländischen Staatspräsidenten und seiner Gattin.«

»Es ist nur schade«, sagte er bei der Ankunft, »daß wir kein richtiges Ordenswesen haben, dann könnten wir einander ein bißchen Tand und Flitter umhängen oder uns gegenseitig schöne Titel verleihen. Wir sehen allesamt aus, als kämen wir direkt aus dem Kuhstall.«

Was er selbst ja tat. Zwischen seiner Frau Jensina und ihm bestand eine nichtoffizielle Vereinbarung, derzufolge sie mindestens alle vierzehn Tage zu Hause auf dem Hof sein sollten, um selbst zu melken und den Kuhstall auszumisten, um zu reparieren und alles in Ordnung zu halten.

Um Islands willen ließ er sich von denen, die sich mit der Macht von Kleidung besser auskannten, in einem dunklen Anzug, in Krawatte und Hemd ausstaffieren. Viele Jahre später sagte er mir jedoch, daß Jensina an dem Tag, an dem sie zur ersten Dame des Landes geworden sei und sich zu einer Schneiderin habe begeben müssen, geweint habe: Darf ich nie mehr mit der Schürze rumlaufen? Sie sagte, sie habe sich wie defloriert gefühlt, als die Näherin ihr den Kopfputz abnahm; die grauen Haarsträhnen kamen zum Vorschein, und der schadhafte Zahn im Oberkiefer war sehr deutlich zu sehen. Sie drehten und wendeten sie, hängten ihr Stoffe um die Schultern und zwangen sie, stundenlang ihrem eigenen Blick standzuhalten. In dieser Nacht weinte sie bis zum frühen Morgen. ›Mußt du Präsident sein? Geht es uns denn jetzt etwa nicht gut? Ich passe nicht *dorthin*.‹ Zunächst lächelte ich über ihre unbeholfene Sprache, doch dann gab ich ihr recht: Präsident zu sein bedeutet tatsächlich, genau ›dort‹ eingeschrieben zu sein. Ja, sie lag in meinem Arm und sah zu mir hoch, so wie ein Kind zu einem Erwachsenen aufblickt: ›Ich erkenne dich kaum wieder, wenn du dort bist.‹ Und, nach kurzem Schweigen: ›Es ist wohl beabsichtigt, daß ich mich bald nicht mal selbst wiedererkenne.‹ Da leuchtete in der Dunkelheit des Schlafzimmers zum ersten Mal die Schrift an der Wand auf: ›Macht deformiert.‹ Ich versichere dir, Pétur, daß ich bis zu diesem Tag in aller Unschuld geglaubt hatte, als Politiker und nun auch als erster Mann des Staates – uanbhängig von meinen tatsächlichen Machtbefugnissen – auch der erste *Diener* des Staates zu sein. Daß die Politik die Arbeit des Dieners ist, ob man sich nun an die rechte oder die linke Grund-Ideologie hält.«

Doch zurück zu dem Kinderfest.

In meiner Eigenschaft als selbsternannter Kinder-Minister ohne Portefeuille trug ich ein weißes Hemd und Fliege; die Zahnspange und die naßgekämmten Haare vervollständigten die Verkleidung, in der auch die anderen Kinder auf meinen Befehl hin antraten. Etwas, was den frechen Benedikt des Jusitzministers dazu brachte, viele häßliche Worte zu sagen.

Ob der Botschafter mich wiedererkennen würde?

Wenig wahrscheinlich. Während der ganzen denkwürdigen Stunde im Garten hatte er uns das Profil zugewandt und in offen gezeigter Verachtung für uns Eingeborene in die Dunkelheit gestarrt.

Der Protokollchef und ich waren gemeinsam bestimmte Zeremonien durchgegangen. Beim Händeschütteln mit dem Botschafter sollte ich als Vertreter der Kinder spontan sagen:

»Comment allez-vous, Monsieur l'Ambassadeur?«

Dieses geschah auch, worauf ich den Mund aufmachte, damit er in das Lächeln aus rostfreiem Stahl hineinblicken konnte.

An einem im übrigen schönen Jüngling ist nichts so häßlich wie eine Zahnspange.

Oder einem Mädchen. Vielleicht ist sie aber eine gute Investition: Sie verleiht dem Träger eine Zeit der Ruhe, schenkt ihm eine Art Quarantäne, bevor er voll erblüht. Wer eine Zahnspange trägt, befindet sich sozusagen im Puppenstadium kurz vor Beginn des Lebens. Falls nur nicht die Akne kommt, die entsetzliche Akne. Der Botschafter wandte angewidert den Kopf ab. Doch nun war ich ja nicht der einzige, der sozusagen bis an die Zähne bewaffnet war. Ohne Olafur zu fragen, hatte ich dafür gesorgt, daß *sämtliche* Kinder diese Waffe gegen Goldigkeit trugen.

Neben dem Botschafter trippelte die kleine Juliette, die mir die Zunge rausstreckte; doch da hielt ich mir die Nase zu und sagte leise:

»Du riechst nach Fisch.«

So verlegen, wie Clémenceau wurde, als General Foch sich erlaubte, eine Büste von sich selbst in imitierter Terrakotta zu überreichen, so verlegen wurde nun unser Präsident, als der Botschafter ihm unter vielem Räuspern und einem mächtigen Wortschwall eine Büste des französischen Kollegen überreichte. Nach Zahnspangen gibt es in öffentlichen Räumen nichts, was so häßlich wirkt wie Politikerbüsten. Sie dienen überdies im Gegensatz zu Zahnspangen keinem vernünftigen Zweck.

Der Präsident, der mir dem Protokoll zufolge jetzt zublinzeln sollte, damit ich »mit einem entzückten Ausruf« in reinstem Französisch etwas Schmeichelhaftes über den Schmuck der Frau des Botschafters sagen sollte, sah sich statt dessen gezwungen, in aller Hast eine Dankesrede über die vierte Büste in seiner Sammlung zu improvisieren. Olafur stand an seiner Seite.

»Muß ich jetzt Büsten von mir selbst machen lassen, um sie als Gegengeschenk zu überreichen?« begann der Präsident.

»Un travail d'art excellent. Auch hier auf Island haben wir Bildhauer. Sie haben sicher das Einar-Jonsson-Museum besucht?«

»Leider nicht. Aber ich habe von ihm gehört«, log der Franzose. »Wie hieß er noch?«

»Samuel Johnson.«

»Genau, sehr bedeutend.«

»Er war ein großer Bewunderer von Krishnamurti und Besant, und hinter der Skulptur, die Sie soeben überreicht haben, kann ich die gleichen Inspirationsquellen ahnen, das gleiche Streben nach einem Dialog zwischen dem Geistigen und ... dem Astralen. Denn ohne das würden wir Menschen allein in Fleisch und Blut verwandelt. Carne y sangre.«

»Red jetzt keinen Scheiß mehr, Olafur«, sagte der Präsident. »Ich habe gar nicht gewußt, daß du so in Theosophie verschossen bist.«

»Das bin ich auch nicht, im Gegenteil. Aber, Monsieur, erlauben Sie mir, meine nièce Leonora vorzustellen«, sagte er und zog das kleine Mädchen hinter dem Kamin hervor. Leonoras einziges Verdienst waren ihre Zöpfe, die ihr bis zu den Knien reichten.

»J'éspère que vous aimez bien nôtre pays?«

»Ah, Mademoiselle, vous aussi parlez français?«

Leonora begnügte sich damit, schüchtern zu lächeln. Die Proben hatten nicht für mehr Repliken gereicht.

Man servierte jetzt Tee und Canapés, wovon eines mit Krabben und Mayonnaise belegt war, nur damit Olafur Gelegenheit erhielt, die Ehrengäste mit seinem Abenteuer in einer Botschaft der zentralafrikanischen Union zu unterhalten, in der ihn vermutlich allein seine diplomatische Immunität davor bewahrt hatte, hingerichtet zu werden.

»Nichts gegen afrikanische Nationaltrachten«, sagte Olafur, »doch ihre Ärmel sind zu weit. Ich unterhielt mich gerade mit einem Schweizer Attaché, der sich weigerte, meine ausgestreckte Hand loszulassen. Mit der anderen balancierte ich einen Teller und ein Sherryglas. Da kam einer dieser singhalesischen Poeten, die so lange Zeilen schreiben, wie hieß er noch, und wollte mit mir über Arne Saknussem sprechen und darüber, inwieweit dessen Existenz real gewesen sei. Der

Dichter freute sich aufrichtig, als ich erzählte, die Familie besitze nicht weit vom Eingang zum Mittelpunkt der Erde, den Jules Verne beschreibt, ein Sommerhaus. Da umarmte mich der Mann mit größerer Herzlichkeit, als mein Mayonnaise-Canapé erwartet hatte, so daß es bei dem gewaltigen Porträt Bokassas Zuflucht suchte, das über der Sofagruppe hinter uns hing. Es verklebte Bokassa ein Auge und lief dann wie eine Träne – es war sicher Leicht-Mayonnaise – die zerfurchte Wange hinunter. Die Stille im Salon wurde unerträglich. Der Botschafter warf sich auf den Teppich, schlug wiederholt den Kopf auf den Fußboden und beteuerte seine Treue.«

»Gab es einen Fleck?« wollte der Botschafter wissen.

Olafur sorgte jetzt dafür, daß wir Kinder ein paar Lieder vortrugen, scheißegal was, wenn sie den Franzmann nur dazu brachten, sich zu Hause zu fühlen. Der Justizminister hatte uns *Sur le pont d'Avignon* sowie dessen isländische Entsprechung *Yluali lo* beigebracht, die beide zur Zufriedenheit des Publikums vorgetragen wurden. Das heißt, der Botschafter und dessen Ehefrau blickten hartnäckig aus dem Fenster, und die kleine Juliette streckte mir weiterhin die Zunge raus, sobald sich die Gelegenheit dazu bot.

Alle schienen an etwas anderes zu denken: Unser Präsident, der Zahnärzte verabscheute, saß da und stocherte an seinem schmerzenden Zahn herum, der Außenminister sehnte sich nach seiner mexikanischen Wolldecke: Weil er mit einem Thriller und seiner Frau darunter liegen wollte – einem Thriller für sich –, um zu hören, wie der Regen gegen das Blechdach trommelte. Das war die höchste Freude, die dem Chef unserer auswärtigen Beziehungen im Augenblick einfiel.

Doch dann waren wir noch da, die Kinder.

Wir sollten jetzt regredieren. Das heißt den Versuch machen, uns zu erinnern, wie wir uns vor ein paar Jahren verhalten hatten, um anschließend dieses Wissen der Vergangenheit zu entreißen und in die Gegenwart zu verpflanzen. Wir sollten, mit anderen Worten, spielen. Es war gelinde gesagt frustrierend, diese Spiele vor der total desinteressierten Botschafterfamilie zu inszenieren. Der Regen vor den Fenstern schien dem Botschafter eher der Betrachtung wert zu sein als »Armer schwarzer Kater«, und als ich einen Fußball holte, reagierte er erst, als ich direkt vor ihm und seiner spitznasigen kleinen Juliette zu dribbeln begann.

Er ging einen Schritt zur Seite und suchte mit dem Blick irgendeinen Würdenträger aus dem Kreis der Erwachsenen, doch diese sahen alle auf meine Füße. Auch sie waren ein wenig unbeweglich, doch ich dachte, daß Olafur, der sich gerade auf der Toilette befand, sie nicht informiert hatte.

Eins möchte ich noch sagen: Jetzt, in reifem Alter, *kann* ich zwischen einer Ming-Vase und einer billigen Kopie unterscheiden, doch ich habe noch nie gehört, daß man diese Fähigkeit von einem Zwölfjährigen verlangt. Und ich wiederhole: Olafur hatte genickt und meine Idee gebilligt, die echten Vasen auszutauschen. Aber Olafur hatte ja keine eigenen Kinder. Wahrscheinlich hatte er mir nicht richtig zugehört. Im übrigen habe ich die Vasen nicht allein heruntergeholt. Benedikt hat zwei getroffen.

In der Woche darauf wurde der französische Botschafter zur *persona non grata* erklärt und mit sofortiger Wirkung des Landes verwiesen. Es war ein windiger Tag. Die Nebelwolken trieben von Südwesten her heran, als der Dienstwagen durch das Tor glitt. Vermutlich saß er da hinter den rauchfarbenen Scheiben und preßte meinen Ball. Vater hatte aus unerfindlichem Anlaß die Zeit der Abfahrt herausbekommen und sie mir mitgeteilt, obwohl sie in der Schulzeit lag. Doch auch der Protokollchef stand da und hielt sowohl mich als auch Vater in einem eisernen Griff. Einige Polizeibeamte und unser geheimer Dito vervollständigten das Spalier.

»Diese Abreise verheißt nichts Gutes«, sagte Olafur. »Ihr habt die Nation in einem schlechten Licht erscheinen lassen. Wir können es uns nicht leisten, einen Botschafter öffentlich des Diebstahls zu beschuldigen, ob er nun ein Vollblutidiot ist oder nicht. Wie ich gefleht und gebettelt habe. Ich möchte nur wissen, mit welcher Münze Frankreich uns das heimzahlen wird.«

Der Wagen schwankte, als er den Bürgersteig verließ, und ich sah durch die Heckscheibe, wie Juliette mir die Zunge ausstreckte, dabei die Finger in die Ohren steckte und mit ihnen wedelte. Eine rote, eklige Zunge, die doppelt so groß wurde, als sie gegen das Glas gepreßt wurde.

Ein Hausmeister verschloß das Tor hinter ihnen. Der Wagen rollte in Richtung Hringbraut und verschwand.

Vater krächzte machtlos:

»Ich werde einen Brief an den Präsidenten der Französischen Republik schreiben und dafür sorgen, daß der Mann von einem zivilen Gericht in Paris verurteilt wird.«

»Lieber Halldór, hast du die Sache nicht jetzt schon weit

genug getrieben? Laß sie doch ruhen, sie ist aus der Welt. Ein Fußball mehr oder weniger ...«

Mit einem Mal wußte ich nicht mehr, was ich denken sollte. Vater hatte seine Seele in diesen Ball gelegt, und auch meine Zukunft hatte darin gelegen. Juventus, Roma, Arsenal. Ich hätte wahrscheinlich nur zu wählen brauchen.

Aber, wie gesagt: Es fing allmählich an, reichlich langweilig zu werden. Die Haltung der Schule mir gegenüber hatte sich verändert. Man grinste hinter meinem Rücken. Und Vater hatte sich verhärtet: Ein großer Teil seiner Wärme, seiner Fürsorglichkeit mußte im Innern des Balls begraben worden sein, und es schmerzte mich, jeden Tag eine solche Unversöhnlichkeit anstarren zu müssen.

Mit welcher Münze Frankreich heimzahlte, wurde uns schon bald klar: Unser Botschafter in Paris kam nach Hause. Ein sehr wütender Mann, der sich noch nicht lange in Frankreich aufgehalten hatte, sich dort aber außerordentlich wohl fühlte. Und der seine Kinder in einer französischen Schule untergebracht hatte. Er hatte durch Nachrichten von zu Hause erfahren, wer der Urheber des Konflikts war.

Folglich – und »zu meinem Besten«, wie die hinterhältige Formulierung lautete – wurde auch ich von den Stadtvätern geächtet. Man wollte mich ins Exil schicken, sobald das Schuljahr beendet war. Weit hinaus aufs Land. Wo lag das isländische Ex Ponto?

Onkel Thorsteinn, der gerade aus Kuala Lumpur oder Djibouti heimgekehrt war, war dabei, seinen großen Landrover mit höhergelegtem Fahrwerk zu beladen.

»Ich könnte den Jungen mitnehmen. Ich wollte mir in diesem Jahr die Kirchen zwischen Breidavik und Saeból vornehmen und brauche einen Treter für den Blasebalg. Anschließend kann ich ihn bei den Vettern abladen. Die brauchen sicher Hilfe im Kuhstall.«

Es war nämlich so, daß Onkel Thorsteinn während seiner Aufenthalte in Afrika und Asien bei seinem Kampf mit Feuerfliegen und Zikaden und anderem Ungeziefer davon träumte, jede Orgel und jedes Harmonium auszuprobieren, deren er auf Island habhaft werden konnte. Jedes Jahr hakte er rund fünfzig Stück ab, probierte sie, benotete sie und quälte Vater mit Erzählungen über ihren Status und ihre Qualitäten.

»Halldór, was sind es für Dinge, denen ein Mensch sich im Leben widmet? Einige trinken Tee, andere trainieren ihren Körper, damit er in den Sarg paßt, wieder andere lesen Romane. Auf dem Totenbett erinnert man sich dann also an Gebäck, Trainingsrunden und Romane. Warum nicht an Orgeln und Harmonien? Ich habe ein gutes musikalisches Gedächtnis. Ich kann daliegen und leiden, während mein Kopf von den verschiedenen Klängen durchströmt wird, die ich in meinem Leben erlebt habe. Das ist doch wohl gar nicht so übel?«

»Schreibst du denn selbst keine Musik?«

»Ich bin Interpret. Bewundern fällt mir leichter als kritisieren. Vielleicht eine Schwäche meines Charakters. Meine Liebe zur Kunst, wenn du erlaubst, liegt in dem Gefühl, so nahe wie möglich an die Absichten der GROSSEN heranzukriechen. Manchmal fühle ich mich, ob du es glaubst oder nicht, wie eine Katze, die vollkommen lautlos auf Manual und Pedal tritt, um nicht mit mir selbst zu lärmen.«

»Du eine Katze«, schnaubte Vater.

»Genau das. Der Charakter des Interpreten ist der der Demut. Es ist wie beim Lieben: Jede Liebkosung soll um ihretwillen erfolgen, der Empfängerin, *sie* ist es, die ihren Körper besitzt, und sie soll ihn als ein Meisterwerk erleben dürfen.«

»Was hat Bach mit deinen Geliebten zu schaffen?«

Thorsteinn sah Vater verächtlich an:

»Passiert es *dir* denn nie, daß du in deinen Assoziationen gleitest?«

Am Tag nach dem Ende des Schuljahrs kam er, um mich abzuholen. Ich fühlte mich lustlos, denn ich wußte nichts über das Leben meiner Vettern. Das ewige Gerede meines riesigen Onkels von Orgeln ödete mich an, und meinen Vater erkannte ich nicht wieder.

Thorsteinn parkte den Landrover im Skáldastígur. Er kam ins Haus und nahm mein Gepäck in Augenschein, doch ich glaube nicht, daß er es sah. Im Wohnzimmer wickelte er zwei in Seidenpapier verpackte Äpfel aus und überreichte sie uns:

»Eßt. Das hier ist der wohlschmeckendste Apfel der Welt.«

Wir zitterten beide, Vater und ich, kauten und aßen:

»Nun?«

»Na ja«, sagte Vater, »gar nicht so übel.«

Das genügte, um Thornsteinn wütend werden zu lassen, was er offenbar brauchte, um sich wohl zu fühlen.

»Nicht so übel«. Ihr habt von Äpfeln keine Ahnung. Die Sorte Filippa reift im Winter, hält sich aber bis zum Frühjahr. Es gibt nichts Besseres.«

Er sank gekränkt und ganz schwarz im Gesicht in den Sessel und streckte die langen Beine aus, während ich ein paar Bücher in den Rucksack stopfte.

»Ich bin ein einfacher Isländer, Thorsteinn«, sagte Vater. »Wir haben nicht jeden Tag Äpfel auf dem Tisch. Was soll ich denn sagen? Was verlangst du von mir? Du redest immer, als gäbe es eine absolute Hierarchie in der Welt. Als wäre beispielsweise Beethoven größer als Mozart.«

»Das *ist* er auch.«

»Na schön, na schön, Thorsteinn, Beethoven *ist* größer als Mozart, wenn du es so haben willst. Möchtest du einen Kaffee, bevor ihr losfahrt?«

»Du hast ja keine Ahnung, wovon du sprichst. Du meinst ja weder das eine noch das andere. Morgen sagst du vielleicht noch, Schubert sei größer als selbst Bach. Schubert!«

»Ich habe seinen Namen doch gar nicht erwähnt.«

»Aber du wolltest es tun. Ich werde dir mal was sagen, Halldór: Schubert war ein auf jeweils eine Idee fixierter Mensch. Eine Idee zur Zeit. Polyphonie hat er nie gelernt. Einschmeichelnde Melodien ... ein Salon-Musiker ... ein ... Bohemien.«

»Aha. Aber Schumann hat doch ...«

»Schumann war geisteskrank. Diesen Kaffee kann ich nicht trinken. Er ist viel zu schwach.«

»Pétur, geh in die Küche und mach für Thorsteinn einen etwas stärkeren Kaffee.«

»Ich will aber keinen.«

»Pétur, tu, was ich dir sage.«

»Ich sage doch, daß ich keinen *will*. Es ist komisch mit dir. Du hörst nie auf das, was ich sage. Schubert! Ja, o ja, das ist nicht gerade die Heimkehr, die ich erwartet habe. Keine Freude, keine Wertschätzung. Schubert! Jetzt fahren wir, mein Junge.«

»Ich heiße Pétur«, entgegnete ich.

»Ja, ja, Pétur«, sagte er, als wäre es der Name eines x-beliebigen Kindes.

Ich hasse Fugen. Es wird viel zu viel Luft verbraucht, und das ohne jeden Nutzen. Außerdem war es kein Virtuose, für den ich den Blasebalg trat, was man wahrlich glauben konnte, wenn er mit seinem Gefasel loslegte:

»Eins kann ich dir sagen, mein Junge, als der Mensch sich in der Musik nach *Gefühl* und *Leidenschaft* zu sehnen begann, wurde das Orchester zum Klang-Ideal, und die Orgel, diese Königin aller Instrumente mit ihrem keuschen, objektiven Ton, trat in den Hintergrund. Sie wird aber wiederkommen, meinst du nicht auch, mein Junge.«

»Ich heiße Pétur.«

Ungeheizte kleine Kapellen am Weg. Unebenheiten, Schlaglöcher, seine eintönige Stimme:

»Die große Zeit der Orgel. Die Orgel, für die wir plädieren, muß durch eine klangliche Umgestaltung aus der Gefangenschaft in den Banden des Orchesterklangs befreit werden. Sie muß zu einem Instrument werden, dessen Wert nicht in einer massenhaften Anhäufung von Stimmen liegt.«

»Nein.«

»Das begreift schließlich jeder, daß man keine Kraft erhält, indem man unzähligen Mezzoforte-Klangfarben noch ein paar Hochdruckstimmen hinzufügt und dann mit Hilfe glänzender Namen wie »Jubelflöte« oder »Tuba mirabilis« so etwas wie Orgelglanz hervorzuzaubern versucht. Die Orgel ist weltabgewandt. Sie ist dem Menschlichen, dem Einfluß des Subjektiven entrückt. Unempfindlich, wenn du so willst.«

»Aber ja doch. Das begreift doch jeder, der zumindest einmal eine albanische Keksfabrik bei einer totalen Sonnenfinsternis besucht hat.«

Diese Antwort blieb unbemerkt. Er wich ein paar heruntergefallenen Steinen auf der Fahrbahn aus, kam einem Steilhang zum Fjord hin unangenehm nahe, doch es war ihm vollkommen fremd, so etwas zu kommentieren.

»Du weißt doch, was Lamacher über die egozentrische Passionsmusik der älteren Generation und deren »Dies Irae«-Dramatik für Riesenorchester geschrieben hat. In einem Brief an Die Cholerische Atonalität schreibt er, die Kunst sei allzulange als eine Art Ventil für allerlei seelische Dumpfheit mißbraucht worden. Werft aus den Kirchen alle Orgeln mit Schwellern raus, die nur prunken und stöhnen und auf sich aufmerksam machen. Wenn ihr durch Dinge verbraucht seid, die dem Fleischlichen allzu nahestehen, solltet ihr zu eurem Beichtvater gehen oder es an der Meeresbrandung hinausschreien, aber macht es nicht zu einem Teil der Kirchenmusik.«

Und dann, ohne Übergang:

»Dein Vater hat von Orgeln nicht mal den Hauch einer Ahnung.«

Mit wem stritt er ständig? Mit Vater, natürlich, doch es gab auch andere Personen. Seine Kiefermuskeln arbeiteten ständig. Da drinnen lief ein Drama ab, und es war keine Komödie. Als wir ausgestiegen waren, um bei Breidamerkursandur zu pinkeln, zeterte er weiter und sprach von einem Albert Schweitzer, der sich von der vom Erfindungsteufel eingegebenen modernen, fabrikmäßig hergestellten Orgel weg und zu der klangschönen und einzig wahren Orgel zurück wünschte.

Dennoch war ein Gott an dieser Landschaft vorbeigekommen und hatte sie verzaubert: Vor uns, grün auf der stillen Wasserfläche schimmernd, lagen sie, die Eisberge. Gebilde, die im Lauf von Jahrtausenden entstanden sind. Rosa, von kaltem Blau, gewaltig. Turmähnlich, flach, menschenähnlich. Worauf warten Eisberge? Was tun sie mit dem, der sie betrachtet?

»Findest du es nicht auch phantastisch, Thorsteinn?«

Er zog den Reißverschluß hoch und fixierte etwas jenseits des Vatnajökul.

»Schön? Aber ja, natürlich, sehr.«

Da hinten auf dem Vatnajökul steht Lára. Sie zeichnet sich hoch vor dem Himmel ab; ihr schwarzes Haar sticht von dem blauen Hintergrund ab, die wechselnden gelbbraunen Farbtöne des Cellos von dem Weiß des Schnees. Viele seismologische Instrumente auf dem Gletscher. Sie ist der geerdete Kontakt des Universums, durch sie strömt die Musik, obwohl sie an ihrem Instrument steht und mich über Eisberge und stille Wasser hinweg entdeckt.

»Hörst du sie«, sagt sie. »Die Laute der Unterwelt. Die Erde ist nie still.«

Ich schüttele den Kopf.

»Vielleicht hast du nicht mein Gehör. Diese Laute an der Grenze zur Stille, das allerzarteste Flüstern des Daseins, die versuche ich zu spielen. Das ist meine Nachtmusik.«

»Warum mußt du sterben?«

»Weil ich mehr hören will. Immer mehr und mehr vom Flüstern der Unterwelt.«

»Aber du stirbst mir weg.«

»Damit du mich nie vergißt.«

»Hast *du* dich über mich gebeugt, als ich schlief, so wie sich auch andere Frauen über mich gebeugt haben?«

»Ja, ich habe mich über dich gebeugt.«

Thorsteinn ruft etwas vom Wagen her und unterbricht uns. Es tut immer so weh, in die Wirklichkeit eines anderen zurückgerufen zu werden. Bei seinem Rufen löst Lára sich auf. Übrig bleiben nur der weiße Gletscher, die Wolke darüber und das Schweigen der Eisberge.

»Hast du Mama gekannt, Thorsteinn?«

»Jaa.« Er dreht den Zündschlüssel und setzt auf die Straße zurück.

»Hast du sie gut gekannt?«

»Ich war mit ihr verheiratet.«

»Was sagst du da?«

»Nur ein Jahr. Also sprechen wir nicht mehr darüber.«

Ich starrte ihn an, doch er drehte sich nicht zu mir um. Er schottere alle seine Sinne nach außen ab.

An einem Montagnachmittag stieß Onkel Thorsteinn mit Marelia Arnadottír zusammen. Es geschah beim Altar in der kleinen Holzkirche von Marbakki. Montags war gerade dieser Altar Marelias natürlicher Aufenthaltsort, weil sie dort nach dem Sonntagsgottesdienst putzte – unabhängig davon, ob ein Gottesdienst stattgefunden hatte oder nicht. Sie wechselte die Blumen aus – wenn es die Jahreszeit dafür war – und entfernte die Weinflecken aus Pastor Jóns Kaftan.

Es wäre lächerlich, sich einzubilden, daß sämtliche Bekannten eines Menschen zu hundert Prozent Wesen aus Fleisch und Blut sind. Viele der engsten Freunde, die man hat, bestehen ja nur aus einem Zitat, einem unbedachten Gedanken, während andere aus einem jämmerlichen Körper bestehen, wie Imker aber von Tausenden fliegender, surrender Gedanken umgeben sind. In dem lebensentscheidenden Augenblick, in dem Onkel Thorsteinn buchstäblich mit Marelia zusammenstößt, besteht Pastor Jón bis auf weiteres nur aus diesem Kaftan in ihren Händen.

Und der Zusammenprall ist unsanft. Die Stoßstange trifft sie direkt unter der Kniescheibe des linken Beins; die Wunde ist nicht tief, doch die erst vor kurzem gekauften Nylonstrümpfe sind natürlich hin. Als Thorsteinn den Kopf vom Lenkrad hob, sah er im Scheinwerferlicht einen weit aufgerissenen Mund mit den weißesten Zähnen, die er gesehen hatte, und in der totalen Stille, die im Kirchenraum herrschte, nachdem der Motor stehengeblieben war, stieg aus diesem Mund ein Schrei auf.

Danach gab Christus am Kreuz auf: Der Kühler, der den Altar in der Mitte gespalten hatte, stieß gegen den untersten Teil des Kruzifixes, und Christus fiel höchst unsanft auf die Windschutzscheibe, wobei sein Blick den Thorsteinns suchte.

Dieser Unfall hatte zur Folge, daß Thorsteinn sich oft fragte, ob unser Leben einen vorherbestimmten Sinn hat oder ob es keinen anderen Sinn gibt als den, den wir selbst erschaffen.

»Warum sollte ich, der ich schon Hunderte von Malen« (das genetisch bedingte Bedürfnis der Familie nach Übertreibungen!!) »bei jedem Wetter und selbst unter den tiefsten Depressionen das Land durchfahren habe, einfach vergessen, ausgerechnet *dort* das Lenkrad herumzureißen?«

»Es herrschte Nebel, Thorsteinn. Der dichteste Nebel, den du je gesehen hast.«

»Jaja, aber da war etwas, was dagegenhielt.«

Dieses »Etwas« würde später gegen »die Abgesandte des Volks der Waldnymphen« ausgetauscht werden, und Marelia würde bestätigend nicken:

»Ich habe schon morgens beim Aufstehen gespürt, daß Bewegungen in der Luft lagen.«

Es war vielleicht schon vorherbestimmt, daß Thorsteinn in dem dichten Nebel, in dem so vieles ohne unser Wissen zusammengekocht wird, das Lenkrad nicht drehte, sondern statt dessen geradeaus weiterfuhr, hinein durch die offene Kirchentür, weiter durch den Mittelgang, bis er also mit dem Kühler im Altar landete. Als sie, die irgendwann meine neue angeheiratete Tante wurde, begriffen hatte, daß sie am Leben geblieben war, öffnete sie die Hand, aus der Pastor Jóns Kaftan fiel und das Hinterteil Christi bedeckte.

Thorsteinn war kein mittelloser Mann. Das zeigte sich, als es zur Bezahlung des Schadens kam: Er baute ganz einfach eine neue Kirche an der Seite der alten. Er sei sehr großzügig, meinte man in der Gegend, vielleicht ein bißchen zu großspurig, und Gehirnerschütterung sei nicht ausgeschlossen. Es ist ja wie in einem Kaleidoskop: Man schüttelt ein wenig, und Muster, Farben und Formen ändern sich. Einige Leute beginnen plötzlich persisch zu sprechen, andere eröffnen eine Kunstgalerie. Als Thorsteinn jetzt, ohne sich um seinen eigenen Gesundheitszustand zu kümmern, aus dem Wagen stieg und die nur leicht verletzte Frau neben dem auf dem Bauch liegenden Christus sah, wie sie die Arme auf dem Kühler ausstreckte, war er vollkommen hingerissen. Er strich ihr mit den Fingern über ihr blutendes Knie:

»Ich bitte vielmals um Entschuldigung.«

Einmal ist immer das erste Mal, dachte ich, als ich durchgerüttelt auf dem Beifahrersitz saß und die Verwüstung betrachtete.

»Mein Name ist Thorsteinn. Ich bin Botschafter und werde natürlich alles wiedergutmachen«, sagte er und nahm sie auf die Arme. Dann wirbelte er sie herum, damit sie einen Überblick über die Kosten erhielt. Und im selben Augenblick krachte die Orgel-Empore zusammen. Die Orgelpfeifen ließen klingende Laute hören, als sie auf die zerquetschten Kirchenbänke fielen, die der Landrover zertrümmert hatte. Aber Thorsteinn betrachtete das Gesicht der Frau:

»Ich glaube«, sagte er, »ich glaube, es ist etwas ...« Er schluckte und stand vielleicht fünf Sekunden lang wortlos da: »Sie sind doch nicht verheiratet?«

»Nein.«

»Ich meine, so was tut man einfach nicht. Man fährt einfach nicht so in eine Kirche rein, wenn es nicht vorherbestimmt ist ... Wie heißt du?«

»Marelia. Ich wollte nur die Blumen auswechseln.«

»Das kann ich mir denken.«

Ich kroch jetzt aus dem Großen Zerstörer, und Thorsteinn sagte schnell:

»Nein, nein, das da ist nicht mein Sohn. Ich bin jetzt auch nicht verheiratet. Das ist nur mein Neffe. Er tritt nur für mich, wenn ich Orgel spiele.«

»Ich heiße Pétur«, schrie ich.

»Genau. Pétur. Sei doch so nett und pflück ein paar Blumen statt der anderen, die ... ja, du siehst es ja selbst, die Vase ist kaputt. Ich werde natürlich neue Vasen kaufen. Neue Strümpfe. Gibt es verschiedene Größen und so was? ... und natürlich auch eine neue Kirche, das versteht sich von selbst ...«

»Gern mit schwarzen Nähten«, sagte Marelia.

»Ich vermute, daß es hier einen Pastor gibt. Wir sollten mit ihm sprechen.«

»Pastor Jón dürfte jetzt schlafen.«

»Aber man kann ihn doch wecken?«

»Das könnte man schon, doch es ist gestern spät geworden.«

»Heute wird es noch später werden«, erwiderte Thorsteinn. »Denn du willst mich doch heiraten?«

»O mein Gott! Wie war noch dein Name?«

»Ich bin Thorsteinn aus Dalvik.«

»Pastor Jón wird nicht gerade erfreut sein.«

»Ich habe dir ja versprochen, eine neue zu bauen.«

»Ich meine ... nein ... aber ja. Wohnst du in Reykjavik? Da habe ich schon immer wohnen wollen.«

Und wieder wurde Thorsteinn von Entzücken überwältigt. Er zeigte mit Marelias Körper auf das Elend um sich herum und sagte:

»Das hier, dies soll immer so bleiben ... es ist ja ... so schön.«

Und er drehte Marelia zu dem Blut auf dem Boden herum, zwischen Altar und Wagenkühler, einigen kleinen Tropfen:

»Dein Blut, für mich vergossen«, flüsterte er und küßte die kleine Schürfwunde an ihrem Knie.

»Das verheilt bald«, sagte Marelia.

Und ihre Beine trugen sie schnell, als es zu Pastor Jóns Pfarrhof ging. Mitten im Nebel lag er wie ein fauliger Zahn. Marelia lief fünf oder sechs Meter vor Thorsteinn und mir her. Manchmal drehte sie sich um und sah Thorsteinn lachend an, und als sie auf der Vordertreppe standen, legte sie einen Finger an die Lippen, öffnete die Tür und trippelte vor den anderen in das

Schlafzimmer des Pastors. Dieser wachte auf. Seine Arme fuhren durch die Luft, und er versuchte nach ihrem Arm zu schnappen:

»Marelia«, sagte er und versuchte, sie zu sich ins Bett zu ziehen, doch Marelia zeigte mit einer Handbewegung auf uns Besucher auf der Schwelle. Thorsteinn war so lang, daß er sich bücken mußte, als er den Pastor begrüßte:

»Bitte um Entschuldigung, aber es ist ein Unglück passiert.«

Pastor Jón war grau und bleich im Gesicht. Auch er hatte einen Schnurrbart, der aus Eigelb, Schnupftabak und Alter bestand. Wir waren nicht willkommen.

»Unglücke passieren eben«, sagte er und ließ sich auf den Rücken fallen. Marelia faltete die Hände auf dem Rücken und blickte von einem Mann zum anderen. Folglich dürfte sie mich nicht gesehen haben.

»Es geht um Ihre Kirche.«

»Die ist immer schrecklich gewesen.«

»Ich bin im Nebel zufällig in sie reingefahren ...«

»Darauf habe ich schon gewartet.«

Pastor Jón legte sich auf den Rücken und blickte an die Decke. Er wollte sehr gern weiterschlafen.

»Und ich werde selbstverständlich alles ersetzen.«

»Man dankt«, sagte Pastor Jón. »Vielleicht könnte man auch eine Elektroheizung legen lassen.«

»Ich werde sehen, was ich tun kann.«

»Sind Sie gläubig?«

»Ja, nun ja.« Thorsteinn wußte nicht, was er antworten sollte, und wippte auf den Absätzen. »Ich bin auf Reisen, fahre von einer Orgel zur nächsten. Ich versuche, für die Kirchenbehörden ein Orgelinventar zu erstellen.«

»Ich mag Orgeln nicht.«

»Verzeihung?«

»Sie machen zuviel Lärm, und dann kommt der Ton zu spät. Man kommt nie recht mit. Ich sah mich gezwungen, unseren Kantor wegzuschicken.«

»Das ist *tatsächlich* ein Problem, vor allem bei den mechanischen Orgeln. Ich habe zufällig die Orgeltribüne demoliert, bin gegen die Säule gefahren. Das Instrument ist also nicht mehr bespielbar, jedenfalls das nicht mehr, was davon übrig ist.«

»Willst du nicht ein Glas Wein anbieten«, sagte Marelia, »sie haben vielleicht eine lange Fahrt hinter sich.«

»Ich habe nur noch zwei Flaschen übrig, und die ... aber was soll's.«

»Er will mich heiraten.«

Der Pastor richtete sich mit einem Ruck im Bett auf.

Später, als ihm auch ihr Körper hingegeben worden war, begann eine neue Phase in Thorsteinns Leben. Von jetzt an glaubte er sich völlig von den Waldnymphen gelenkt, und je sorgfältiger er die auf dem Kühler liegende Christus-Figur im Teil zwischen den beiden Altarhälften betrachtete, die den Hintern in die Luft reckte, um so klarer erkannte er, daß ein solcher Augenblick in einer Art Ewigkeit gefaßt werden mußte wie Fliegen in Bernstein.

»Etwas Unerhörtes ist uns widerfahren«, teilte er Marelia mit und versuchte, in das intensive Gegenlicht ihrer himmelblauben Augen zu blicken, und Marelia bekam einen Schluckauf und erwiderte, aber ja, damit hast du sicher recht, Thorsteinn.

Liebe äußert sich auf sonderbare Weise, und es ist zwecklos, hier Upanischaden oder Evangelien zu zitieren. In diesen Kategorien darf man Thorsteinns und Marelias Zusammenleben und Ehe nicht sehen. Ich selbst hatte Thorsteinn ja immer für vollkommen verrückt gehalten und bezweifelte gelegentlich, daß er überhaupt wußte, wie dieses Mädchen hieß, aber sie genügte tatsächlich, um ihn ein mächtiges Monument seines Liebesaugenblicks errichten zu lassen. Wenn er Marelia nicht *sah*, so sah er doch den Ort, an dem das Unerhörte geschah, und er ließ diese unfreiwillige Installation zu einem Heimatmuseum werden, zu dessen gewaltigem Hüter er wurde, der er sich gern mit den Bergen und dem Fjord im Hintergrund fotografieren ließ.

Denn die Leute machten hier Rast. Nach so vielen Kilometern auf gewundenen Straßen, in Nebel und Dunkelheit, bei Schneesturm und Regen, hielten sie hier gern an, um sich die Beine zu vertreten. Überdies lockte Marelia mit einem Schild, auf dem Kaffee und Waffeln angepriesen wurden, und ich glaube, daß Thorsteinn in seinen Jahren als Diplomat zumindest eine Ziege mit Autoreifen gesehen und gelernt hatte, seine eigene Kirche als *Kunstwerk* anzusehen. Er betonte gern, wie sie »ein gewaltiges Interesse« geweckt habe, daß die Besucher »unerhört interessante Fragen« stellten, daß sie »zu einer Debatte über das Wesen der Liebe« anregte. Nun war Thorsteinn allerdings kein intellektueller Riese. Er entwickelte nie eine Kosmogonie, warf nie einen Blick in die Dschungel der Psychologie, doch er war in all seiner Verrücktheit klug und baute sein Leben um *einen* Augenblick herum, was ihm den Anschein tiefer Energie verlieh.

Denn wenn jemand angehalten hatte und sich von dem Gewaltigen auf der Heide einfangen ließ, konzentrierte er sich auf dieses Einzige: das Wunder.

Seine Schritte wurden gemessen, seine Gesten (durch die Macht der Wiederholung) exakt gleich. Jedes Komma bekam seinen Platz, und Marelias »spontaner« Eintritt in die Handlung war zeitlich perfekt abgestimmt. Oh, es war schon bemerkenswert, ihn zu sehen, wenn er mit seinem schicksalsschweren Blick auf den kaum sichtbaren Blutfleck auf dem Boden zeigte und auf die liegende Christus-Figur auf dem Kühler. Und im selben Augenblick, in dem Marelia sich unter seinem linken Arm an ihn schmiegte, äußerte er die kurz darauf schon geflügelten Worte:

»Und hier haben wir unsere Liebe gefunden.«

Im Regen, in der Einsamkeit von Höfn, stand eine rote, verrostete Telefonzelle voller weißer Hühner und wartete auf mich. Die Hühner wurden wütend, als ich sie von dem Regal zu verscheuchen versuchte, auf dem das Telefonbuch lag.

»Oh, mein Junge, wie geht es dir? Ich bin gestern im Außenministerium gewesen und ...«

»Ich scheiße auf das Außenministerium«, schrie ich und entdeckte hinter dem Telefonbuch ein Ei. »Warum hast du nie erzählt, daß Mama mit Thorsteinn verheiratet war, diesem Idioten.«

»Das habe ich aber«, log Vater. »Der Außenminister hat versprochen, einen Brief an Frankreichs ...«

»Antworte mir! *Warum* hast du es nicht getan?«

Er hätte sehen müssen, wie das Ei in meiner Hand zersprang, wie Eigelb und Eiweiß an meinem Handgelenk entlangliefen und unter meinem Jackenärmel verschwanden.

»Du erzählst *nie* etwas von Mama. Warum???«

»Es klingelt an der Tür, Pétur.«

Niemand war an der Tür. Man hört es im Telefon, wenn jemand an der Tür im Skáldastígur klingelt. Die Klingel ist scharf und schrill. Ich wischte das Rührei mit dem Hörer ab und lief hinaus, den weißen Hühnern, die auf dem Hof auseinanderstoben, Fußtritte versetzend. Und wenn niemand den Hörer wieder eingehängt hat, so baumelt er wohl immer noch dort im Regen und in der Einsamkeit von Höfn.

IV

Heute morgen landete ein Hubschrauber mit vier Polizeibeamten und Hunden vor dem Haus. Man hatte auf der Nordseite des Fretla einen Toten gefunden. Die Polizei sagte, er sei von einer deutschen Luxusyacht, die rund eine Woche in Dritvik gelgen habe. Sein Name sei Lenz. Johannes Lenz. Er gehöre zu einer Gruppe von Bergsteigern und Amateur-Ornithologen, ob ich zufällig einen von ihnen gesehen hätte? Ich sagte, bei Wanderungen draußen auf der Heide könne ich gelegentlich durchs Fernglas einen sehen, hätte aber nie auch nur mit *einem* von ihnen Kontakt aufnehmen wollen, denn das sei die eigentliche Ursache dafür, daß ich hier so allein säße. Weil ich mir eingebildet hätte, daß mir das Schreiben hier – zwischen Himmel und Erde, zwischen Meer und Fjäll – leichtfallen würde, denn das sei mein Beruf.

»Du schreibst über deinen Vater?«

»Unter anderem«, erwiderte ich. Ich sagte jedoch nicht, was ich glaubte, daß sich nämlich Figuren, Gesten und Gebärden meiner Vergangenheit in dieser Landschaft besser entwickeln würden, in der sie von *Gegenwartsblüte* so befreit sind. Solche Wörter fallen einem ein, wenn man inmitten der Lavablöcke umherwandert. Keine störende Gegenwartsblüte. Ein befreiender Raum des Erzählens. Doch solche Dinge erzählt man keinem Polizisten.

Er fragte, ob ich Kontakt zu einheimischen Bewohnern der Gegend hätte, was ich verneinte.

»Mit diesem Mord stimmt etwas nicht.«

»Mord? War es ein Mord?«

»Was kann es sonst sein, wenn man einen Schuß in den Hinterkopf bekommt? Du hast in dieser Woche nicht zufällig einen Schuß gehört?«

»Das Meer höre ich manchmal. Die Möwen und gelegentlich einen Kolkraben.«

»Das ist es gerade«, sagte der Polizeibeamte. »Er dürfte die Vögel nicht nur beobachtet haben, dieser Typ, denn er hatte auch ein Rohr mit jungen Kolkraben neben sich. Hatten zu lange dort gelegen. Sie waren auch tot. Auf dem Boot der Leute haben wir noch mehr tote Vögel gefunden. Da gibt es eine Menge aufzurollen, und jetzt sind die Eltern des Mannes auf dem Weg hierher. Der Vater ist eins der höchsten Tiere der CDU. Es scheint ein richtiger Schlamassel zu werden.«

»Er hat also Vogeljunge geschmuggelt? So ein Scheißkerl«, sagte ich und fühlte mich genötigt, mir ans Herz zu greifen. »Dann hat er bekommen, was er verdiente.«

»Ach so? Du hast nicht zufällig selbst ein Gewehr?«

»Natürlich habe ich das.«

»Du weißt, es ist nur eine Formalität, aber könnte ich es mir mal ansehen?«

»Ich kann dir sogar sagen, daß ich vor kurzem damit geschossen habe. Man muß ja leben.«

Ich holte das Gewehr.

»Darf ich es in die Stadt mitnehmen? Ich verstehe nicht viel von Waffen.«

»Aber ja, natürlich.«

»Ach was, was soll's, vergiß es. Du kannst es ja schon vor einer Woche gereinigt haben. Wenn du der Täter gewesen wärst. Und warum sollte einer wie du ...«

Der Parlamentarier und seine Ehefrau ließen sich nach der Ankunft in Reykjavik im Rundfunk interviewen. Während sie bittere Tränen vergoß, wetterte er gegen die isländische Gesellschaft, sprach von der Freude seines Sohnes an der Natur, über den verrückten Fanatiker, der in Gottes unberührter Natur diese Tat begangen habe, und ich sah schon vor mir, wie man bei der Rückkehr nach der Beerdigung eine deutsche Flagge über einen Spiegeltisch breitete und seine Wanderschuhe und vielleicht ein Fernglas darauf legte: Ein Hausaltar, den man bewundern, ein Gesprächsthema, das man bei künftigen Festessen von allen Seiten wiederkäuen konnte.

Eins erstaunte mich jedoch: Kein Interviewer griff die Sache mit den Vogeljungen auf. Den Schmuggel. Ich rief den Sender an und bekam Páll an den Apparat, meinen alten Kumpel aus der Schulzeit.

»Bist du verrückt, Pétur? Dieser Lenz, der alte also, verhandelt mit uns gerade über ein Fischereiabkommen. Seid ihr von Interfisk nicht beteiligt? Ich glaube sogar, er hofft darauf, Botschafter in Island zu werden. Ist schon oft hier gewesen, sprach vor dem Interview mit mir über seine große Liebe zu uns und die seiner Familie. Er mietet seit mehreren Jahren oben bei Akureyri ein Ferienhaus.«

»Hat er dich weichgekriegt? Dich nachgiebig gemacht?«

»Genau das. Wir erwarten Umsatzsteigerungen. Und ich eine Gehaltserhöhung.«

»Was passiert mit dem Boot? Mit den anderen?«

»Die sind schon abgesegelt.«

»Aber die Polizei hat doch ...«

»Pétur, Pétur: Dieses Oberschicht-Gesindel – denn es waren allesamt Jungs aus gutem Haus – wußte von nichts. Sie haben ihre unschuldsvollen Äuglein aufgerissen und erklärten, sie seien völlig schockiert über das, was ihr Freund da getrieben habe.«

»Aber Arnesen, der Kommissar, der mir das erzählt hat, hat doch gesagt ...«

»... daß alles klar zutage lag. Das Boot war voll mit Käfigen, Vogelfutter, Fanggeräten. Aber nachdem du mit Arnesen gesprochen hast, hat er Befehl erhalten, *dieses* Detail zu vergessen. Was bedeuten letzten Endes ein paar Kolkrabenjunge im Vergleich mit isländischen Exportmillionen? Pétur, weißt du, wer ihn erschossen hat? Du wohnst schließlich da oben. Du selbst bist es doch hoffentlich nicht gewesen? Verschaff mir einen Knüller, wir sind doch immer gute Kumpel gewesen.«

»Du hast mir immer gegen die Schienbeine getreten, schon vergessen?«

Vater wurde mein Vater.

Es war unerträglich. Zehn Jahre vergingen unter Qualen: Obwohl ich ihm buchstäblich über den Kopf wuchs, war er überall. Wie der Himmel, wie die Erde. Überall war ich sein Sohn. Hielt ich mich bei den Vettern auf, lenkte er mich ferngesteuert per Brief und Telefon, war ich in Reykjavik, mußte ich unter seinen Leserbriefen leiden, seinen Kämpfen gegen die Windmühlen der Umwelt, seinem Kampf für die Sache, wie er sie nannte. Und ich weiß nicht, wie es zuging, aber eines Tages ertappte ich mich dabei, daß ich Französisch und Jura studierte, um es unserem Feind »zu gegebener Zeit mit gleicher Münze heimzahlen zu können«. Ich verstehe nicht, wie Vater mich dorthin manipuliert hatte; es hatte Zeiten gegeben, in denen ich mich von ihm frei glaubte.

Denn neuerdings stand ich in erotischer Hinsicht auf eigenen Füßen, seit ich Lilith Aslaugsdóttir kennengelernt hatte, die alles andere als tief Denkende, die im Heidekraut auf mich zugerobbt war, nämlich in dem Sommer, in dem ich die Kühe der Vettern auf die Weide trieb. Schieläugig und schwarz war sie, und die Hand, die mich in das neue Land führte, war schmutzig und heiß. »Jaja«, sagten die Vettern an jenem Abend im Kuhstall, als sie die Saugnäpfe der Melkmaschine an den prallen Eutern der Kühe befestigten, »der muß jeder mal begegnen.«

Dennoch. Ich war stolz auf Vater. Stolz auf unser Zuhause in Skáldastígur. Stolz auf die Bücher, die Bilder, die Musik. Stolz auf das Essen, das Vater auf den Tisch zaubern konnte, als ich mit den ersten Mädchen nach Hause kam. Sie hießen Sigridur, Svala, Brynja. Sie hießen Gudrún und Nina. Sie waren hell oder dunkel, hoch gewachsen oder kleinwüchsig. Eines Tages war es Svala: schlank, mit hellem Haar, das ihr bis zur Taille reichte, einem spitzen Kinn und einem vornehmen Zug um die Lippen. Ich war stolz auf sie. Und auf mich, dem es gelungen war, eine solche Schönheit an mich zu binden; wir würden uns lieben. Ich rief zu Hause an:

»Ich bringe heute abend ein Mädchen mit.«

»Wollt ihr Fleisch oder Fisch?«

»Fisch.«

»Also Weißwein.«

»Was uns betrifft, nehmen wir es da nicht so genau.«

»Ein Chablis. Ist sie schön?«

»Bringe ich denn nicht immer ... Noch eins, Vater, könntest du in meinem Bett die Laken wechseln? Neulich nachts hat es Blutflecken gegeben, als Gudrún ...«

»Kein Problem.«

»Ich meine, es ist nicht nötig, daß ...«

»Kein Problem. Um welche Zeit? Was meinst du ...«

Wir schlenderten in der Abenddämmerung langsam nach Hause. Auf dem Friedhof blieben wir lange stehen und küßten uns. Svala sagte:

»Es macht mich ein bißchen nervös, ihn kennenzulernen.«

»Er ist nicht gefährlich.«

»Ich glaube nicht, daß er gefährlich ist. Aber es ist ein bißchen merkwürdig, wenn man ihn sozusagen schon kennt. Seine Stimme, meine ich.«

»Er hat nichts Merkwürdiges an sich.«

»Aber trotzdem.«

Ich küßte sie. Sie wich aus:

»Er hat nichts dagegen, daß ich über Nacht bleibe?«

»Nein, nein. Du bist heute abend so schön, Svala ...«

»Meine Tante hat gesagt, daß er wieder einen Brief an Olafur geschrieben hat, wegen des Fußballs und dieser Sache.«

»Die ganze Geschichte ist mir inzwischen vollkommen egal.«

Wir bogen in den Skáldastígur ein: In den obersten Stockwerken glühten die letzten Strahlen des Nachmittags. Lagen dort wie Feuer. Ich begrüßte Tante Herborg, deren Hunde unsere Johannisbeersträucher anpinkelten. Sie zerrte zum Schein ein bißchen härter an den Leinen, ließ aber locker, kaum daß wir die Tür erreicht hatten.

»Himmel, bin ich nervös.«

»Du sollst nicht *ihn* treffen, sondern mich. Hoffe ich.«

Alles war an Ort und Stelle: die Kerzen brannten, die Servietten waren in den Gläsern gefaltet, die Weinflaschen entkorkt, der fritierte Ziegenkäse lag auf seinem Bett aus Salat und roten Paprikastreifen. Die Musik, die er als Konversationshintergrund ausgewählt hatte, war Eric Saties »Je te veux«. Er zog ihren Stuhl hervor, schenkte Wein ein, prostete ihr zu, hieß sie willkommen und sah ihr tief in die Augen. Ich fand es überflüssig, am Abend eines normalen Wochentags Wein zu trinken, doch wenn ich mich weigerte, würde er es als Beleidigung betrachten.

»Und du studierst Geschichte, wie ich höre?«

»Ja«, erwiderte Svala. »Für Geschichte habe ich mich schon immer interessiert.«

»Das kann ich verstehen. Das habe ich Pétur immer einzuprägen versucht, daß unsere Geschichte etwas ist, was wir *erschaffen* müssen. Ich habe ihm aber auch gesagt, daß man eine übergreifende Betrachtungsweise wählen muß, um unsere Welt zu begrenzen. Im Mittelalter gab es ja, wie du sicher weißt, zwei Schulen: die des Augustinus und die des Boëthius. Ich selbst neige wohl etwas mehr zu Boëthius.«

»Ich muß gestehen, daß ich nicht ...«

»Nein, ich leiste mir sicher alte, ausgestorbene Weisheit. Aber wie auch immer: Boëthius geht in seinem Werk ›Der Trost der Philosophie‹ von einer begrenzten irdischen Bühne aus. Ein Mensch – er selbst – ist ins Unglück gestürzt worden und glaubt in der Dunkelheit eines Kellerlochs zu erleben, daß die Welt von der launischen und gleichgültigen Hand des blinden Schicksals beherrscht wird. Da offenbart sich eine lichtumstrahlte Gestalt, Philosophia, und versucht, ihm die

Augen zu öffnen. Sieht er da nicht im Muster der Ereignisse, daß es jenseits und über der Fortuna, welche die Menschen fürchten und anbeten, eine höhere Macht geben muß, eine göttliche Vorsehung? Ahnt er nicht in Vergänglichkeit und Verwandlungen der Natur eine geheimnisvolle Ordnung und Harmonie, die sich in der gesamten Schöpfung bemerkbar macht? Im Gegensatz also zu Augustinus. Ich hoffe, du magst diesen Ziegenkäse. Ein guter Freund hat ihn aus Frankreich mitgebracht.«

»Wie peinlich, ich habe es für Fisch gehalten«, erwiderte Svala, und Vater lachte und hob sein Glas.

»Pétur, könntest du die Teller abräumen und das Hauptgericht holen? Wenn man also das Weltbild des Augustinus wählt, muß man auf den psychologischen Realismus sowie auf die individuellen und irrationalen Elemente verzichten, die in dieser strikt theologischen und universalen Perspektive der Schöpfung keine Realität und keine Bedeutung gewinnen. Wer sich für Boëthius entscheidet, gewinnt hingegen wie die antiken Historiker die Möglichkeit, den Zufall, Fortuna, in dem historischen Geschehen zu schildern, im Kampf des einzelnen Menschen gegen dieses Schicksal und seine eigenen Affekte und Begierden, aber auch seine Ahnungen von dieser geheimnisvollen Allmacht, der Boëthius wohl nie einen Namen gegeben hat.«

»Interessant«, sagte Svala, als ich die Fischplatte so dicht an ihrem Arm abstellte, daß sie zusammenfuhr. »Wie hieß dieses Buch von Boëthius? Um die Wahrheit zu sagen, haben wir seinen Namen noch nie berührt.«

»›De consolatione philosophiae‹. Er hat das Buch im Gefängnis geschrieben. Dorthin hatte ihn Theoderich von Ravenna gebracht. Sie wissen doch, der Mann, der die Silberbibel in gotischer Sprache bestellte, übrigens das einzige bekannte Dokument in dieser Sprache ...«

»Ja, ich habe von irgendeinem Schweden mal einen Roman über diese Geschichte gelesen, aber ich erinnere mich nicht an seinen Namen.«

»Pétur, sei so nett und hol den Boëthius. Du weißt, wo er steht. Dann kann Svala ihn sich ansehen. Ja, Theoderich, der als ein so gütiger Mensch dargestellt wird, warf ihn ins Gefängnis. Mit welcher Zeit beschäftigst du dich gerade? Nimm jetzt etwas von dem Hauptgericht, denn es ist *wirklich* aus Fisch. Heilbutt, garantiert frisch. Ich habe mit etwas Gorgonzola experimentiert. Hoffentlich hat es nicht den Geschmack zerstört. Verzeihung, mit welcher Epoche?«

»Der Renaissance. Italien. Ich schreibe gerade an einem Aufsatz über Savonarola und seinen Einfluß auf Sandro Botticelli.«

»Alle Achtung. Prosit, Svala. Pétur, bring doch gleich eine Flasche aus dem Kühlschrank mit. Der Fundamentalismus ist eine der erschreckendsten und zugleich interessantesten Erscheinungen unserer Zeit. Ich habe mal eine Sendung gemacht ...«

Ich weiß nicht, ob es ein Brüllen Fretlas draußen im Dunkeln ist, was die Sicherung durchbrennen läßt, denn als ich mit einer entkorkten Flasche Chablis und den tröstlichen Worten des Boëthius zurückkomme, liegt das Zimmer in einem anderen, gedämpfteren Licht vor mir. Vater lehnt sich an Svala, und ihre Augen hängen an seinen Lippen. Ich entdecke, wie sich zwischen seinen Fingern die Finger eines anderen Menschen unter der Haut vortasten, die plötzlich reißt und sich für eine Kralle öffnet, die sich um Svalas Handgelenk schließt. Ich sehe seine Mundwinkel – plötzlich zu eng für das Feuer eines Lächelns von innen –, sehe, wie sie zerreißen und sich über die Wangen ausbreiten, so daß eine Flut von Speichel den vermilchten Abhang zum Hals hinunterläuft. Ich sehe, wie sich seine Poren weiten, Flüssigkeiten steigen auf und sinken, in den Augäpfeln zeigt sich ein weiteres Augenpaar, und aus Vaters Körper steigt ein unbekanntes, blindes Monstrum empor, das ein Organ nach dem anderen beiseite schiebt und mir zu verschwinden befiehlt.

Es ist kein reines Vergnügen, in abendlicher Dunkelheit ein Jüngling zu sein, der von Kindesbeinen an gelernt hat, statt eines Abendgebets die Namen seiner Vorfahren herunterzuleiern, so daß sie wie Kienspäne das Dunkel der Gezeiten erhellen, bis zu dem Frühlingstag, an dem Gardar, Sohn von Svavar dem Schweden, aus Versehen auf Island landete, doch in Stunden wie diesen verleiht es vielleicht Kraft.

So mochte es klingen, das Nachtgebet:

Der älteste ist Odin, Zauberer der Svear. Dann starb er, und sein Nachfolger wurde Njord, dem Freyr nachfolgte. Danach herrschte lange Fjolnir, der in einem Metfaß den Tod fand; dessen Nachfolger Sveigir wurde vom Berggeist entführt und verschwand sodann in Stein. Diesem folgte Domaldi, der bemerkenswerterweise eines natürlichen Todes sterben durfte, dann Dag, der den Vogelgesang verstand, Agni, der in Dänemark gehenkt wurde, Aun, der erneut zum Säugling wurde, Otto Vendelkråka, der beim Blutopfer vom Pferd fiel, Ivar Vidfamne, Gatte von siebzehn Frauen, und Torsten Torskbitare, der des Landes verwiesen wurde, nachdem er eine Frau gegen ihren Willen geküßt hatte. Dann folgten Hönsathor und Gisli, Viga-Glum und Egil Vurislav. Und einer nach dem anderen fiel über die Schwellen Walhallas. So auch der flinkste einbeinige Mann im Land, Lodin Lepp, über den Snorri schreibt, er habe zehn Mann ermorden lassen und auf der einzigen Harfe in Island wunderbare Melodien komponiert, und als er *die* auf die Heide mitnahm, war Unheil im Anzug, Amen und danke lieber Gott für das System der Lebensversicherung, das die Zahl der Totschlagdelikte verringert hat, und antworte mir, Gott, sprühen auch in mir *alle* diese Gene? Bin ich, du lieber guter Gott, auch so ein Konglomerat? Und laß Vater mir Svala nicht wegnehmen!«

Denn genau das geschah gerade, wie ich glaubte. Denn als sie endlich entdeckt hatte, daß ich verschwunden war, und nachdem sie und Vater abgewaschen und abgetrocknet und sich unterhalten hatten und ... Was weiß ich, was wußte ich denn? Da kam sie ziemlich betrunken und so fröhlich herein, daß ich sie davonjagte.

Dann schrie ich.

Dann schickte ich ihm einen Wortschwall entgegen, als er in Hemdsärmeln in der Türöffnung stand, ein Ungeheuer mit vier Augen.

Das schlimmste war nicht, daß er mich bei Svala, Brynja und Sigridur, bei Gudrún und Nina, bei Hólmfridur, Linda oder wie sie alle hießen, ausmanövriert hatte. Das Schlimmste war, daß er mich – in seinem sentimentalen Zustand – zerstückelte und ihnen portionsweise servierte. Er machte *Geschichten* aus mir. Er nahm mich als Beispiel für verschiedene Thesen, schraubte sich die Wirklichkeit zu seinen Gunsten zurecht. Das Wesen der Freiheit besteht ja darin, wie ich gelernt habe, daß ihre Natur *nicht* gegeben ist. Die Funktion der Freiheit besteht darin, die Natur der Freiheit zu verändern, etwas anderes zu werden, als sie in jedem gegebenen Augenblick ist. Sie ist *die Möglichkeit* zur Entwicklung – doch durch alle diese Geschichten nagelte er mich fest, als wäre ich ein Schmetterling in einer bestimmten Haltung, in einer exakten Position, von der ich noch nichts wissen wollte, da ich noch vollauf mit der Suche nach mir selbst beschäftigt war.

Ich zog von zu Hause weg.

Ich besorgte mir ein Zimmer unter anderen Studenten. Ich rief nicht an. Wenn ich Vater in der Stadt sah, bog ich in irgendeine Seitenstraße ein. Ich wählte für mein Leben die Schauplätze der Nacht, und als der erste seiner Briefe bei mir im Briefkasten landete, legte ich ihn ungeöffnet in den Schreibtisch, und so blieb es viele Jahre lang.

Lieber Pétur,

Dein plötzlicher Ausbruch hat Asche und Lava auf mein Leben gestreut: lächerlich gemacht zu werden bedeutet – zumindest teilweise –, ent-leibt zu werden. Vielleicht ist es so: Wer auf dem Weg in die Zukunft ist, muß ein großes Stück des zarten und empfindlichen Jetzt mit sich reißen, das wir, die wir gezwungen wurden, unseren Wohnsitz in der Vergangenheit zu nehmen, uns gerade eben noch leisten können.

Zweiter Frühling – aber ja. Das Altern hat nichts Heroisches an sich. Aber schon als Zehnjähriger hast du mit einem Haufen von Kindern dagesessen und uns Älteren zu tanzen verboten. Das sei *unpassend*. Mit härteren Worten, als ein Gericht sie hätte äußern können, wolltet ihr uns hinter einem Zaun einsperren, wo man uns mit einer geeigneten Portion an Gefühlen ausgestattet hätte, um uns dann wie die langhaarigen Highland-Rinder mit ihren von aller Zeit befreiten Augen, die sich nur im Zeitlupentempo bewegen, zu streicheln und uns in die Augen zu sehen. Man hätte uns für Wesen von großer Weisheit gehalten, mit denen man aber unmöglich sprechen könne. Und wir hätten vollständig außerhalb *eurer* Welt existiert.

Stückweise ent-leibt zu werden. Weißt du, Pétur, daß es Töne gibt, welche die kostbarsten Vasen zerspringen lassen können? Ebenso gibt es Blicke, Tonfälle und Gesten, die direkt in die allerfeinsten und empfindlichsten Nervenzentren hineinschneiden. Wenn man das nicht erleben kann, liegt man im Sterben. Erlebt man es, lebt man. Sehr einfach.

Hier ein solcher Anfall von Johannistrieb: Heute morgen während der Busfahrt zum Funkhaus landete ich neben etwas sehr Gefährlichem: einem kurzen Rock, schwarzen Strümpfen und den von Schwarz umsponnenen Rundungen. Mein *Körper*, aber nicht ich selbst, wenn du so willst, geriet in heftiges Zittern. Ich hüte mich *wirklich* meist vor solchen Anblicken, doch manchmal drängen sie sich einem verstohlen auf. *Nackte* Knie kann ich hingegen ertragen. Die setzen mir nicht so zu. Es braucht nicht mal angenehm zu sein. Sie sind schon da in ihrer Nacktheit. Ja, sie befinden sich nahezu schon in einem »Danach«: Wenn man das Geäder sieht, das Geäst von Jahren, Arbeit und Verletzungen, liest man schon ihre Zukunft und kann sich mit solchen Kniescheiben und dicken Waden *anfreunden*, ja sogar mit dem Häßlichsten von allen, rotlackierten Zehennägeln.

Natürlich bin ich zu alt, um an derlei zu denken. Belege mich ruhig mit einem Ausgehverbot, mein Sohn. Solche Dinge sind sicher nicht gut fürs Herz. Gezwungen zu werden, Finger, Handflächen, Wangenknochen, Lippen schöner Frauen zu beobachten; die Umwelt wird undeutlich, diese Details jedoch nicht. Und es ist, als wollte ich den Straßensteinen zuschreien: Wie *ertragt* ihr diese Schönheit nur? Wie könnt ihr nur ein solches Leben aufnehmen? Was sollen wir mit all dieser Schönheit der Welt tun??? Es gibt nur einen Trost; nämlich daß auch sie unter den Kleidern nackt sind, denn sie sind ja Menschen, und in der Nähe menschlicher Nacktheit wartet immer ein großer Tränenausbruch, türmen sich Wolken auf, wachen die toten Geister einer Familie, schwanken schadhafte Möbel, schreien ungeborene Kinder – und das können wir *teilen*.

Über den Schmerz, mein Sohn, der darin liegt, junge Frauen in ihrer Blüte sehen zu müssen, weiß ich einiges. Überdies notgedrungen mit ansehen zu müssen, wie sie dich in meiner Gegenwart ergeben berühren, tut noch mehr weh. Das erzählt von allen Nicht-Liebkosungen des Lebens. Mich dürstet nicht nach Wasser, ich bin vielmehr das Wasser, das niemand trinken will. Eine Svala habe ich dir jedoch nicht weggenommen. Ich war froh, daß sie den alten Geschichten eines alten Mannes lauschte, den einzigen, die ich besitze. Ich war froh, daß sie mir beim Abwasch helfen wollte. Fühlte mich geschmeichelt. *Dein* Verhalten: verletzend. Meine Stimmung: mit Asche gefüllt.

Ein alter Mann

Daß Vater eines Tages in dieser Zeit in seinem Fischereibericht zufällig »Schorsch« und »Dellfisch« sagte statt Dorsch und Schellfisch, wurde sicher nur von mir bemerkt. Ebenso, daß seine Stimme rostig klang. Und daß er sich unter der Geige, auf der er immer seltener spielte, die Abende mit Variationen des Themas »Früher war es anders ...« vertrieb, was mir die Eltern von Bekannten erzählten, kann wohl als Privatsache angesehen werden.

Doch es war die Poesie, die meinen Vater schließlich zu Fall brachte.

Ich lauschte ja nicht mehr mit dem Daumen im Mund unter totalem Schweigen dem Fischereibericht, doch an jenem Tag hatte ich *zufällig* das Radio eingeschaltet, während ich den Versuch unternahm, einen pochenden Kater mit Tabletten zu bekämpfen, die in einem Wasserglas perlten. Vater hatte gerade den Bericht beendet. Und als er gerade die Papiere weglegte, um der Ansagerin draußen im Kontrollraum ein Zeichen zu geben, zeichnete sie einige verzweifelte Hieroglyphen in die Luft und rannte hinaus. Vater deutete die Botschaft: Montezumas Rache hatte sie getroffen, und so sagte Vater mit der ihm eigenen Routine:

»Da ich sehe, daß uns noch ein wenig Zeit bleibt, werde ich Jón úr Vörs ›Sommertag im Fischerhafen‹ vorlesen:

Der Morgen ist so mild und still
ein matter, kühler Wind weht von See her
mit den Wellenbrechern spricht die Woge
– alle Fischerboote sind draußen auf See.

Morguninn er svo mîldur og hljódur,
máttvana svali blaes af hafi,
vid unnarsteina er aldan á skrafi,
– allir bátarnir komnir í ródur.

Wie Goethe, so auch Jón úr Vör.

Welche Stille sich an jenem Vormittag bei den Isländern verbreitete. Dieses geliebte Gedicht war niemandem unbekannt, aber der Zusammenhang! Und da die Ansagerin sich Zeit ließ, nahm die Stille zu, ja, es wurde die längste Funkstille des isländischen Rundfunks. Die Bevölkerung hörte auf zu atmen, die Seelen der Menschen flogen mit einem stillen Raunen aus sämtlichen Fenstern von Reykjavik, Akureyri und Borgarnes, flogen zum nächstgelegenen Strand und lauschten gerade diesem Schweigen, dem Schweigen der Seemannswitwen, Kinder und Greise, als das Motorengeräusch der Boote in der Ferne verebbt war. An allen Stränden Seele an Seele, zwei Minuten, drei. Die geschliffenen Steine liebkosten einander an der Wasserlinie, die Hundeschnauzen des Seetangs ragten in die Luft und schwappten träge, und alle Seelen lächelten.

Nach allen Anrufen, die Vater erreichten, hatte er bedauerlicherweise Blut geleckt. Jetzt sollten Gedichte vorgelesen werden. Der Programmbeirat stimmte dem nach einigem Zögern zu. Der Chef des Senders meinte, wenn die Gedichte eine Verbindung zur Fischerei »an sich« hätten – ihm fiel es leicht, sich in die Garderoben aller Gespräche hineinzuphilosophieren –, habe er nichts dagegen, was sämtliche Anwesenden erstaunte. Bis seine Sekretärin Gudrún erklärte, daß sein »Enthusiasmus« wohl darauf zurückzuführen sei, daß die Frau des Bischofs, Gudrúns Tante, den Chef des Senders angerufen und gemeint habe, Halldórs Einfall sei entzückend und habe das Programm *gehoben*. Und, o ja. Die Frau des Bischofs höre sich *tatsächlich* den Fischereibericht an. »Wenn ich Halldórs Stimme höre, kommt es mir vor, als sähe ich das ganze Meer vor mir. Und all diese zappelnden Fische.«

Hörte, sah oder fühlte? Die Anrufe der Bischofsgattin hatten auf den Chef des Senders Eindruck gemacht, das stand völlig außer Frage, aber:

»Sie sollten aber nicht zu lang sein, diese Gedichte. Moderne Gedichte sind ja ein wenig lang. Nicht wahr?«

»Im Gegenteil«, erwiderte Halldór. »Sind allzu kurz.«

»Genau«, sagte der Rundfunkchef. »Was ich meine, ist folgendes ... Es sollten keine Ertrinkenden vorkommen.«

»Du meinst Shakespeare ...? ›Seine Augen sind jetzt Perlen.‹«

»Keine Ertrinkenden«, beharrte der Rundfunkchef.

Ein halbes Jahr lang erfüllte Vater den Auftrag, Verse über »die Fischerei an sich« zu deklamieren, recht lobenswert – auch wenn einige mitten im Strandhafer landeten. Doch keine poetische Schatzkiste ist unerschöpflich, und Vater, der dies schon früh eingesehen hatte, wurde immer zugeknöpfter und zunehmend in sich gekehrt, wenn der Abend kam. Er hatte sich entschlossen, die schwere Bürde zu schultern und selbst Poet zu sein.

Über die Poesie und über den Ausdruck, den sie in der Dichtung erhalten kann, läßt sich vieles sagen – diese Maske gegen die Leere, diesen wunderbaren Beweis für die überströmende Größe in aller menschlichen Arbeit. Die Poesie erschafft die Welt, denn erst mit der Namensgebung wird die Welt sichtbar. Erst durch die Sprache beginnt sie sich zu bewegen, erst durch die Sprache wird sie zu dem Prozeß, dessen wir teilhaftig sind. Die wahre Poesie verleiht der Welt neue Dimensionen. Sie fordert uns zu Reisen auf, so wie sie uns einlädt, still über den geheimnisvollen Kontinent unseres Inneren nachzudenken, und sie ist vor allem, wo immer ich das gelesen habe, eine Liebesarbeit.

Jetzt muß ich jedoch folgendes sagen: Die poetische Schöpfungsarbeit, die mit einem Aufruhr in der Sprache beginnt, hatte in Vater keinen Anhänger. Er *war* kein Aufrührer. Er schnippte mit den Fingern, und die Wörter – bleich wie die Mitglieder eines kirchlichen Nähkränzchens – spazierten ins Wohnzimmer und legten sich ihm zu Füßen – seltsame Nähkränzchen-Damen – und hoben von Zeit zu Zeit ihren treuen Blick zu ihm. Nein, größere Persönlichkeiten konnte man sie wirklich nicht nennen, seine Wörter. Sie reimten sich zwar gut, und weshalb soll man sein erträumtes Leben und seine unerfüllten Liebesmühen nicht in Reimen ausdrücken? Ein Reim ist ja so etwas wie eine Kopfschmerztablette: Wenn das Metrum stimmt und sich Herz auf Schmerz reimt, Liebe vielleicht auf Triebe, läßt so manche Spannung nach. Daß Vaters poetische *Methode* dann auch noch die eklektische war, war nicht mal für ihn selbst ein Geheimnis. Er schrieb in der festen Überzeugung, durch Einverleibung der allerschönsten Metaphern der internationalen Poesie in seine dichterischen Werke diese lebendig zu machen und zu aktualisieren. Folglich wird man Vater seine Gedichte verzeihen müssen; mit Poesie hatten sie sehr wenig zu schaffen.

In der Schule wurde einmal die Geschichte von dem kleinen holländischen Jungen erzählt, der am Meer wohnte, in einer kleinen Stadt gleich hinter den gewaltigen Deichen. Eines Tages entdeckte der Junge beim Spielen ein Loch im Deich, und durch dieses Loch strömte Wasser herein, und er begriff, daß das Meer sich ein immer größeres Loch graben würde, bis der Deich brach und das Meer hereinstürzte und das ganze Land überschwemmte. Deshalb steckte er einen Finger ins Loch und blieb so die ganze Nacht stehen, bis der Morgen kam und die Menschen ihren Helden entdeckten, inzwischen halbtot, aber tapfer noch immer mit dem Finger im Loch. In der Folgezeit habe ich oft an diese Geschichte gedacht und dabei erkannt, daß Vater *nicht* die Kraft hatte, gegen *sein* Meer standzuhalten.

Daß die Stunde der Wahrheit für ihn am Vorabend gekommen war, als er schwungvoll, aber mit eingerosteter Stimme mitteilte, er gedenke seine vor kurzem komponierte Ode »An Courbets ›Quell des Lebens‹« vorzulesen.

Ein Gemälde von Meister Courbet,
eine Frau ganz ohne Négligé,
ließ meine Männlichkeit schwellend erbeben;
mein Tribut an den QUELL DES LEBENS.

Ihr Mund ein leuchtendrotes Signal
im Gesicht, dem reinen Oval.
Und so fühlte ich mich wie im Paradies,
als die Zunge das Gehege ihrer Zähne durchstieß.

Ihre Brüste wölben sich fest und rund
unterm stolzen Umriß von Hals und Mund.
Ach, dort möchte ich gern rasten
und nach Herzenslust tasten.

Als nächster an der Reihe ist ihr Bauch,
den zu küssen dürstet es mich auch.
Unsere Temperaturen steigen stetig;
wir merken beide: Wir haben's nötig.

Die Glocken der Scham, sie läuten nicht;
mit aller Kraft will mein Stab nur dich.
Deine feuchte und weiche Grotte sei mein,
o Frau, heut' abend dringe ich in dich ein.

Es war still im Korridor des Funkhauses, als Vater das Studio verließ. Türen wurden geschlossen, Tonbandgeräte abgeschaltet, und es war wie kurz vor einem Erdbeben, wenn das Laub an den Bäumen nicht mehr erzittert, wenn Hunde sich auf dem Boden ducken und niemand zwischen oben und unten unterscheiden kann. Doch Vater lachte vor sich hin. Die Krampen, die seine Psyche am Körper festgehalten hatten, hatten sich gelockert, und jetzt herrschte nur noch Munterkeit.

Am Ende des Korridors, unter dem Schild AUSGANG, stand der Rundfunkchef, während hinter Vater wieder eine

Tür nach der anderen geöffnet wurde. Es war, als hätte das Rote Meer ihn trockenen Fußes hindurchwandern lassen und als schlössen sich jetzt wieder die Wogen.

»Hallo, alter Gauner.« Vater strahlte vor Wohlwollen über das ganze Gesicht.

»Halldór, wie fühlst du dich. Eigentlich?«

»Hab mich nie wohler gefühlt. Und selbst?«

»Oh, danke, gut, aber... darüber wollen wir jetzt nicht sprechen. Es geht um dieses ... Gedicht.«

»War es zu lang?«

»Das ist es nicht ...«

»Zu unverständlich? Ich glaube, ich sollte lieber damit aufhören, mich verständlich auszudrücken. Damit kommt man heutzutage nicht mehr weit.«

»Halldór, jetzt mal ganz im Ernst. Es ist nicht so, daß ich selbst, wie soll ich sagen, prüde bin. Aber da drinnen laufen die Telefone heiß.«

»Hat die Frau des Bischofs angerufen?« Halldór strahlte vor Erwartung.

»Nein, sie hat nichts von sich hören lassen. Noch nicht. Die Leitungen sind blockiert. Verstehst du, Halldór? Erstens hatte das Gedicht rein *gar nichts* mit der Fischwirtschaft zu tun, und zweitens, diese unverhüllt erotische Sprache, gegen die ich selbst, ich persönlich, durchaus nichts ... na ja, du verstehst schon ...«

»Alle Poesie ist erotisch«, entgegnete Vater. »Die Poesie, die es *nicht* ist, ist nur schüchtern. Wahre Poesie ist unverhüllt, und so ist mir das Gedicht vielleicht gelungen. Ein wenig. Ich bin froh, daß du die Botschaft verstanden hast.«

»Und ich wäre froh«, entgegnete der Chef des Senders, »wenn du meine Botschaft verstehst: Du hast die Grenze überschritten. Was du brauchst, ist eine lange Ruhezeit.«

Im Irrenhaus von Borgarnes faßte Vater den Entschluß, Präsidentschaftskandidat zu werden. Wir saßen im Gemeinschaftsraum in einem Dschungel grüner Pflanzen. Nasser Schnee klatschte gegen die nachtdunklen Fensterscheiben, aus der Küche war das Geklapper von Besteck und Porzellan zu hören, Arien stiegen aus einsamen Kehlen auf, um plötzlich zu ersterben. Vater stellte sich vor das große Aquarium:

»Alles enthält Wissen. Das, worüber man etwas weiß, existiert. Was man gesehen hat, ist zu sehen. Weißt du etwas über die Fische hier?«

»Nein«, sagte ich, ohne sonderlich aufmerksam zu lauschen.

»Dies ist ein Süßwasser-Aquarium. Hier hast du einige Zahnkarpfen, die lebende Junge zur Welt bringen, zum Beispiel einen Guppy, benannt nach einem Priester auf Trinidad, R. J. L. Guppy, gestorben 1916. Er schickte das erste beschriebene Exemplar an das British Museum. Man nennt den Guppy auch Millionenfisch, da er, wie ich vermute, in großen Schwärmen lebt. Die Nahrung besteht aus Insektenlarven, und das Weibchen bringt alle vierundzwanzig Tage fünfzehn bis vierzig Junge zur Welt. Ein sehr beliebter Fisch, den Aquarien-Liebhaber züchten. Es gibt nationale Guppy-Vereine, die Ausstellungen ausrichten, auf denen diese Lebewesen nach sowohl nationalem als auch internationalem Standard bewertet werden. Manchmal gehen diese Zuchtversuche übel aus. Oft reproduzieren sich diese Tiere nicht, zum Beispiel weil Männchen mit großen Flossen die Weibchen nicht einholen können oder weil das Paarungsorgan zu groß geworden ist, so daß es seine Funktion nicht mehr erfüllen kann. Sieh dir mal den blauen Fisch im Salzwasser-Aquarium an. Das ist ein Mönchsfisch – frag mich nicht, warum er so heißt. Er lebt mit Meeresanemonen zusammen. Die Eier werden vom Vater bewacht, so wie ich über dich wache. Nur in äußersten Notfällen nehmen beide an der Arbeit teil, denn eine Arbeit ist es . . .«

Und Vater folgte den trägen Bewegungen des blauen Fischs mit dem Finger durch das Geäst der Algen:

»Sieh dir das Wasser an. Wenn du es berührst, geht es nicht kaputt. Es formt sich um und sieht uns aus allen Richtungen an, denn das Wasser ist das Auge der Landschaft. Sieh dir die weichen Wirbel an, wie sie sich hinter den Fischen schließen, sieh dir die Durchsichtigkeit der Kohlensäurebläschen an, und sieh mal, wie träge die Münder sich öffnen. So einfach dieses Schnappen nach Nahrung aussieht, so energiesparend ist es auch.«

Er warf einen Blick in den Speisesaal, in dem vereinzelte Patienten sitzen geblieben waren wie verlassene Apostel am Abendmahlstisch:

»An Wasser kann man sich nicht wundscheuern.«

Er kroch auf den Knien zu seinem Sessel und schlug mit der Faust auf das weiche Sitzkissen:

»An der Bürokratie aber sehr wohl.«

Wenn es doch so einfach gewesen wäre.

Ich war gekommen, um ihn zu einem Urlaub abzuholen. Es war Zeit vergangen, und er hatte Geburtstag, den ich trotz allem feiern wollte, trotz seiner unheilbaren Egozentrik, die bisher jeden Besuch so quälend gemacht hatte. Mir widerfuhr das Leben, doch er hatte nicht die Kraft, etwas davon zu wissen, wagte es vielleicht auch nicht.

Am anderen Ende des Gemeinschaftsraums saß Einar: der Mann, der immer Spinne spielte, und lachte vor sich hin. Und vor mir stand Vater und dozierte mit seiner landesweit bekannten Stimme:

»Die Chinesen begannen als erste mit der Fischzucht, vermutlich in der Zeit der Sung-Dynastie, deren berühmtester Herrscher Kublai Khan war. Marco Polo erzählt von dessen

Zeit in China und von der hohen Kultur des Landes. Vielleicht sollte ich dir Marco Polo vorlesen, wenn wir zu Hause sind.«

»Ich bin bereit, wann immer du willst, Vater.«

»Einzelne Exemplare von Karpfen und Karausche, die schon lange als Speisefische gezüchtet wurden, wurden aufgrund abweichender Farbe oder Form aufbewahrt und unter anderem zu Goldfisch veredelt.«

»Wie denn veredelt?«

»So wie du, wie ich hoffe, eine veredelte Ausgabe von mir bist.«

»Wie denn?« sagte ich grausam.

»Als ich ... mich mit deiner Mutter kreuzte.«

»Dann bin ich auch eine veredelte Ausgabe von Mutter.«

»Das Wasser ist deine Mutter«, sagte er und lächelte wie der ertappte Lügner, der er war. Und als er meinem Blick begegnete, der hart und unversöhnlich war, denn in diesem Moment haßte ich ihn aus dem Grund meiner Seele, glitt er in seinem Lächeln noch weiter weg, wie ein Schlittschuhläufer, der rückwärts auf den sonnenflirrenden Horizont zuläuft. »Aber du interessierst dich vielleicht nicht für Wasser, für Wasser, das man mit Sauerstoff angereichert hat? Daß die Fische auf so engem Raum leben können, liegt an einer Reihe von Faktoren, unter anderem daran, daß die Gewächse, die man dort angepflanzt hat, sich anpassen ...«

Da schlug ich ihn. Damit hatte ich zum ersten und bislang einzigen Mal die Hand gegen einen anderen Menschen erhoben. Dieser Schlag enthielt die aufgestaute Kraft vieler Jahre. Ich hatte nur keine Ahnung davon, daß es *so* viele Jahre waren, daß der Schlag mit solcher Wucht traf und daß das Glas eines Aquariums so dünn ist. Vater landete unter einem Niagarafall aus Gold auf dem Rücken; Mönchsfische und Guppys strömten auf den Teppich des Gemeinschaftsraums, sausten in verschiedene Richtungen davon, endeten aber sämtlich zappelnd auf irgendeinem halbechten Teppich mit islamischem Muster, wo einige eines plötzlichen Todes starben. Spinnen-

Einar fuhr von seinem Stuhl hoch und näherte sich mit ruckhaften und erschreckten Bewegungen der Verwüstung. Dann prallte er auf ebenso bemerkenswerte Weise in Richtung der hinteren Regionen zurück. Offenbar war er derjenige, der Schwester Steinunn herbeirief, denn plötzlich stand sie mit der Hand vor dem Mund in der Tür und blickte von einem zum anderen.

»Verzeih mir«, rief Vater mit seiner landesweit bekannten Stimme.

Spinnen-Einar flüsterte Steinunn zu:

»Ist er der Präsident?«

Schwester Steinunn ging neben Vater in die Knie, ließ sich aber Zeit mit der Antwort:

»Nein, aber er sollte es werden. So wie er spricht.«

»Verzeihen Sie mir, Schwester«, sagte Vater, legte ihr die Arme um den Hals und stöhnte.

»Was ist passiert?«

»Ich ...«, begann ich zu stammeln. »Ich ...«

»Ich glaube, ich bin ein bißchen gewalttätig geworden«, sagte Vater. »Mein armer Sohn, mit einem solchen Vater. Oh, Schwester Steinunn«, fuhr er fort, wobei es ihm gelang, den Kopf gegen ihren Busen zu pressen. Daraus schloß ich, daß Vater ein bedeutender Dichter sein mußte.

Dann erhob er sich aus dem fischreichen Niagara und schüttelte dem erschreckten Spinnen-Einar die Hand:

»Du hast mir die Augen geöffnet, Einar. Jetzt sind die letzten Mosaiksteinchen an Ort und Stelle, jetzt muß ich unter vier Augen mit meinem Sohn sprechen. Ich werde selbstverständlich die Kosten ersetzen, wenn die Zeit gekommen ist.«

Schwester Steinunn lächelte ihn sanft an, als hätte sie noch immer einen Abdruck seines Schädels an ihren Brüsten. Vater zog mit mir los und brachte mich auf sein Zimmer, ließ sich am Schreibtisch nieder und machte die Tischlampe an:

»Du bist klatschnaß, Vater. Du solltest dir lieber trockene Sachen anziehen, bevor du dich erkältest.«

»Adiaphora. Ich muß also.«

Seufzte schwer, was bedeutete, daß ich die Frage stellen sollte, die ich dann auch stellte:

»Du mußt was?«

»Du hast doch gehört, was Einar wissen wollte? Und was Schwester Steinunn geantwortet hat. Sie ist übrigens eine *feine* Frau. Sehr fein. Ja, ja, ich habe lange dagegen angekämpft, doch mit dem heutigen Ereignis hat sich vieles offenbart. Endlich verstehe ich, warum ich hier bin. Man soll Leute wie Einar nicht verachten, nur weil sie ein bißchen« – hier tippte er sich mit dem Finger an die Schläfe – »ein bißchen komisch sind. Vielleicht leiden sie auch unter Eingebungen. Wenn auch aus anderen Richtungen. Aber jetzt mußt du versprechen, absolutes Stillschweigen über das zu bewahren, was ich dir zeigen werde.«

Er zog das Rouleau herunter.

»Siehst du die Islandkarte da an der Wand? Womit hat sie deiner Ansicht nach Ähnlichkeit?«

»Einer Ente. Ich bin schon immer der Meinung gewesen, daß Island die Umrisse einer Ente hat.«

»Man scherzt nicht über so ernste Dinge, Pétur. Siehst du das feine Netz, das ganz Island durchzieht. Wie Nerven?«

»Wenn du meinst.«

»Und jetzt sieh mal hier, dies ist ziemlich sensationell. Jetzt ziehe ich meinen Stuhl *ein wenig* weiter von der Wand weg, und was siehst du jetzt?«

»Ich weiß nicht.«

»Hab keine Angst, es ist nicht gefährlich. Wenn du meinen Schatten ansiehst, merkst du, daß er exakt auf die Karte fällt, daß mein Schatten haargenau dem Islands entspricht, Umriß für Umriß. Wir passen genau zusammen.«

»Na ja.«

»Begreifst du das Unerhörte daran? Deshalb mußte ich herkommen und mich *ausruhen*, wie es der Funkchef so pfiffig ausgedrückt hat. Damit ich um mich herum Stille bekomme und lauschen kann, wenn es grollt und donnert.«

»Ich verstehe nicht.«

»Nein, es hat ja auch eine Weile gedauert, bis ich es selbst begriff. Bevor ich entdeckte, daß Island und ich *eins* sind, daß es der Fretla ist, dessen Donnergrollen ich höre, wenn es hier im Haus grummelt. Dann muß ich die Leute *warnen*. Man soll Leute wie Einar nicht verachten, denn es war eine Eingebung, die ihn dazu brachte zu sagen ... nein, nicht zu sagen, sondern die Bestätigung auszusprechen.«

»Willst du dich nicht umziehen, Vater? Du siehst doch, daß der ganze Fußboden naß wird.«

»Du gehörst in die Welt, Pétur. Fußböden naß zu machen, ist das nicht reichlich armselig? Ich glaube nicht, daß der Chef des Senders wußte, was er sagte, als er von Ruhe sprach. Das muß auch eine Eingebung gewesen sein. Er war nur derjenige, der *äußern* durfte, was die Eingebung ihm eingeflüstert hatte. Das hätte er nur wissen sollen. Ist wirklich zum Totlachen.«

»Tu es nicht, Vater.«

»›Was du brauchst, ist eine lange Ruhepause‹. Ich sehe ihn noch vor mir, wie er da im Korridor steht. Sehr geschickt. Den Chef des Senders dafür auszuwählen.«

Ich konnte Vaters Lachen noch widerhallen hören, als ich mich schon im Gemeinschaftsraum befand, in dem Schwester Steinunn mit Hilfe zweier Krankenpflegerinnen gerade dabei war, alles aufzuwischen und die Glasscherben aufzusammeln.

»Schwester. Finden Sie, daß Vaters Zustand sich hier verschlimmert hat?«

Sie runzelte die Augenbrauen und sah mich mißtrauisch an.

»Was meinen Sie damit?«

»Nun ja, er kommt auf so merkwürdige Ideen. Jetzt behauptet er, er werde Präsidentschaftskandidat.«

»Und?«

Es wurde still zwischen uns.

Die beiden Krankenpflegerinnen wandten mir ihre häßlichen Gesichter zu. Von einem Mop tropfte Wasser. Mir war unbehaglich zumute.

»Ja«, sagte ich.

»Es ist eine gute Idee. Ich habe vor, ihn zu unterstützen. Island braucht einen Mann wie ihn in der Führung.«

»Aber er ist nicht gesund, er phantasiert. Ich war beispielsweise derjenige, der ihn so schlug, daß er gegen dieses ... mit dem Hinterkopf aufschlug.«

»Wenn Sie hier eingesperrt wären wie er, würden Sie bestimmt auch dieses oder jenes zerschlagen. *Sie* brauchen ihn nicht in Schutz zu nehmen.«

Steinunn und Vater gehen ins Kino.

Das heißt, Steinunn sieht sich einen Film an, und Vater geht ins Kino. Sie halten einander bei der Hand, als sie auf der Straße entlangflanieren, denn Vater ist den Verkehr nicht gewohnt, all diese starrenden Blicke, ist aber stolz darauf, daß Schwester Steinunn mit ihm in seinen Freistunden Spaziergänge macht und daß dieses Verhältnis selbst dann weitergehen kann, wenn man ihn endgültig entlassen hat. Vater trägt eine schwarze Baskenmütze. Seine Schritte sind kürzer als Steinunns. Diese wiederum ist blond, und Vater denkt, daß ihre Stirn von Sternen umgeben ist und daß sie Dinge sehen kann, die ihm verborgen bleiben. Sie gehen oft ins Kino und ermüden ihre Freunde mit Inhaltsangaben der Filme, denn sie erzählen auf eine Weise, die alle nur müde sagen läßt: Schade, daß wir den verpaßt haben. Wo er so gut war.

»Das ist sehr schade«, sagt Steinunn.

»Er hatte etwas zu geben«, sagt Vater.

»Er erzählte von Dingen, an die man oft nicht denkt.«

»Die einem hinterher ganz natürlich vorkommen«, sagt Vater.

Worauf die Freunde sagen:

»Man verpaßt viele Filme. Man wartet, bis das Fernsehen sie bringt.«

»Filme sind im Kino aber besser«, sagt Steinunn und errötet nicht mal über dieses Klischee, denn sie bemerkt es nicht. Vater macht sie auch nicht darauf aufmerksam. Sie sind – in dieser Zeit der kühlen Verliebtheit – loyal zueinander. Auch wenn Vater nun der Meinung ist, daß die Filme, die Steinunn liebt, zu schwierig seien.

»Man sieht sich doch keinen Film an, um sich unterhalten zu lassen«, sagt Steinunn.

Vater weiß, daß sie so denkt, zeigt sich aber jedesmal gleichermaßen erstaunt. Was gibt es denn anderes als Unterhaltung? Als Zeitvertreib? Denn Vater treibt die Zeit nur noch vor sich her wie eine widerstrebende Kuh. Obwohl er jetzt »draußen im Freien ist«, empfindet er das Leben als schwer. Er hat die Arbeitsfreude verloren. Beim Rundfunk hat man ihm ein paar Pseudo-Aufträge erteilt, die nie zu einer Sendung führen werden; das weiß er, denn er hat früher viele der alten Stars in die Archive vertrieben werden sehen, in denen der Staub sie für die Umwelt allmählich unsichtbar macht.

Ob sie sich dann dieselben Filme ansehen? Natürlich nicht. »Denselben« Film gibt es nicht, ebensowenig »denselben« Stein, »dieselben« Liebesgesten. Kein Objekt existiert außerhalb des Beobachters. Die einzige Natur des Objekts materialisiert sich in der Wiedergabe, und in Steinunns Mund erhalten die Dinge *ein* Leben, in Vaters Mund ein anderes.

Wenn Steinunn mit Vater »ins Kino« geht, kann es passieren, daß Vater hemmunglos über alle fliegenden Torten, alle Verwechslungen und alle lustigen Verfolgungsjagden lacht, bis er Steinunn beobachtet, die ernst dasitzt. Wenn Vater sie betrachtet, wenn sie sich »einen Film« ansehen, weiß er, daß sie sich in einem anderen Land befindet.

Steinunn und Vater gehen auch in die Kirche.

Hand in Hand wandern sie am Sonntagvormittag dorthin und lassen einander erst vor dem Kirchenportal los.

Dort ziehen sie die Handschuhe aus, blicken auf die Stadt dort unten; die Straßen und Plätze sind fast leer, und es gibt nicht viel zu sehen. Dennoch stehen sie eine Zeitlang stumm da, aber kurz bevor sie durch das leere Portal eintreten, hinein in die brausende Orgelmusik von der Empore, räuspert sich Vater. Warum räuspert er sich? Er tut es aus Respekt vor dem Kirchenraum. Er hat die Kehle gereinigt, auch wenn er nicht viel singen wird. Vater geht mit Steinunn in die Kirche, weil er will, daß die Leute ihre neugewonnene Gemeinschaft sehen, aber auch, weil er in dem keuschen Raum von einem unerhörten Verlangen nach ihr ergriffen wird. Wenn er mit gefalteten Händen dasitzt, wenn er singt oder zusammen mit den anderen, den sehr wenigen anderen, das Glaubensbekenntnis murmelt, durchströmt das seit langem eingesperrte Verlangen seinen ganzen Körper. Steinunns Glaube an Gott Vater den Allmächtigen ist stärker und schöner als der jedes anderen, und wenn Vater einen Seitenblick in ihre Richtung wirft, tauchen immer zwei Gedanken auf: Er würde sie (wenn er könnte) gern malen, und er würde sie (wenn es möglich wäre) gern auf dem weichen Teppich im Chor lieben. Doch Vater muß sich damit begnügen, im Gleichklang mit ihr zu atmen, im Geäst der Kirchenliedmelodien herumzuklettern und auf den gleichen Betschemel zu sinken wie sie. In der Kirche ist Steinunn nackter als je im Bett. In der Kirche sind ihre Gesichtszüge reiner als nach einem Bad. Als ich einmal fragte, weshalb er plötzlich ein solcher Kirchgänger geworden sei, erwiderte er, dort erlebe er seine einzigen Augenblicke von Gegenwart, und die Luft der Gegenwart sei klar und *trage* überdies. Steinunn stellt jedoch niemand diese Frage, denn sie gehört gleichsam zur Kirche. Wo sie ist, ist Gottesdienst. Ja, Vater könnte sogar sagen, daß die Kirche in Steinunn gehe.

Sie sitzen immer auf demselben Platz schräg unterhalb der Kanzel. Sie sitzen dort, damit Steinunn nach der Predigt des Tages leicht die Bank verlassen und den Klingelbeutel für die Kollekte holen kann. Sie hat dies freiwillig auf sich genommen und bringt die Menschen dazu, reichlich zu geben. Vater findet es ebenfalls feierlich, die Hand in Steinunns flauschigen Klingelbeutel zu stecken und ihr ruhiges Lächeln anzusehen, wenn sie mit dem Kopf nickt und sich Bankreihe um Bankreihe bedankt. Wenn die Kollekte eingesammelt ist, geht sie zum Altarkreis und legt den Klingelbeutel darauf, tritt einen Schritt zurück und verneigt sich leicht vor Gott. Nach ihrer Rückkehr drückt ihr Vater die Hand, bis es an der

Zeit ist, Gott zu loben und zu danken. Es ist ein jubelnder Augenblick, in dem nur Steinunns hohe, warme Stimme zu hören ist. Jedes Blutkörperchen, jedes Glied, jede Nervenzelle ist nichts als Gesang, und dies ist die einzige Gnade, die Vater kennt: dem Reinen Gesang so nahe zu sein.

So nahe zu sein, daß es Fast.

Fast detoniert.

Näher kommt man nicht. Vater weiß es, und es tut weh.

Eins weiß er: Wenn er das tut, was er im Grunde will, nämlich seine Hand in ihre zu legen und zu flüstern: Jetzt gehen wir nach Hause und lieben uns im Schatten des Berges Gott sei Lob und Dank, wird Steinunn einen geistesabwesenden Blick bekommen, was besagt, daß sie dazu wohl keine Zeit hätten. Sie würde diesen Wunsch nach spontaner Lusterfüllung überhaupt nicht verstehen. Vater hat gelernt, daß Steinunn *diese* Art von Lust sehr fern liegt. Gelegentlich akzeptiert er es, manchmal nicht. Wenn er es nicht tut, überkommt ihn der Gedanke wie ein Blitz: »Ich werde ihr untreu sein.« Bei erster bester Gelegenheit, denkt er, und läßt die verschiedenen Objekte seiner Lüste Revue passieren. Doch was würde das für Steinunn bedeuten? Was ist, wenn die Sexualität das ewig verzehrende Feuer ist? Vielleicht würde sie es allzu leicht nehmen, nachsichtig sein, ihm mit leichter Ironie auf das Handgelenk schlagen, nämlich mit dieser Miene, die ihm so mißfällt. Vater denkt auch, daß er sich wohl eine Geliebte suchen muß, da seine Fylgjen im Lauf der letzten Jahre im Nebel des Landes verschwunden sind: Eines Tages muß er von Ihr erzählen, der Vollendeten, was Steinunn zusammenbrechen läßt, um dann die bittere Wahrheit zu enthüllen? Aber warum? Das einzige, was Vater sagen will, ist das einzige, was man einem anderen Menschen nicht sagen *kann*: »Liebe mich!«

Als Steinunn und Vater eines Sonntags von der Kirche nach Hause gekommen sind, entdecken sie, daß sie Steinunns Regenschirm vergessen haben. Es ist ein schöner Regenschirm, auf dem der Sternenhimmel der nördlichen Erdhalbkugel abgebildet ist.

Vater erklärt sich bereit, ihn zu holen.

Als er das schwere Kirchenportal öffnet, hört er wunderbaren Gesang. Vorn beim Flügel im Chor steht eine junge Frau von etwa fünfundzwanzig Jahren. Vater vermutet, daß sie so alt ist. Es fällt ihm zunehmend schwerer, junge Gesichter zu verstehen. Die Frau hält Steinunns Regenschirm über sich und singt ein Lied von Vivaldi. Vater geht langsam durch den Mittelgang und bleibt stehen: Als sie ihn – ohne den Gesang zu unterbrechen – anlächelt, weiß Vater, daß dies eine von denen ist, die man Die Schönste Frau Der Welt nennen muß. Ein Pianist begleitet sie. Wie schon so oft zuvor fragt sich Vater, wie es möglich ist, solche Schönheit zu tragen, ständig gezwungen zu sein, sie zu beherbergen. Er sieht die wohlgeformten Brüste unter einer dünnen Bluse, sieht das helle Haar und die unendlich gütigen Augen. Als sie sich dem Ende der Melodie nähert, geht sie mit leichten Schritten die Chortreppe hinunter, und während der letzten jubelnden Kadenz steht sie direkt neben ihm und hält den Regenschirm über sie beide.

Vater spürt ein lähmendes Verlangen nach ihr. Er bleibt still stehen, auch nachdem sie geendet hat und ihm mit einer fragenden Geste den Regenschirm reichen will:

»Ich bin heute so froh«, sagt sie. »Deshalb habe ich den Regenschirm aufgespannt. Er gehört sicher Ihnen. Ich habe vor kurzem erfahren, daß das Musikkonservatorium in London mich angenommen hat. Ich fand, daß ich nicht einfach wie gewohnt dort *stehen* konnte.«

»Du solltest beim Singen immer unter einem Regenschirm stehen. Behalte ihn, in London regnet es viel.«

»Dann müssen Sie mir erlauben, Sie zu umarmen«, sagt sie, legt ihm die Arme um den Hals und preßt sich hastig an ihn. »Heute ist alles so wunderbar. Darf ich noch etwas singen? Ein Lied von Händel?«

Als er sich unter Verbeugungen in die Stille hinaus zurückzieht, mag er nicht zu Steinunn nach Hause gehen, sondern macht einen langen Spaziergang an den Quais entlang. Er geht mit einem Licht in sich und mit einer Leichtigkeit, um die man ihn lange Zeit betrogen hat. Er geht mit anderen Augen und denkt: So betrachten Die Jungen das Leben. So sehen die Dinge für sie aus, auf dieser Wellenlänge kommt alle Energie, hier strömt einem die Lebenskraft am heftigsten entgegen. Fast wie ein Teilhaftiger ist er, denn auf den Bühnen der Welt wird eine junge Frau unter einem Regenschirm mit einem Sternenhimmel über sich stehen, einem Regenschirm, den er ihr geschenkt hat.

Er geht an den Quais entlang. Seine Leere ist erfüllt, und er denkt, daß es ihm mit einer solchen Freude in sich leichter fallen wird zu sterben.

Steinunn bügelt seine Hemden:

»Hast du den Regenschirm gefunden? Oder hatte ihn schon ein anderer genommen?«

»Ein anderer hatte ihn schon mitgenommen«, erwidert Vater und geht in sein Zimmer.

Am Tag darauf entdeckt er die junge Frau. Sie kommt ihm auf der Straße entgegen. Sie lacht und ist ohne Regenschirm, hat die Arme aber um den jungen Mann geschlungen, der sie auf dem Flügel begleitet hat. Vater, der diesem jungen Lachen schon den ganzen Tag sehr nahe gewesen ist, beginnt zu lächeln. Als er direkt vor ihr steht, spaltet sich sein Gesicht. Er hält inne, streckt die Hand ein wenig aus, bis er entdeckt, daß sie ihn nicht erkennt, ihn überhaupt nicht sieht, sondern sich weiter zu dem offenen Marktplatz hin lacht, und Vater läßt die ersterbende Hand weitergleiten, nach oben, zum Haaransatz. Dort gibt es immer etwas zu berühren.

Schwester Steinunn: groß, hell und breit. Tritt auf die Treppe des Skáldastígur hinaus und gebietet den Vorhängen aus Schnee, sich zu teilen, auf daß Vater und sie trockenen Fußes den Wohnungen der Macht entgegengehen können, in die er ihrer Ansicht nach gehört. Mit diskreten Gesten ermahnt sie ihn – diese insektenähnliche dünne Hülle um eine früher landesweit bekannte Stimme –, die Welt mit den Farben seiner neuen Palette zu malen, die er während einer längeren Ruhephase zusammen mit »den Unglücklichen der Gesellschaft« empfangen hat, die »nur Gott sieht«, wie Schwester Steinunn hinzufügt. Für meinen Geschmack fügt sie allzuviel hinzu. An ihren Essen zu zweit möchte ich nicht teilnehmen, denn sie versteht »Der Tod und das Mädchen« nicht. Sie berührt unsere Tassen und Untertassen, so daß sie von ihr Flecken bekommen, nach ihr riechen, ihre Form annehmen. Schwester Steinunn kommt aus der falschen *Richtung*. Wenn sie da ist, kann ich nicht mit Lára sprechen.

Ausgewählte Teile unserer Regierung saßen zu Hause in der Küche und spielten Scrabble. Es waren der Ministerpräsident, der Finanzminister sowie die schicke Bildungsministerin, die ungeduldig mit den Fingern trommelten, als die Gedankenarbeit die ganze Küche in ein so intensives Schweigen hüllte, daß man Tortenstücke aus der Luft hätte schneiden können.

Ich hatte sie unten beim Friedhof herumstehen sehen und die Gelegenheit genutzt, sie einzuladen, da Schwester Steinunn, die allmählich zur Alleinherrscherin wurde, im Krankenhaus Dienst hatte. Es war Vaters Geburtstag und damit auch Nationalfeiertag. Ob es nach allen offiziellen Veranstaltungen nicht als eine Art Nachspiel möglich sei? Es war möglich. Alte Freundschaft hatte nicht gerostet.

Leider hatte Vater darauf bestanden, die Violine von der Wand zu nehmen, und seine manische Musik hatte die Regierung dazu gebracht, sich diskret die Ohren zuzuhalten, doch es war ja wie gesagt sein Geburtstag. Das Essen war vorzüglich gewesen – besonders die in Ingwer gekochten Birnen –, und endlich hatte sich die ersehnte Ruhe unter den Gästen ausgebreitet.

»Dieses Stück?« fragte der Ministerpräsident, während er seine Buchstaben hin und her rückte.

Vater, der an dem Spiel nicht teilnahm – er stand am Herd und kochte Kaffee –, hatte wohl auf dieses Stichwort gewartet:

»Eine Komposition, der ich den Titel ›Fretlas Ausbruch‹ gegeben habe.«

»Ungeheuer ähnlich.« Der Ministerpräsident war ein zwar unmusikalischer, aber wohlerzogener Mann.

»Du hast es also auch gehört?«

»Was gehört?«

»Wie es dort unten grollt. Ich bin erst im Genesungsheim darauf aufmerksam geworden; glaube, daß es direkt über einer dieser Adern liegt.«

»Wer ist dran?« Bildungsministerin Ragnhild Oskarsdottir wußte sehr wohl, daß der Finanzminister wußte, daß sie wußte, und deshalb fügte sie hinzu: »Du läßt dir immer so viel Zeit.«

»Das tue ich, ja. Ich glaube nämlich, daß ich hier etwas habe.«

Das war seine übliche Antwort, ob es nun um den Staatshaushalt oder einfachere Gesellschaftsspiele ging. Er streckte die Hand mit dem Buchstaben aus und legte ein D, ein J und ein U an. Dann zog er sie zurück.

»Ich habe falsch gedacht. Du hast mit deiner OASENRUHE ja alles zerstört. Ich begreife einfach nicht, wie ein solches Wort gebilligt werden konnte.«

»Wenn man in eine Oase kommt und sich dort ausruht, ist das eine typische Oasenruhe.«

»Wann hast *du* das zuletzt erlebt?«

Es war ja eine Koalitionsregierung, und bei einigen Ministern war die persönliche Chemie nicht die beste, und Jón Hjalmarsson durfte nur unter der Bedingung mitmachen, daß er in unserem humanistischen Haus keine einzige Zahl erwähnte. Das hatte Vater entschieden. Vater befand sich in einem empfindlichen Kapitel seines Lebens, und deshalb gehorchte man ihm.

Daß Jón Finanzminister geworden war, überraschte niemanden, am allerwenigsten seine Mutter. »Das hätte ich schon sagen können, als er sieben Jahre alt war, wenn jemand mir hätte zuhören wollen.« In der Familie Hjalmarsson herrschte spürbare Bitterkeit, die vielleicht die Ursache seiner streberhaften Erfolge war, falls man es nun als Erfolg werten kann, wenn jemand für die Finanzen Islands verantwortlich ist. Der kleine Jón muß einen Apparat im Kopf gehabt haben, der alle Dinge im Leben in ökonomische Projekte verwandelte. Angefangen damit, daß er in der Schule eine Partie Jojos gekauft und zum doppelten Preis verkauft hatte, bis hin zu seinen Verhandlungen über die Flugstrecken der *Icelandair* in der ganzen Welt. Menschen waren in seiner Welt etwas sehr Peripheres. Sein Blick war schwarz und auf das Paradies der Zahlen gerichtet, und in seinem Kopf gab es mehr Zahlen als Bäume auf Island. In den Studentenkreisen seiner Jugend war er unerträglich gewesen. Zeigte eine Frau ihm die Sterne, begann er mit einer Darlegung des finanziellen Irrsinns der NASA, ja, wenn Jesus Christus durch die Tür gekommen wäre und gesagt hätte, er sei die Wahrheit und das Leben, hätte Jón ihn gebeten zu raten, wieviel eine Dose mit Sardinen in der Herstellung koste.

Vater räusperte sich. Er war zu einem dieser Menschen geworden, die gerade dann etwas sagen, wenn der Kaffee überkocht, ein Erdrutsch zu grollen beginnt und ein Forte die Musik lauter werden läßt. Diese Menschen wählen immer die unpassendsten Augenblicke, doch der Ministerpräsident (der *vielleicht* ein älterer Bruder Vaters war) beugte sich vor:

»Du wolltest etwas sagen, Halldór?«

»Neein, doch, na ja, nichts Besonderes.«

Er streckte die Hand nach den kleinen Sherrygläsern aus, die nur an Sonntagen, bei schlechtem Wetter und Konjunkturflauten verwendet wurden.

»Laßt mich mal sehen«, sagte der Außenminister. »Du hast sicher dreizehn Punkte bekommen, Ragnhild, und zusammen mit den achtundzwanzig ergibt das neununddreißig.«

»Einundvierzig«, sagte der Finanzminister, ohne aufzublicken.

»Aber ich führe mit zweiundfünfzig. Dann kommst du, Ragnhild, aber dafür hat dein geschätzter Kollege hinter dem Aschenbecher seinen breiten Arsch noch nicht aus dem Sessel gehoben.«

»Ach, ich hatte mir gedacht«, begann Vater, doch gleichzeitig ließ der Finanzminister sein charakteristisches »*Hier* haben wir etwas« hören. »Nicht viel, aber immerhin: EX lege ich hier bei Mann an. EXMANN mal drei Punkte, achtzehn mal drei, das ergibt sechsundfünfzig.«

»Dürfen wir eigentlich den bestimmten Artikel verwenden?« Die Bildungsministerin zwirbelte eine Haarsträhne zwischen den Fingern.

»Natürlich dürfen wir das.«

»Was steht in den Regeln?«

»Die habe ich wohl verlegt«, erwiderte Vater. »Aber ich finde, ihr dürft in meinem Haus jeden Artikel verwenden, den ihr wollt.«

»Damit erhebt sich also die Frage: Gelten hier die Regeln des Hauses oder die der Mitspieler?«

»Was soll der Quatsch«, sagte der Finanzminister. »Sechsundfünfzig Punkte habe ich bekommen.«

»Du hast ja überhaupt keinen Humor«, sagte Ragnhild. »Für Dinge, die immer wieder passieren, muß man Rechtsvorschriften erlassen. Für Dinge, die nur zufällig einmal passieren können, soll man dagegen keine Rechtsvorschriften erlassen. Summa Theologica, Thomas von Aquin. Ich habe mich schon immer gefragt, wo dieses Aquin liegt.«

»Erlaubt mir, mal nachzusehen«, sagte Vater. Er liebte seine Nachschlagewerke und kam bald mit dem Band A–Asi wieder und las: »Aquin, das Aquinum der Antike, Stadt in der Region Lazio südlich von Rom, fünftausenddreihundert Einwohner. Aus A. stammt der römische Dichter Juvenal. Thomas von Aquin wurde in der Burg Roccasecca geboren, 7 Kilometer nördlich von A.«

Ragnhild blickte träumerisch in die Küche:

»Ich habe mir überlegt, ob ich im Sommer nach Italien fahre. Toscana oder Ligurien. Allein die Namen klingen schon so schön, wie ich finde.«

»Dann hätte er doch Thomas von Roccasecca heißen müssen? Außerdem sind Vorschriften und Gesetze nicht das gleiche.«

»›Legte man, ihr Gastfreunde, einem Gotte oder einem der Menschen das Verdienst der Anordnung eurer Gesetze bei?‹

Platon, Nomoi, erstes Buch. Und die Antwort? ›Einem Gotte, o Gastfreund, einem Gotte, wofür sich zu erklären das geziemendste ist; bei uns dem Zeus, bei den Lakedaimoniern aber, deren Mitbürger unser Freund da ist, schreiben sie es, glaube ich, dem Apollon zu.‹«

»Laßt uns mal kosten«, sagte Vater. »Das ist Rauschbeerenwein von den Vettern in Dalvik. Skål und zugleich« – und jetzt blähte er den Brustkorb, atmete ein und sagte mit der Fischereiberichtsstimme:

»Nun ist es so, daß ich als Präsidentschaftskandidat anzutreten gedenke.«

Der Finanzminister war der einzige, der sich nicht umdrehte, um Vater in Augenschein zu nehmen.

»Für ein paar Standpunkte zu dieser Entscheidung wäre ich dankbar. Es ist vielleicht eine Überraschung für euch, doch ich habe mir die Sache schon recht lange überlegt.«

»Und was hat dich dazu gebracht, diesen Schritt zu wagen?«

»Ich glaube, daß meine Stimme ganz gut zu diesem Amt passen würde. Oder hältst *du* mich vielleicht irgendwie für unpassend? Ich habe Gruppenaufnahmen von Staatsoberhäuptern studiert und glaube schon, daß ich mich da ganz gut behaupten kann.«

»Die Überraschung ist dir wirklich gelungen, Halldór«, sagte der Ministerpräsident. »Doch dann stellt sich die Frage: Wer wird die erste Dame des Landes? Nicht die zweite, die dritte und die vierte – das ist deine Privatsache.«

»Ich verbitte mir so ein Gerede in Gegenwart meines Sohnes.«

»Das macht nichts, Vater. Ich habe auch schon begonnen, mir Fragen zu stellen.«

»Muß ich das entscheiden, bevor ich gewählt werde?«

»Du meinst, es kostet Zeit, die Kartei durchzugehen?« erwiderte der Außenminister.

Vater rieb sich die Nasenwurzel:

»Ich hätte das Thema nicht zur Sprache bringen sollen.«

»Man wird wohl meist gebeten zu kandidieren?«

»Eigeninitiative wird also nicht geschätzt, wie ich sehe. Mit meinen Gedichten bringe ich sowieso viele Menschen auf meine Seite; ich bin der Überzeugung, alle Wähler Islands mit einem Sinn für Lyrik hinter mir zu haben, und das sind nicht wenige. Ich habe mir gedacht, daß es gar nicht schlecht wäre, am Ende meiner Lesungen eine kleine Zusatzbotschaft zu bringen.«

»Ich kann nicht behaupten, jemals auch nur eine einzige Ansicht zu irgend etwas von dir gehört zu haben.«

»Ich habe mich nicht festlegen wollen. Außerdem frage ich mich, ob der einfache Mann zu allem eine Ansicht haben *muß*.«

»Und du verstehst dich als den einfachen Mann auf der Straße?«

»Na ja, als Präsidentschaftskandidat natürlich nicht. Doch als solcher stehe ich wohl über der Politik.«

»Vielleicht bist sogar du selbst die Botschaft?«

»Ja.«

»Und wenn dem so ist: Wie siehst *du* aus?«

»Das weiß ich noch nicht, ich soll erst noch erarbeitet werden. Das Ich ist ja nur ein Provisorium. Vielleicht ist es traurig für Pétur, das hören zu müssen. Aber ich glaube schon, daß man eine ganze Menge mit mir anstellen kann, wenn ich erst mal eine authentische Rede halte. Dann kann ich die Ansichten wählen, die am besten zu Island passen, nämlich aus dem einfachen Grund, daß meine Ich-Organisation lösbarer ist als die handfesten Probleme des Landes. Zu haben sind eine biologische Organisation, eine Sammlung psychischer Funktionen, aber keine *Person*, kein strukturell einheitliches Ich, dem Ausdruck verschafft werden muß. Oh«, seufzte Vater, »es wird sehr interessant sein zu entdecken, wie mein Profil aussehen wird. Soll ich in einem Interview betonen, daß ich Dostojewski lieber lese als Mickey Spillane? Daß mir Poker lieber ist als Hermeneutik, daß ich Spinat verabscheue und Coca-Cola liebe? Was wird Island die meisten Pluspunkte einbringen? Soll ich mich nachts der Poesie widmen oder lieber junge Damen verführen?«

»Auf die letztgenannte sogenannte Frage dürfte Island schon eine Antwort haben.«

Dann war wieder der Finanzminister an der Reihe:

»Ich glaube, ich habe hier etwas.«

Damit legte er die Buchstaben aus, die mich auf meiner Lebensbahn weiterführen sollten, die elf Buchstaben, die viele Jahre gleichsam auf mich gewartet hatten. Ich war jetzt zweiundzwanzig Jahre alt, hatte an der Universität studiert, doch nie vergessen, daß die Träume meines Lebens einmal an einem Juliabend von ungewöhnlich lauen Winden zunichte gemacht worden waren.

Es waren ein T, ein I, ein E, ein F. Es waren ein G, ein E, ein K, ein Ü, ein H, ein L. Und dann ein letztes bebendes T. Das Wort lautete TIEFGEKÜHLT.

Und der Finanzminister strich dafür vierundzwanzig Buchstabenpunkte ein, plus vierundzwanzig mal drei gleich zweiundsiebzig – insgesamt also sechsundneunzig Punkte plus fünfzig für sämtliche Buchstaben, was hundertsechsundvierzig Punkte ergab, und mir würden die Buchstaben bald einen Weg weisen, den Weg zu einem Beruf.

So war es ein – uns noch unbekannter – historischer Augenblick, zu sehen, wie der Finanzminister des Landes sich von seinem Scrabble-Spiel erhob, zu hören, wie er erneut sagte: »Ich glaube, ich habe hier etwas.«

Er wandte uns lange den Rücken zu, was an und für sich nichts Ungewöhnliches war, und blickte in den Garten des Nachbarhauses, in dem der kleine Ymir auf einem Dreirad herumfuhr. Als der Finanzminister sich endlich umdrehte, fixierte er uns alle mit einem eisigen Blick:

»TIEFGEKÜHLT, darauf werden wir setzen – und zwar groß.« Was alles zur Folge hatte, daß ich drei Monate später in Paris in der Rue de Bretagne in einem Félix-Potin-Laden stand und eine Hand in eine Kühltheke steckte. Es war ein herbstkalter Tag im November, und man hatte mich inzwischen zum Marktanalytiker Islands ernannt und mir das Recht eingeräumt, alles auszuspionieren, was in der französischen Küche mit tiefgekühlten Meeresfrüchten zu tun hatte. Überdies war ich Inhaber einer kleinen Wohnung in der Rue Charlot in der Nähe der Place de la République.

V

Paris, ein Ort, an dem ich mich verliebt fühlte, doch niemanden fand, in den ich verliebt sein konnte. Ich *sendete* nicht, denn inmitten des Sogs von all dem Grün, im Duft der Linden und der Cafés sah ich Vaters Hand, in einer verlassenen Geste erhoben, spürte den kalten Wind, der über die geschrumpften Johannisbeersträucher unseres Gartens strich, spürte, wie Vater ins Krankenhaus zurückkehrte, und hörte seine gebrechliche Stimme: »Ohne dich nichts.« Rue de Rivoli, Boulevard Saint-Germain, Boul'Mich', Rue Bonaparte. Ich bin auf allen umhergewandert; ich war dort und war es dennoch nicht. Ja, wo *sind* wir?

Da die Pariser eingefleischte Restaurantbesucher sind, gibt es in der Hauptstadtregion ungefähr zwölftausend Lokale. Wenn jedes davon täglich im Durchschnitt dreißig Mahlzeiten serviert, und das an dreihundert Tagen im Jahr, und wenn jede Mahlzeit hundert Gramm Fleisch oder Fisch enthält, ergibt das einen Proteinverbrauch von einundzwanzigtausendsechshundert Tonnen pro Jahr. Durch direkte Feldstudien hatte ich herausgefunden, daß es tiefgekühlten Fisch und Schalentierprodukte in zwei Kategorien französischer Restaurants gab, nämlich in speziellen Fischrestaurants sowie in den sehr teuren Lokalen. Ferner hatte ich ermittelt, daß eine Gruppe von Lokalen Meeresfrüchte weit über den Durchschnitt hinaus verbrauchte, nämlich die chinesischen Restaurants. Dies im Gegensatz zu den mehr auf Fleisch konzentrierten Küchen italienischen oder arabischen Ursprungs. In meiner »Markt- und Konkurrenzanalyse über Weißfisch- und Schalentierverbrauch im Mittelmeerraum« konnte ich überdies feststellen, daß alle Berichte über Aphrodisiaka maritimen Ursprungs stark untertrieben waren. Der Verbrauch sogenannten Liebesfischs war in Japan ein riesiger Markt, etwas überraschenderweise auch im Iran, wo man männlichen Kapelan ißt, *Mallotus villotus Müller*. Die drittwichtigste Verbrauchergruppe waren die Vergnügungsparks. Dort erfuhr ich, daß Delphine niemals weibliche Kapelane fressen.

Ein großer Teil dessen, was ich hatte nachweisen können, wurde von den Politikern zu Hause sicher als selbstverständlich angesehen, was jedoch nicht für meine wichtigste Entdeckung galt, nämlich die in meinem Bericht so genannte Blanchot-Gruppe: Die nichtorganisierte Gruppe der sogenannten Katzenfreundinnen, die, wie sich herausgestellt hat, zu den allergrößten Verbrauchern tiefgekühlten Fischs gehören.

Man müßte ihr in Reykjavik ein Denkmal errichten: in rutschenden Strümpfen, klaffenden Schuhen, in dieser Weste, die sie in einem Müllcontainer gefunden hat. Und dann natürlich noch der Hut – dieser lächerliche Hut, von dem sie behauptete, irgendein Liebhaber in längst vergangener Zeit habe ihn ihr geschenkt.

Ich stieß eines Tages bei der Mülltonne mit Madame Nathalie Blanchot zusammen, als ich gerade eins der vielen Fischpäckchen mir norwegischem Köhler oder spanischem *bacalao* wegwerfen wollte, deren Verpackungen ich sorgfältig unter die Lupe genommen hatte. Die Madame schnappte sich das Paket, und ich wurde von einem »Gestaltwandel« betroffen. Nach fünfmonatigen Marktstudien in Kühltheken und Restaurants durchzuckte ein Blitz mein müdes Gehirn.

Meiner Bibel in Unternehmertum zufolge – John Blairs »Der Mitarbeiter« – leben wir in dem Weltbild, das wir uns zurechtgelegt haben: Wenn wir glauben, das Universum sei mechanisch, leben wir mechanisch. Wenn uns andererseits klar ist, daß wir Teil eines offenen Universums sind und daß wir unsere Wirklichkeit individuell und sozial immer wieder neu erschaffen, werden wir ein kreativeres Leben führen. Wenn wir uns – immer noch John Blair zufolge – vorstellen, daß wir isolierte Wracks auf einem Meer der Gleichgültigkeit sind, sieht unser Leben anders aus, als wenn wir ein Universum ungebrochener Ganzheit kennen.

Wochen- und monatelang hatte ich in Paris versucht, meine unternehmerische Energie zu wecken. Ich hatte mich wirklich bis zum Äußersten angestrengt und einige Male fast aufgegeben, um mich statt dessen ganz der Erotik zu widmen. Aber – und das soll ein bekanntes Phänomen sein – wenn man einen Stern sehr sorgfältig betrachten will, muß man zuvor kurz zur Seite blicken. Ähnlich muß ich es an diesem Tag gemacht haben, als Madame Nathalie Blanchot das Paket mit den silberglänzenden stromlinienförmigen Meeresengeln an sich riß.

Meine Gedanken rasten sofort zu deren absolutem Gegensatz, zu den häßlichsten Ungeheuern, die Gott je erschaffen hat. Ja, sie sind so häßlich, daß der Herr beschloß, sie ganz unten in der Finsternis des Ozeans zu verstecken. Ich spreche vom Langschwanz.

Für die Unwissenden wiederhole ich seinen Namen: Langschwanz. Unsere Trawler holen diese Knochenfische beim Krabbenfang vom Meeresboden. Der Langschwanz bildet eine graue, schleimige Masse aus schlaffem Fleisch und großen, erloschenen Augen. Er ist nur als Hummerköder verwendbar und wird in der Regel von der Quaimauer wieder ins Meer zurückgeschaufelt. Wenn mein Vater und ich an der Reihe der Fischerboote entlangschlenderten, habe ich viele Male den Kopf abgewandt.

Doch in dem Augenblick, in dem ich Madame Blanchots Finger mein Fischpaket ergreifen sah, durchzuckte mich eine Gewißheit: Ich war dabei, die Wirtschaft meines Vaterlands zu retten, und bei dieser Erkenntnis atmete ich tief durch. Gewißheit ist etwas Bemerkenswertes. Sie erfüllt alle Hohlräume des Körpers, lädt ihn mit neuer Energie auf und läßt die Dinge um einen herum deutlich hervortreten. Ihre Umrisse erscheinen übertrieben scharf. Der Körper verlangt nach Handeln, als müsse er aus sich selbst ausbrechen. Für Zweifel und Zögern ist kein Raum mehr, die Sinne saugen alles auf, was sie lange Zeit haben brachliegen lassen. Neue Ideen können zart sein, bringen den Körper aber zum Glühen. Lichtstrahlen dringen aus jeder Pore, ja sogar die Worte, die man spricht, enthalten ein paar Unzen Gold.

Was sich offenbarte, als ich ein paar Tage später auf dem Weg über den Atlantik in meinem Flugzeugsessel saß und unabsichtlich die Frau neben mir berührte. Dabei muß ich etwas von diesem Gold über ihr Handgelenk ausgegossen haben. Sie spürte, wie ihr Flaum zu glühen begann, und so kam es, daß ich die erste Nacht nach meiner Rückkehr mit dieser philippinischen Prinzessin im Hotel Saga verbrachte. Sie war von ihrem Vater auf eine Bildungsreise um die Welt geschickt worden und würde unwissentlich der erste Mensch der Welt sein, der ein Langschwanzfilet mit Artischockenböden in geschmolzenem Emmentaler verzehrte, was sie so entzückte, daß Island heute einige tausend Tonnen dieser Delikatesse an die Oberschicht der armen Philippinen exportiert.

In der Morgendämmerung verließ ich die Prinzessin und schlenderte mit hochgeschlagenem Mantelkragen zum Fischmarkt. Ich ging in einem Jubelregen, der aus Händel und gewöhnlichem Wasser komponiert war, und lauschte dem immer ruhigeren Herzschlag der Trawler, als sie sich dem Quai näherten. Dann Ruhe, dann Stille. Dann: Bewegung, die Geräusche von Winden, Stimmen, das Aufprallen von Holzkisten auf Stein, das Bremsen von Lastwagen. Ich stand neben einem Kran und atmete den Geruch von Meeresfrüchten ein, sah, wie sich die Masse von Langschwänzen und anderem unbrauchbarem Zeug auf dem Steinpflaster ausbreitete.

Doch ich betrachtete den Schleim, die gewaltigen gebrochenen Augen mit Lüsternheit. Und als ich mich bückte, um ein paar Exemplare aufzuheben, mußte ich unwillkürlich lächeln, lächeln, weil ich die Gewißheit der Stärke in mir wußte. Mit einer gefüllten Plastiktüte kehrte ich zum Hotel zurück.

Warum ging ich nicht zum Skáldastígur, nach Hause?

Warum schlich ich mit hochgeschlagenem Mantelkragen durch die Straßen, damit mich niemand wiedererkannte und bei Vater verpetzte? Ich dachte natürlich: seine Zeit kommt. Auf Island kann man nicht anonym sein. Wenn ich diesen Fisch nur ausprobiert und zu meiner *Idee* gemacht habe, wenn ich ihn nach meinem Gutdünken getauft habe, dann ... So denkend, sah ich ihn vor mir, *ein bißchen* schief, wie er über einem Buch hing, und als ich mich im Cockpit meiner Phantasie ein wenig weiter vorbeugte, entdeckte ich, daß das Buch, in dem er las, das Hohelied Salomos war und daß die Worte lauteten: »Du bist gewachsen wie ein Lustgarten von Granatäpfeln mit edlen Früchten.« Damit war die Sache entschieden.

Ich lief den Rest des Wegs zum Hotel Saga. Riß die Tür zur Küche auf.

Saemundur saß auf einem Hocker, trank Kaffee und las *Morgunbladid*. Ich legte die durchsichtige Plastiktüte direkt auf die Sportseiten:

»Diese Monster der Tiefe sollst du zu einer Liebesmahlzeit machen. Du bist der beste Koch Islands, und es *könnte* sein, daß das Schicksal des Landes auf deinen Schultern ruht.«

»Willst du mit diesem Fraß eine Geschäftsfreundin um die Ecke bringen? Langschwanz«, schnaubte der Koch und wandte den Kopf ab.

»Von jetzt an heißt der Langschwanz Grenadier, Granatapfelfisch. Von jetzt an und in Ewigkeit. Du wirst es bereuen, wenn du nicht dein ganzes kulinarisches Wissen und deine Kochlust auf diese Fische verwendest. Außerdem wirst du sie der schönsten Frau der Welt servieren.«

»Davon gibt es reichlich«, entgegnete Saemundur.

»Nichtsdestoweniger«, gab ich zurück.

Schon als wir uns an dem gedeckten Tisch niederließen, erregte es mich, die Zunge zu sehen, mit der ich während der Nacht so enge Bekanntschaft geschlossen hatte. Das weiche weiße Filet des Langschwanzes erregte mich ebenfalls, und ich dachte: Vielleicht verwandelt sich unser galoppierendes Haushaltsdefizit bei dieser Begegnung in sein Gegenteil.

Ich muß jetzt Teile dieses in wirtschaftlicher Hinsicht so revolutionären Gesprächs auf englisch wiedergeben, denn eine Übersetzung würde den weichen Tonfall der Prinzessin nur schlecht wiedergeben.

»Ah, Pétur, what a lovely fish.«

»Yes, isn't it.«

»What is the name of the fish we are eating?«

Ich bitte den geneigten Leser, dies mit philippinischem Akzent auszusprechen.

»Oh, it is a special Icelandic fish.«

»I understand. But what is the name?« Es ist *wirklich* schwer, einer so schönen Stimme, so langen Fingern und einer so exquisiten Zunge etwas vorzulügen, doch es geht.

»The name is Grenadier.«

An dieser Stelle machte ich eine Pause, denn ich erkannte, daß wir dabei waren, in ein audiovisuelles Medium hinüberzugleiten. Ich befürchtete, daß jetzt Geigen erklingen würden, nachdem ich das Wort Grenadier ausgesprochen hatte, daß vielleicht eine mächtigere Brandung heranbrausen würde als das klägliche Glucksen am Strand des Tjörnin. Und jetzt taucht die Gabel ein, spießt ein weiteres kleines Filetstück auf und nähert sich feierlich den halbgeschlossenen Augen und feuchten Lippen.

Ach, diese fernöstliche Lippenbewegung.

»It melts on my tongue. I wish we had a fish like that at home!«

Ich legte ihr die Hand aufs Handgelenk, dachte, daß eine Kamera auf ihren Flaum und ihre exquisiten Lippen gerichtet werden sollte, von denen ich wünschte, wir hätten auf Island mehr davon.

»Your wish might bei fulfilled«, erwiderte ich und verwandelte mich *nicht* in einen isländischen Schleppnetzfischer.

»These fishes make me long for you even more, they taste like ... oh no, I can't pronounce words like that in a restaurant like this.«

»So let's go to the place where we *can* pronounce it.«

Das Angebot von *Icelandair*, bei Amerika-Reisen drei Nächte Aufenthalt in Reykjavik einzulegen, ist gerade ausreichend. Mehr kann man für philippinische Prinzessinen einfach nicht tun, und diese vermögen isländische Fischexporteure auf Dauer wohl ebenfalls nicht zu befriedigen. Aus diesem Grund war unser Abschied nicht sonderlich belastend. Doch fortan schlugen sich sieben mit Michelin-Sternen ausgezeichnete Restaurants um die Ehre, einem ehemaligen Monster der Tiefe einen schöneren Namen gegeben zu haben.

Vater war vom Krankenhaus ein Urlaub verehrt worden.

Das Regierungsessen, das sich in unserer Küche ereignete, wurde ein Erfolg. Doch es begann nicht sehr munter. Als ich auf der Treppe auftauchte, stand Vater halb angekleidet da. Die Haarsträhnen standen ab, und über einem grauen und fleckigen Unterhemd trug er die häßlichen Hosenträger.

»Aha«, sagte er und rührte sich nicht. »Jetzt kommst du also.«

»Jaa, Vater. Ich wollte dich überraschen.«

»Aha. Und wie war sie?«

»Wer?«

»Die Asiatin. Im Hotel Saga.«

»Warst du dort?«

»Nein.«

»Aber jemand hat dich informiert?«

»Ja.«

»Dann bitte ich um Verzeihung. Aber ich dachte, ein wildfremder Mensch . . .«

»Du hättest anrufen können.«

Endlich machte er mir im Flur Platz. Ich zog die Schuhe aus, hängte die Jacke auf und stellte meine kleine Tasche hin.

»Ich bin geschäftlich hier. Nur für zwei, drei Tage. Das ist sehr plötzlich entschieden worden.«

»Und *was* willst du damit sagen? Daß ich im Weg gewesen wäre? Daß ich deine erotischen Eskapaden vielleicht nicht dulde? Wenn es etwas gibt, was ich mit Toleranz sehe, dann die Erotik.«

»Das weiß ich, nur zu gut. Du hast sogar die Neigung, mit meinen Frauen zu flirten, wenn ich mal eine mitbringe.«

»Nein, jetzt reicht es. Solche Anschuldigungen kann ich nicht akzeptieren.«

»O doch, du hast mich dazu gebracht, mich wie ein nasser Lappen zu fühlen, als du loslegtest und ...«

»Das *stimmt* einfach nicht, Pétur. Ist es für einen Mann in meinem Alter verboten, sich Frauen *anzusehen*? Ist das *euch* vorbehalten?«

»Als du damals Heilbutt mit Mangosauce gemacht hattest ...«

»Ja, das war ein Fiasko, das gebe ich gern zu.«

»Ich spreche nicht vom Essen. Du hast mit ihr geflirtet.«

»Ganz im Gegenteil, ich mochte sie nicht. Es gab keine vertrauensvolle *Verbindung*, falls du verstehst, was ich meine.«

»Soll ich gehen?«

Natürlich sollte ich nicht gehen. Am Ende umarmte er mich ein wenig unbeholfen und erklärte, es sei die Sehnsucht, die ihn unberechenbar mache. Die Wellen der Erregung legten sich, und ein stilles Glucksen breitete sich in Küche und Zimmern aus, als ich den Anlaß meines eiligen Besuchs erklärte. Vater wollte bei der Zubereitung gern dabei sein, doch seine Miene verfinsterte sich, als ich sagte, Saemundur vom Saga würde für die Delikatessen verantwortlich zeichnen.

»Aber diese jungen Köche ... Die haben keinerlei Gefühl für Kolorit. Wenn ich wenigstens damit beitragen könnte.«

»Es ist gefährlich, so zu verallgemeinern.«

Doch ich ließ ihn den Tisch decken. Dreimal tauschte er die roten Stearinkerzen gegen blaue aus, viermal blaue Servietten gegen rote. Dann gegen grüne. Gegen gelbe und wieder gegen grüne. Schließlich sagte er, als kröche er leise zu Kreuze:

»Tischkarten ...? Daran hast du vielleicht nun nicht ...«

»Nein, das dürfte nicht notwendig sein.«

Kaum hatte ich es gesagt, sah ich, daß er etwas hinter den Begonien auf dem Fensterbrett verstecken wollte, und so überlegte ich es mir:

»Obwohl man an einem solchen Tag ... Aber schaffst du es wirklich, noch welche zu malen? Es ist ja schon so spät ...«

Denn sie waren so schön, seine Tischkarten. In der Zeit, als es nur ihn und mich gab, fertigte er immer kleine Kunstwerke. Sie spielten alle auf irgendein Ereignis der Woche an, auf eine Geste, die ich mir zugelegt hatte, auf ein gemeinsames Verständnis unserer Spaziergänge.

»Doch, wenn ich mich beeile.«

Er beugte den Kopf zum Fußboden, als hätte man ihn bei den Schändlichkeiten des Alterns ertappt: der Sentimentalität, der Einsamkeit, der Häßlichkeit. Sein Rücken war in einer unschönen Linie gekrümmt, und seine ungepflegte Kleidung posaunte hinaus, ist ja doch alles egal, hierher kommt ohnehin niemand ... Es war schwierig, es tat weh. Doch ich riß mich zusammen. Ich hatte den Kopf voller Strategien, Zukunft, LANGSCHWANZ. Ich öffnete den Kühlschrank und entnahm ihm das Glas mit Salzgurken:

»Willst du eine, Vater?«

Vater wollte.

Das hielt ihn eine Zeitlang über Wasser. Wir saßen wie immer in der Küche und versuchten, die Gurken mit einer Gabel zu treffen, fischten sie aus der Lake, legten sie auf ein hartes Stück Brot, tranken Milch direkt aus der Packung.

Dann begann er wieder vorzuführen:

»Das Dressing? Könnte ich nicht wenigstens ein Dressing anrühren, du weißt ...«

»Vater, Saemundur kümmert sich um alles. Mal jetzt fünf Tischkarten und ...«

»Ich brauche nichts, ich kann servieren. Falls ich dazu tauge.«

»Vater!« Ich schrie jetzt. »Sprich nicht so, denn sonst gehe ich. Und sag jetzt bloß nicht Verzeihung, denn dann gehe ich auch.« Und während ich schrie, fühlte ich, wie der Körper wuchs und wuchs und wie sein Körper schrumpfte, und ein Verzei... kam ihm über die Lippen, bevor er es fertigbrachte, sie zuzuhalten.

Da beruhigte ich mich auch:

»Du könntest zur Vorspeise vielleicht ein paar Gedichte lesen.« Er sah mich fragend an, doch ich wollte ihn nicht auf den Arm nehmen:

»Was ... was für eine Vorspeise gibt es denn?«

»Eine Art Fischpaté.«

»Fischpaté ...? Fischpaté ...? Es ist *schwierig*, zu Fischpaté Lyrik zu lesen ... Aber.«

In dem Gefühl, gerettet zu sein und etwas Selbstvertrauen zurückgewonnen zu haben, erhob er sich vom Tisch:

»Ich werde versuchen, etwas Passendes zu finden ... Fischpaté ...?«

Sie kamen, sie sahen, sie wurden besiegt.

Die Fischpaté war offenbar nicht so trocken, wie Vater befürchtet hatte: Er las ein paar vaterländische Heringsgedichte und brachte einen Toast auf die Früchte des Meeres aus. Saemundur trug das Hauptgericht auf – Grenadier à la Greco, oder wie er es nun nannte. Das Fleisch war weiß und weich. Rechts lag ein Mohrrübenstreifen, links ein wenig Steinbeißer-Rogen, und eine helle Basilikumsauce über allem brachte die Gäste dazu, vor Zufriedenheit zu rülpsen und zu seufzen. Das heißt, der Finanzminister bemerkte wie üblich nicht, was er aß – er schlang es in sich hinein, schob den Teller beiseite und sah sich um, um in Erfahrung zu bringen, zu was für einer Art Treffen man ihn gerufen hatte. Daß das Hauptgericht-an-sich die Botschaft sein könnte, entzog sich seiner Beurteilung. Anschließend legte ich ein wenig umständlich – um die Verdauung der Speisen zu erleichtern – meine Marktuntersuchungen über den Fischabsatz im Mittelmeerraum dar, machte die Minister auf einige unerwartete Märkte wie die Philippinen, Japan und diverse Delphinarien aufmerksam und enthielt ihnen auch nicht den großen Bedarf der Mitschwestern Madame Nathalie Blanchots vor. Ich schloß mit einem Hinweis auf das soeben verspeiste Hauptgericht:

»Ich wage zu behaupten, daß das, was ihr gerade gegessen habt, nämlich – und ich bitte darum, euch den Namen ein für allemal zu merken – Grenadierfisch, eine bislang verborgene Quelle des Reichtums, für unsere Zukunft eine ungeheure Bedeutung erlangen wird. Hat er euch geschmeckt?«

Die Bildungsministerin lächelte:

»So weich und zart.«

»Ganz meine Meinung«, sagte der Ministerpräsident.

»O ja«, meinte der Finanzminister und sah aus dem Fenster.

»Grenadier«, wiederholte der Ministerpräsident. »Daß ich noch nie davon gehört habe. Hört sich nicht isländisch an.«

»Und wenn ich *Langschwanz* sage. Wenn ich sage, daß ihr gerade *Langschwanz* gegessen habt?«

Die Bildungsministerin riß den Mund auf, und der Grenadierfisch, der seiner Vernichtung entgegensank, machte plötzlich einen Salto mortale und begab sich unter seinem richtigen Namen mit besorgniserregender Geschwindigkeit wieder nach oben. Er zeigte sich kurz zwischen ihren Lippen, um dann in einem schönen Bogen über den Tisch zu fliegen und auf dem Schoß des Finanzministers zu landen. Als die Bildungsministerin nach einer Dreiviertelstunde mit Vater im Schlepptau aus dem Schlafzimmer zurückkam, glaubte ich, daß sie meine Stiefmutter werden würde, doch das war leider nicht der Fall. Der Finanzminister war aufgebrochen, nachdem alle einen Eid darauf geleistet hatten, diesen Fisch nie mehr bei seinem richtigen Namen zu nennen. Und Vater mußte wieder ins Krankenhaus. Gerade als er zu dem wartenden Wagen hinausgehen wollte, packte er mich an den Revers und zischte:

»Ich fahre nur deshalb wieder zurück, weil hier zu Hause nichts auf mich wartet. Nichts.«

Einen Monat später kehrte ich nach Frankreich zurück. In der Rue Vieille du Temple richtete ich ein kleines Büro ein, stellte vier Frauen ein und konnte mit Hilfe von Anzeigen und Lobbytätigkeit nach und nach den zwanzig Gefrierfabriken des Vaterlands mitteilen – denn man soll, wie wir zu Hause sagen, nicht alle Eier in einen Korb legen –, daß die erste Ladung mit tiefgekühltem Grenadier mit Bestimmungsort Europa und Frankreich abgehen könne.

Von dieser Ladung übernahm ich zehn Pakete in elegantem Design und klopfte bei Madame Nathalie Blanchot an, doch sie machte nicht auf. Da öffnete ich die Tür, worauf mir ein widerlicher Gestank in die Nase stieg, eine Mischung aus Katzenpisse und verschüttetem Wein. Ein Radio plärrte den Hit der Saison mit dem verführerischen Refrain:

Je sais, c'est que tu es
la cause du désir

Die Katzen strichen mir um die Beine. Vielleicht spürten sie durch Folie und Pappe hindurch den Duft der allerersten Delikatessen ihres Lebens, die ihre zukünftige Nahrung werden sollten. Ich trat ein. Madame Blanchot lag auf ihrem Bett. Sie trug Stiefel und ein Halstuch, das ich ihr einmal geschenkt hatte, als der Husten ihr um ein Haar den Körper zerrissen hätte. Sogar den lächerlichen Hut hatte sie auf. Ich brachte es nicht übers Herz, sie zu wecken, sondern blieb an der Bettkante stehen und gab mir größte Mühe, meinen Brechreiz zu unterdrücken. In jedem anderen Menschen verbirgt sich ja ein Teil unseres eigenen Lebens, eine Zeit, ein Ereignis, vielleicht nur ein Blick, irgend etwas, was uns die wichtigste aller Erkenntnisse vermittelt, wenn wir uns nur die Möglichkeit geben, danach zu suchen: nämlich daß wir in unserer Einsamkeit nicht allein sind. Wir tragen unsere Eigenschaften, unsere Lächerlichkeit, damit andere sich durch uns kennenlernen. Ja, ich stand da, während die Musik der Streicher den Raum erfüllte und mir die Katzen immer aggressiver und enger um die Beine strichen.

Ich wußte nicht, wohin ich die Pakete legen sollte. Ich legte sie nirgends ab, denn Madame Nathalie Blanchot war tot.

Langsam erarbeitete ich mir ein Muster für meine Freizeit: Nach dem Ende des Arbeitstages schlenderte ich zu Odiles Buchhandlung in der Rue Princesse, wühlte in ihren wohlgefüllten Regalen und kaufte oft etwas. Danach nahm ich ein Bier und ein Sandwich bei Mabillon, las ein paar Seiten, drehte eine Runde auf dem Markt, füllte die Einkaufstüten, fuhr nach Hause und las, zumindest zu Anfang, die ständig hereintröpfelnden Briefe Vaters:

Lieber Pétur,

ob du folgende Dinge besorgen könntest – ich habe mir nämlich vorgenommen, Dich zu einem absolut einzigartigen Rezept einzuladen, das ich vor ein paar Tagen hier im Erholungsheim in einer kulinarischen Zeitschrift gefunden habe: ein Bund Spargel (gern auch zwei) von dem Händler oben in der Rue de Bretagne, dessen Sohn den Spargel in der Gegend von Nîmes anbaut. Am Mittwochvormittag etwa gegen Viertel nach zehn solltest du da sein, denn dann dürfte er mit dem Morgenzug eingetroffen sein. Achtung! Am Montag oder einem anderen Tag darfst du KEINEN Spargel kaufen, auch wenn sie behaupten, er sei frisch. Ziegenkäse solltest du am besten in der Rue de Seine kaufen, gegenüber der Bäckerei, aber probier ihn erst. Sie haben mich einmal reingelegt: Ich bekam einen trockenen, fast sandigen Käse, aber da HABE ICH IHNEN BESCHEID GESAGT UND KEIN BLATT VOR DEN MUND GENOMMEN. Ein paar Tüten mit Kräutern aus der Provence. Die findest du um die Ecke in der Rue de Buci – und in dem nahe gelegenen Nicolas-Laden solltest du vier, nein fünf Flaschen 1976er Chablis nehmen.

Das Geld gebe ich dir wieder. Eine davon brauche ich nämlich für die Sauce des Hauptgerichts. (Nimm dich allerdings vor den Leckereien in acht, wie sie in den Geschäften ringsum in den Auslagen liegen. Die sind nur was fürs Auge und sehen wohlschmeckender aus, als sie sind: Es ist vulgär, Erdbeeren und Kiwis mit einer Lachsmousse zu mischen!!!) Vielleicht sollten wir die Mahlzeit mit je einer Tarte de rhubarbe abschließen. Die gibt's an der Ecke der Rue Guisarde. Nimm vier, wir können sie auch am nächsten Tag noch essen. Es ist unglaublich warm hier im Zimmer. Ich werde wohl Schwester Steinunn rufen müssen. Ich habe ihr ein Kleid gekauft, ein grünes. Kiwigrün könnte man es wohl nennen, aber sie hat es nicht in die Lachsmousse ...«

P.S. Hast du eine Spur von unserem bösen Feind gefunden? Vielleicht ißt er in diesem Augenblick so eine Lachsmousse. Es kommt darauf an, daß du die Spur nicht verlierst. Der *dies irae* ist nahe ...

Vater

So klang es im ersten Brief und wohl auch im fünften und sechsten. Ich hörte irgendwann auf, sie zu lesen, versteckte aber einige davon in einer Kiste, bis rund ein Jahr später eines Tages das Telefon läutete. Doch meine Reaktion auf den ersten Brief war recht lustig: Ganz automatisch kaufte ich all die Dinge, um die er mich gebeten hatte. Zwar hatte der Kaufmann in der Rue de Bretagne schon vor drei Jahren seinen Laden zugemacht, weshalb ich mich mit Spargel aus der Markthalle gleich dahinter begnügen mußte. Ich gönnte mir – vielleicht aus Trotz – die verbotenen Leckereien und sah mich genötigt, Vater recht zu geben. Doch erst nachdem ich die zweite Flasche Chablis in meiner einsamen Küche geleert hatte, ging mir wirklich auf, daß ich für sehr lange Zeit nicht nach Hause fahren würde und daß jedes Wort in Vaters Brief die hoffnungsvollen Träume eines Irren atmete. Dennoch fühlte ich mich von ihm ferngelenkt. Und als er mich mit

Briefen nun nicht mehr erreichen konnte, tauchte er statt dessen in der Nacht auf, klopfte an und stand dort mit Lára, die im Traum immer ein sehr klar erkennbares Aussehen hatte. Dann lächelte er und sagte, sie wollten nur kurz hereinschauen, bevor sie stürben. Manchmal trugen sie Instrumente, stellten einen Notenständer auf den Fußboden und wollten gerade zu spielen beginnen, als sie von einem bevorstehenden Erdbeben Nachricht erhielten, von einem Vulkanausbruch, der sie rief. Sehr oft ging es jedoch um Zeit. Darum, daß ich ihm etwas *Zeit* zusteckte und sagte:

»Du brauchst sie mir nicht wiederzugeben. Und wenn du mehr brauchst, sag nur Bescheid.«

Ich hätte jedoch die Briefe schon bei ihrem Eintreffen lesen sollen.

VI

Pétur,

Mit zittriger Hand schreibe ich aus dem Flur zwischen einem Infarkt und dem Tod, in dem ich wohl den Rest meiner Tage werde zubringen müssen. Es ist eng hier und sieht recht dunkel aus, obwohl er mich diesmal nicht erwischt hat, der Tod, jedenfalls nicht ganz; vermutlich bin ich zu einem halben Leben verdammt. Zu einem Schwanken und Stolpern, einem Seufzen, einem Klagen. Ich weiß: Es ist Erntezeit. Wir sollen jetzt geerntet werden, wir Männer, die wir soeben die Fünfzig überschritten haben.

Es hat weh getan, Pétur. Es hat entsetzlich weh getan. Im Krankenhauskorridor des Erholungsheims habe ich geschrien, habe geschrien, bis ich wieder klar im Kopf war, während der Tod – oder seine Vorhut – sich wie schwarze Tinte im ganzen Brustkorb ausbreitete. Es hat weh getan, sehr weh. Für wie viele solche Tode haben wir Kraft, bevor *der* Tod eintritt? Wie es in Buchbesprechungen heißt: »Ich bin nicht mehr derselbe Mensch.« Dennoch bin ich meiner Funktion nach immer noch

Dein Vater

Mein geliebter abwesender Sohn!

Weiter scheine ich im Leben nicht gekommen zu sein, als daß ich vor den Stiefmütterchen des Friedhofs, diesen kleinen, flatternden Ohren auf den Ruhestätten der Toten, auf der Schwelle zu einem ... einem Gebet stehengeblieben bin? Auf der Schwelle, ja, denn ich bin unfähig, mich in den Brunnen des Gebets hinunterzulassen, unfähig, auch nur den *Versuch* zu machen, dessen verborgene Wasserader zu suchen.

Wer betet denn heute noch in diesem Land?

Wenn es diese Menschen gibt – würde ich es dann wagen, mich mit ihnen zu vereinigen und ihren gefrorenen Wortschatz zu meinem zu machen – falls ein Gebet nun aus Worten gebaut ist? Früher konnte ich immerhin noch die Hände um einige embryonenhafte Gedanken schließen, die das Dasein atemlos groß und mich gesegnet klein machten. Jetzt ist es umgekehrt: Der Körper scheuert sich an den Wänden des Daseins, und die Flammen der Verblüffung erhalten nicht genug Sauerstoff, um längere Zeit zu brennen.

Ich kann mich nicht erinnern, zu Blumen je ein besonderes Verhältnis gehabt zu haben. Doch im Alter von zehn oder elf Jahren halte ich bei einer einzigen Blume inne, dort, wo andere Blumen in Mengen blühen. Eine grausam andersartige Blume war es, sowohl der Farbe als auch der Form nach, eine Blume, die *dort* nicht hingehörte, ein Ausreißer aus irgendeinem fernen Garten, der sich dort hingestellt hatte, um per Anhalter weiterzukommen. Ich habe seitdem viele Akeleien gesehen, aber diese ist unauflöslich mit mir verschmolzen und wird immer genau dort wachsen, wo sie nicht mehr wächst.

Ich lasse mich also aufhalten, denn mir kommen Gedanken. Hatte ich, frage ich mich jetzt, durch mein Asthma, mein plötzlich auftretendes Nasenbluten eine Anlage zum Innehalten? Es ist möglich, aber nicht wichtig: Hier begegnete ich dem Anderen, dem Unterschied, ohne den wir die Kraft zum Weiterleben nicht aufbringen. Ich dachte damals, es hat keinen Zweck, es auch nur *einem* Menschen erklären zu wollen. Es würde gar nicht gehen, es gibt keine Sprache dafür. Sogar mein damals bester Freund hätte mich mißtrauisch angestarrt und geglaubt, ich wäre verrückt geworden. Vielleicht wäre es ja auch so gekommen, denn ich wäre *gezwungen* gewesen zu sagen, daß diese Akelei eine Art leiser Lautsprecher sei. Daß er mir Mitteilungen von der eigentlichen Welt übermittelt. Von der Welt, die in ihr steckt, durch die wir weiter pulsieren und die wohl die einzige Welt ist, auf die ich Dich hätte hinweisen können. Aber solltest Du jetzt als Erwachsener den Wunsch haben, mich zu suchen, such mich dort vor Stiefmütterchen und einsamen Akeleien, dann können wir endlich gemeinsam schweigen.

Vater

Ich habe ein Liebesverhältnis mit einer Seerose begonnen, die ich gestohlen habe.

Sie hat weiße Blütenblätter, und ihr lateinischer Name ist Nymphea alba. Ihre Mitte ist gelb mit schwarzen Punkten. Sie schwimmt in einer Kristallschale auf meiner Fensterbank. Die Wärme des einfallenden Sonnenlichts verändert die Temperatur des Wassers, und die scheint sich von Stunde zu Stunde in der Schale zu bewegen.

Vielleicht steht sie unter Naturschutz. Wenn nicht, habe ich dennoch ein Verbrechen begangen, indem ich sie des Orts und des Stengels beraubte, der sie mit dem Leben dort unten in der Dunkelheit des kleinen Waldsees verband.

Meine Tat hat in unserer Zeit geruht, doch nicht der Grund meines Bewußtseins, und wann immer die große Unruhe und die Ungeduld von dort mich ergreifen, verlasse ich meinen Sessel und gehe zu ihr, meiner Seerose, und lasse mich von ihrem Wesen durchströmen. In ihrem Innern lese ich die Welt, wie sie vielleicht innerhalb allen Unrats und aller Möbel aussieht. Es wäre eine große Versuchung für Den Vom Schlag Getroffenen, stehenzubleiben und in ihr zu versinken. Ob weit offen oder geschlossen, sie gibt mir von *ihrer* Zeit, und die ist eine andere –

Mein Sohn!

Der Stein, der heute neben der Schreibmaschine liegt, ist etwa zwei Zentimeter lang und bis zu eineinhalb Zentimeter breit. Er ist dunkelbraun und hat Borten und Flecken in hellem Rot. Da ein Stein weder eine Ober- noch eine Unterseite hat, kann ich nur sagen, daß er eine für den Daumen geeignete Reibfläche besitzt, was die Ursache dafür ist, daß ich ihn vom Strand mitgenommen habe.

Dennoch ist es Láras Stein.

All die Steine, die hier in den Fensternischen liegen, auf den Tischen und auf der Kommode, diese Steine, die jeden Tag Gegenstand der Meditation sind, sind von Lára, deiner Mutter. Seit der Fretla sie geholt hat, habe ich Steine gesucht, so wie ich Lára gesucht habe bei den wenigen Anlässen, bei denen sie mir von ihrer Zeit schenkte. Den schönsten Stein, den glattesten, den überraschendsten, den Stein der Steine, den Stein, der unabhängig von seiner Klasse die vornehmsten Eigenschaften besitzt. In welcher Hinsicht? Steine sind schließlich demokratisch. Es gibt keine Klassen, nichts, was über- oder unterlegen ist, denn ihre Eigenschaften erstrecken sich nie über die eigentliche Stein-heit hinaus. Das sehe ich ein. Dennoch mache ich weiter, wenn ich die Kraft dazu habe, dort hin und her zu gehen, hin und her. Ich berühre das Wasser, und es geht nicht kaputt. Es formt sich um. Es sieht mich von allen Seiten an, interessiert sich aber nicht für mich. Nichts zerbricht sich den Kopf. Wasser und Steine begegnen sich. Etwas, was wir Zeit nennen, läuft am Rückgrat entlang, aber nichts kümmert sich.

Und ich bin ein Körper, der unter Steinen unterschiedlicher Farbe, Größe und Form umhergeht und sich auf das Betrachten konzentriert.

Und etwas, was wir *Ich* nennen, existiert nicht.

Ich findet nicht statt.

Es ist »zur Zeit« außer Funktion.

Und es ist – *erfrischend.* Für den Körper befreiend, eine solche Wanderung zu den trägen oder zornigen Lauten der Wellen. Und Lára geht an meiner Seite. Sie sagt: »Schreib jetzt endlich an Pétur und erzähl, was du über mich weißt. Das bißchen, das du weißt«, fügt sie spöttisch hinzu. Sie geht barfuß und rückwärts vor mir her. Und ohne zu fallen. Das dunkle Haar wird vor ihrem Gesicht zu einer Gardine verweht.

Das bißchen, das man weiß, Pétur. Das viele, das man glaubt.

Du wurdest in Schnee gezeugt, auf ihrem Bett aus Seehundfell, unter den seismologischen Instrumenten auf dem Hang des Fretla. Es herrschte strahlender Sonnenschein über dem Krater, und der Fretla war nicht still, und Lára legte mir ihren schiefen Finger auf die Lippen und bat mich, dem Grollen aus dem Erdinnern zu lauschen. Lára lauschte immer, doch nach innen, nach unten. Mitten in einem Adagio von Haydn konnte es passieren, daß sie das Cello abstellte und das Zimmer verließ, weil sie das Erzittern der Erde gespürt hatte. Sie erhob sich nicht in Furcht, sondern weil die Erde sie brauchte. Sie war die Seherin, der geerdete Kontakt zu uns: Alles Beben von unten ging durch sie hindurch. »Fretla atmet ruhig. Fretla ist unruhig. Fretla ruht. Fretla wird bald blühen.« Als spräche sie von einem Kind. Etwas sehr Zerbrechlichem.

Sie stand auf Fretlas gewölbtem Bauch wie auf einer letzten Haltestelle der Erde vor dem Weltraum, als erwartete sie jemanden von da draußen, etwas. Mit weniger konnte sie sich nicht zufriedengeben. Und du warst bei ihr. Du wuchsest in ihr heran, saßest in ihrem fast durchsichtigen Bauch und blicktest über die Weiten. Du solltest lernen, sagte sie, dem Harsch zu lauschen, dem Eis, leichtem, frischgefallenem

Schnee, den Sternen, der Stille der weißen Farbe. Das war meine glücklichste Zeit.

Ich muß langsam schreiben, um »unterwegs nichts zu verlieren«: Mit ihr vergaß ich niemals, daß ich mich auf der Erde befand und die Erde draußen im Weltraum lag, ziemlich weit draußen im All. Ich muß noch langsamer schreiben: Das war meine unglücklichste Zeit.

Wie es mit den Hochlandindianern in den Anden geschieht, wenn sie genötigt sind, sich zur Küste hinunterzubegeben, um Geld zu verdienen: Mit jedem Schritt in die Tiefe werden sie immer schwerer, die Luft wird dichter, die Blutgefäße reagieren mit Funktionsstörungen, den Menschen fällt das Atmen schwer, und viele überleben den Höhenunterschied nicht. Lára litt hier schwer, hier bei uns, seit sie sich daran gewöhnt hatte, auf dem Gletscher zu leben, unter ihren seismologischen Instrumenten. Musizieren konnte sie, das half ihr vorübergehend, und sie besaß einen wunderbaren Ton, doch die Schwere in ihrer Brust wurde unerträglich, und so flüchtete sie mit dir zu ihren Lagerplätzen auf den Hängen des Fretla. Ich konnte ihr nicht folgen, obwohl wir uns dort zum ersten Mal begegnet waren. Sie sollte interviewt werden. Seismologie fürs Volk, und Lára war ihre Prophetin, also der Seismologie. Menschen – und damit schließe ich auch mich ein – bestimmte sie ausschließlich nach geologischen Maßstäben. Wir waren für sie Parasiten auf der Haut der Erde, wie sie es in dem Interview ausdrückte, das sie widerstrebend gab, als ich aufgetaucht war. Nein, nein. (Man muß wahrlich langsam schreiben, um unterwegs nichts zu verlieren.) Als sie mich aufgetaut hatte.

Schwer, Pétur, dies zu schreiben. Seit zwei Stunden starre ich den vorhergehenden Satz an oder vielmehr die Leere danach. Ich habe mich im Sumpf des Wie-war-das-eigentlich verlaufen. Muß mich selbst an den Haaren ziehen, um wieder an die Oberfläche zu kommen. So kann ich es vielleicht schaffen:

DER MANN AUF DER HOCHEBENE

1. Kapitel
In dem unser Held dem Wüten der Elemente ausgesetzt wird

Der Schneesturm hatte drei Stunden lang gewütet. Der Mann konnte nicht mal eine Handbreit vor sich sehen. Nach dem letzten Sturz an dem steilen Berghang schmerzte jeder Schritt. Niemand hatte ihn vor diesem Wetterumschwung gewarnt, als er acht Stunden zuvor das Funkhaus verlassen hatte, obwohl er dort noch die Meteorologen aufgesucht hatte. Nachdem er den Landrover unten am südöstlichen Ausläufer des Gletschers geparkt hatte, hatte er immer noch nicht das mindeste Anzeichen eines nahenden Unwetters erkennen können. Im Gegenteil, die Sonne hatte von einem klaren Himmel gestrahlt, die Büschel mit Feldthymian leuchteten violett, und der fünf Kilometer lange Spaziergang zu dem wartenden Interview-Opfer versprach ein leichter Marsch zu werden. Der Mann zog die Pelzmütze tiefer in die Stirn. Das verheißt nichts Gutes, sagte er sich grimmig. Er betastete mit der Hand den Schenkel: Das Blut war durch das Hosenbein gedrungen und zu Eis gefroren. Er keuchte. Wenn er sich trotz allem des Tonbandgeräts und der Cognacflasche entledigen könnte? Er verscheuchte den Gedanken sofort. Doch er tat es so nachdrücklich, daß er den Boden unter den Füßen verlor. Da war kein Halt mehr. Er fiel und fiel ...

2. Kapitel
Die Eitelkeit einer Frau

Zur gleichen Zeit, einige hundert Meter höher auf dem Hang des Gletschers, saß eine dunkelhaarige Frau in einem Iglu aus viereckigen Schneeblöcken, die so dick waren, daß das Heulen des Sturms sie kaum durchdrang. Sie saß auf einem Seehundfell und las im Schein einer Gaslaterne in der

Nikomachischen Ethik des Aristoteles. Sie genoß es zu lesen: »Von den natürlichen Körpern haben manche ein Leben, andere nicht: Unter ›Leben‹ verstehen wir die Fähigkeit, sich selbst zu ernähren, zu wachsen und von allein zu sterben ...« Sie senkte das Buch auf den Schoß und ließ sich die Worte auf der Zunge zergehen. »Es war eine schlaue Idee von mir, als Interviewhonorar eine Flasche Cognac zu verlangen«, dachte sie zufrieden und hielt sich einen Handspiegel vors Gesicht: »Ich sehe gar nicht so übel aus«, gestand sie sich lächelnd ein und begann, ihr langes Haar zu kämmen. »Er müßte jetzt hier sein. Natürlich nur, wenn er mit dem Sturm zurechtkommt«, fügte sie hinzu und öffnete das Jak-Fell, das als Tür diente. Trotz ihres scharfen Sehvermögens konnte sie durch die Schneevorhänge nichts erkennen. Doch was war das? Hörte sie da nicht einen schwachen Hilferuf?

3. Kapitel
Eine unerwartete Begegnung

Mit der Beharrlichkeit einer Küchenschabe krabbelte unser Held wieder den Steilhang der Schlucht hinauf. Die Steine waren scharfkantig, und er krümmte die Hände um sie, doch manchmal lösten sie sich, worauf er erneut in den Abgrund hinunterglitt. Die Hartnäckigkeit von Küchenschaben ist jedoch groß, und mit Hilfe eines derben Fluchs und seiner vorletzten Kräfte gelang es ihm, sich auf die Kuppe zu hieven, wo er keuchend Luft holte und auf dem Harsch liegenblieb. Seine Hände waren steif gefroren, ebenso die Füße und die Wangen, vom Pimmel ganz zu schweigen. »Das verheißt nichts Gutes«, zischte er, als ein schnappender Biß seine linke Wade traf. Ein Wolf, fuhr es ihm durchs Gehirn, doch dann seufzte er erleichtert auf. Auf Island gibt es keine Wölfe. Im selben Augenblick entdeckte er die rote Laterne, die auf die seismologische Station auf dem Fretla hinwies, und *jetzt* bot er seine allerletzten Kräfte auf: Mit dem Kopf voran schleppte er sich durch das Jak-Fell in den sanft erleuchteten Iglu, und als er dem Blick der schwarzen Augen der Frau begegnete, die immer größer und größer zu werden schienen, setzte er seinen Weg fort, direkt in die Augen hinein. Mit Tonbandgerät, Rucksack und Stiefeln, mit allem, was er auf Erden besaß, kroch er über die Schwelle ihrer Augen, und als er die andere Seite erreicht hatte, fand er keinen Fußboden und fiel und fiel …

4. Kapitel
Die Bedeutung der Philosophie für das Leben

Die Frau in dem Iglu hatte soeben begonnen, sich in einen Essay über Merleau-Pontys »Phénoménologie de la perception« zu vertiefen, und entdeckt, daß Merleau-Ponty Heidegger folgt, wenn er die Existenz des Menschen als Transzendenz bezeichnet, was ja bedeutet, daß der Mensch auf fundamentale Weise für eine Welt *offen* ist. Für Merleau-Ponty ist die Wahrnehmung weder ein passives Empfangen von Eindrücken noch eine theoretische Anschauung. Für ihn findet die Welt in der sinnlichen Erfahrung statt. Die Frau fuhr sich mit der Hand durchs Haar und dachte, als sie den Mann in sich spürte, daß sie den Franzosen wohl ein wenig zu buchstäblich gelesen hatte. Doch jetzt war es zu spät. Der eisige Mann kroch hilflos in ihr herum und mit ihm wohl auch die wärmende Cognacflasche. Sie lauschte den fernen Lauten des Sturms und erinnerte sich mit einem Erschauern an ihre kurze Ehe mit Thorsteinn, einem Diplomaten *in spe*.

Diese Tage im Tiefland. Die Umarmungen der engen Zimmer, der schwere Atem dort unten. Die Straßen, die Abgase, die Häßlichkeit. Sie hatte sich an den Wänden wund gescheuert. Und dieser Geschmack von Klebstoff auf der Zunge von all den Streifen, mit denen sie versucht hatte, die zugigen Fenster abzudichten.

Nie mehr, dachte sie, als sie widerwillig das Wesen aus

ihrem Inneren hochhievte. Er war ja immerhin ein Steifgefrorener, und die Steifgefrorenen waren ein ungefährliches Geschlecht. Sie öffnete ihre Kleider und frottierte ihn an den Wärmequellen ihres Körpers, und als menschliche Züge aus der Anonymität der gelungenen Tiefkühlung emporstiegen, erkannte sie ihren früheren Verwandten Halldór wieder und seufzte tief und erleichtert: »Ach so, sie haben dich geschickt.« »Ja«, erwiderte der soeben vom Tod Auferweckte: »Du hast einen Mann erwartet und mich gefunden. Jetzt bist du enttäuscht.« »Nicht, wenn du den versprochenen Cognac mitgebracht hast«, entgegnete die Frau mit einem amüsierten Lächeln.

5. Kapitel
Reflexionen in einem Iglu

Als der soeben aufgetaute Mann, ohne anzuklopfen, in ihr Leben hineinfiel, wußte er schon, daß sie vor kurzem stolpernd aus einer Ehe mit seinem Vetter geflüchtet war. Die Szenarien für die Vereinigung von Körperteil mit Körperteil, mit denen Männer ihre Einsamkeit gewöhnlich erwärmen, hatte er sich daher vorsorglich verboten. Es war ein Verbot, das er da draußen im Schnee nahezu befolgte. Man sollte vermeiden, hatte er sich eingeredet, zwischen den zerstörten Möbeln alter Ehen herumzulaufen: Da gibt es zu vieles aufzuräumen, zu viele harte Kanten, an denen man sich stoßen kann, *auch wenn* die Reisen, die man unter den Händen des anderen unternehmen kann, selten ganz ohne Wert sind. Also der falsche Zeitpunkt für eine volle Inbesitznahme einer einsamen Dame in einem hoch gelegenen Iglu. Doch waren Gedanken dieser Art vergebliche Liebesmühe, da die Frau unter dem Einfluß sowohl Merleau-Pontys als auch eines Drei-Sterne-Cognacs in voller empathischer Tätigkeit ...

Nein, Pétur. Hinunter von der Bühne mit dem Mann draußen auf der Hochebene! In einer der drei Nächte, in denen ich in ihre Umarmung geweht worden war, wurdest du gezeugt. Ein eigentümliches Wesen, oft so abwesend in diesen Lichtungen von Danach, als ich uns durch die beiderseitige Nähe befriedigt glaubte. Wie oft sah ich mich nicht gezwungen zu fragen: »Woran denkst du?«, und wie oft antwortete sie: »Nichts Besonderes.« Voller Angst um die Gegenwart und aus Angst vor ihrer Vergangenheit fragte ich, ob sie an Thorsteinn denke. Es kam vor, daß sie nickte. Und ich Idiot murmelte dann: »Du hast aber gesagt, du haßt ihn.« Darauf erwiderte sie: »Eigentlich ja. Doch auch das, was man haßt, dringt ja ein.« Und sie fügte hinzu: »Aber draußen in dem Sichtbaren war er eine Zeitlang eine gute Grenze, hinter der man geschützt war.« Schweigen, Schneesturm, plötzlich lange Sentenzen: »Man kann jahrelang miteinander leben, um eines Tages plötzlich zu entdecken, daß nicht *wir* es sind, sondern eine zufällig ausgewählte Anhäufung von Eigenschaften, die sich zusammengetan haben, nur weil der Weg, auf dem man sich begegnete, schmal war und von steilen Abgründen umgeben. Man glaubt zu lieben, wenn man liebt . . .«

Meine ganze Persönlichkeit hing an einer einzigen Reißzwecke. Ich fühlte mich jämmerlich und elend, wollte flüchten, und wer will nicht flüchten, wenn man einen eben noch geliebten Menschen mit müdem Tonfall sagen hört: »Ihr Menschen interessiert mich nicht . . .«

Worte, die ich aufs Papier wuchten muß. Jeder Buchstabe, jedes Komma schwerer als eingestürzte Materie. Ja, sie sind eingestürzte Materie. Die Zeit: eingestürzt. Das rollende Echo aus Schweigen nach ihren vor mehr als zwanzig Jahren geäußerten Worten ist seit gestern – oder war es vorgestern – durch mich hindurchgerollt. Weil ich endlich wagte, sie zu formulieren, sie auf die Weiße des Papiers zwang? Gibt es einen zweiten Strand der Sprache, an dem Worte leichte Engel sind, die man anblasen kann, so daß sie herumwirbeln,

Form und Farbe ändern, nein, nicht hier zwischen Infarkt und Tod. Seit langem habe ich dir Einen Langen Brief versprochen. Ich stake mich Wort für Wort weiter und bitte darum, daß du mir noch etwas Zeit leihst.

Lára kam und verschwand; ich konnte nie Anspruch auf sie erheben. Wer *kann* das überhaupt? Du und ich, wir beide durften nie zusammen spielen. Es hätte so klingen können wie damals, als Mozart und Papa Haydn einmal – Ohrenzeugen zufolge – musizierten: »Akzeptabel, aber keineswegs außerordentlich.« Es war außerordentlich, die paar Male mit Lára zu spielen, als sie uns die Gnade gewährte, doch keineswegs akzeptabel: Sie fand sich damit ab, sich zu setzen, die gleiche Partitur aufzuschlagen wie wir anderen, und während eines einleitenden Satzes und einiger weiterer Takte in einem zweiten gehörten wir zusammen. Doch dann hörte das Ensemblespiel auf. Fremde Töne schlichen sich in ihr Instrument ein. Es kommt vor, daß man sich seiner Worte schämt, und ich weiß noch, wie grob es sich anhörte, als ich sagte: »Du spielst falsch, Lára.« Volksschullehrer-Klugscheißerei. Wir anderen legten unsere Werkzeuge hin. Lára blickte nicht einmal hoch. Sie hörte *ab*. Ihre Finger hantierten mit Bogen und Saiten, als ob . . . Bündel aus Tönen, dunkel, schütter, dicht. Die Nachtmusik der seismischen Lára. Wie Bartók besaß sie ein unglaublich verfeinertes Gehör. Der langsame Satz seines fünften Streichquartetts, hör zu. So konnte sich Láras Suchen anhören.

Sie war natürlich verrückt. Doch damit ist nichts gesagt. Es gibt viele, die ihre eigenen Karten herstellen, nach denen sie sich orientieren. Lára hatte ihre als Taufgeschenk von der Unterwelt erhalten. Thorsteinn verstand sie genausowenig, wie er *irgendein* anderes Lebewesen verstanden hatte; er gehört leider zu den von jeder Empathie Befreiten: Genau dort, wo die Phantasie der Einfühlung hätte ihren Anfang nehmen können, befindet sich eine unsichtbare Glaswand, hinter der er sein majestätisches Ein-Mann-Theater aufführt. Ich fürchte solche Menschen meist. Sie entwickeln in der Regel einen entsetzlichen Fundamentalismus. Doch in Thorsteinns Fall handelt es sich wohl eher um eine sentimentale Dummheit, die man ihm nicht zur Last legen kann.

Ich selbst bin jedoch noch dümmer: Das Interview, das Lára nach dem Auftauen gab, erwies sich in den Ohren von Vulkanologen und Seismologen als reinster Schneematsch, was der Chef des Senders schon geahnt hatte, da er es ohne Rücksprache mit mir in die Serie »Isländische Lebensanschauungen« verlegte, in der unsere gängigsten Knallköpfe unter den Astrologen, Theosophen und Asen-Gläubigen im freien Fall auf den unbarmherzigen Fußboden der Lächerlichkeit ihre Visionen entwickeln durften. Das war grausam. Es war grausam vom Rundfunkchef, mich zu ihr zu schicken, den in naturwissenschaftlichen Fragen Unwissenden. Ich fand ihre Sprache schön und deutete die Beschreibungen des Wegs der Fundamentalschwingungen durch ihren Körper, die magischen Riten beim Abhören der in Fretlas Bauch gebohrten Geophone als Poesie. Und ich bleibe dabei: Die Sendung über die Seherin auf dem Fretla wurde stark. Es war Raum um ihre Worte, und es lag Zärtlichkeit in ihrem Gefühl für die Erde als einen lebenden Organismus auf einsamer Fahrt durchs Weltall. Doch was half das gegen die Profis? Durch Eis dringe kein Laut aus der Unterwelt, schrieben sie. Eis sei als Resonanzkörper etwa so geeignet wie Aspik. Wenn man aus einer Feuerwaffe auf Eis schieße, passiere fast nichts: Die Kugel werde schnell gebremst, weil Eis elastisch sei. »Diese selbsternannte Kollegin macht einen Witz aus unserer Wissenschaft. Wir sind Physiker. Wir halten uns in Labors auf und stellen unsere Berechnungen mit Hilfe von Computern an. Falls nicht die Geophone, welche die Signale senden, plötzlich den Dienst versagen, brauchen wir nicht auf Gletschern und Vulkankratern herumzurennen.«

Erdstöße, Erdrutsche und donnerndes Krachen; vielleicht registrierte sie die Laute aus ihrem eigenen Innern. Vielleicht war Fretla nur eine Ausrede. Es war immer deutlicher zu spüren, je mehr die Zeit verging, daß sie es eilig hatte und *vor* etwas ankommen mußte, was schon – und das mit zunehmender Geschwindigkeit – seinen Anfang genommen hatte. Ich sah es deutlich, als sie las, denn sie las oft. Sie nutzte mich aus, bestellte Bücher in den Bibliotheken. Ich trug sie auf den Berg hinauf und wieder hinunter. Plotinos, Spinoza, Pascal, Schopenhauer. Ich sehe keinen Zusammenhang zwischen ihnen, auch keinen Unterschied, denn ich bin nicht bewandert. Sie muß jedoch einem assoziativen Pfad durch die Welt dieser Bücher gefolgt sein, denn sie sprang von Grasbüschel zu Grasbüschel, wanderte über zerbrechliche Poeme vom Ufer einer Philosophie zu einem anderen, machte einen Satz über tiefe Schluchten, öffnete Geheimtüren, drückte Türcodes und ging weiter. Ich weiß nicht, wohin sie unterwegs war. Sie benetzte die Finger immer schneller, die Augen flogen über die Seiten: *Wo* befand sie sich, als sie dort saß – damals während der Sommermonate auf einem Bett aus Rauschbeeren und Feldthymian, an einem kleinen Gewässer oben am Hang der Fretla? *Was* las sie in den Worten, die sie sah? Was *hörte* sie, als der Kolkrabe rief, als das Wasser perlte, als Steine an den Berghängen zu Tal stürzten?

Beziehungsgelähmt, ja. Aber ich kann mir denken, daß sich ihre innere Welt um so mehr erweiterte, je mehr sie sich nach außen verschloß und je weniger Worte sie *hierher* richtete. Ihre innere Welt wurde schließlich unhandlich groß mit ihren labyrinthischen Gängen aus Wörtern, Begriffen, Gedankenmißgeburten. Es muß ihr unablässig gegen die Schläfenlappen gehämmert haben. Kopfschmerzen ohne Ende.

Du wurdest in einer Schneehöhle gezeugt und im Sommer geboren, an dem Tag, an dem der Fretla in voller Blüte stand und Feuer über die Heide sprühte. Du wurdest an der Stelle geboren, von der ich mir oft gewünscht hatte, du und ich könnten dort schweigend sitzen. Dort ließ ich unser Haus bauen, damit du, wenn du so weit gekommen bist, Kraft von außen zu brauchen, Nähe zu deinem Kraftfleck mit seinem

Bett aus Rauschbeerenreisig hast, auf dem Lára dir das Leben schenkte.

Ich war nicht dabei, als es geschah. Ich erinnere mich aber noch gut an den Tag, an dem Isleifur nach Reykjavik gelaufen kam. Daß er im Gebirge schnell lief, wußte jeder. Schließlich hieß es, er habe in seiner Jugend den Fuchs einholen können. Doch jetzt rannte er nach Reykjavik hinein. Mit dir in den Armen durchbrach er den Zaun der Scheu, hinter dem er sich Jahr um Jahr verschanzt hatte und der wohl auch Láras Verhalten geprägt hatte. Die gesamte Bevölkerung Skáldastígur stand vor ihren Häusern oder hing in den Fenstern, um den Ausbruch zu betrachten. Mit einer Hilflosigkeit, die so groß war, daß man schon tief in sich suchen muß, um etwas Ähnliches zu finden, öffnete er unsere Gartentür. Mit flackerndem Blick fand er mich und streckte mir das in Rauschbeerenreisig und Stoff eingewickelte Bündel entgegen, das du warst:

»Das wollte ich nur ... abgeben ... Es ist von Lára. Sie sagte, Papa, gib es Halldór.«

Untersuchte mich sorgfältig und sagte:

»Du *bist* Halldór?«

Ich nickte:

»Dann ist es richtig.«

»Dann ist es richtig.« Im selben Moment, in dem ich dich in Empfang nahm, erhielt ich mein Mantra, die Worte, die – meinem geliebtem Lexikon zufolge – *ohne Bedeutung* einer meditierenden Person helfen, zur Ruhe zu kommen. »Dann ist es richtig«, diese Worte erhielten in Isleifurs Mund ein solches spezifisches Gewicht, daß sie sofort in meiner Seele versanken. Dort liegen sie noch immer und *klären auf.* Sie bringen mich mitten in meiner Trauer zwar nicht zu einem Lächeln, aber doch zu dem Wissen darum, daß das Lächeln *da ist.* »Dann ist es richtig.« Diese Worte gehen weit über ihre eigene eventuelle Bedeutung hinaus, denn sie haben etwas mit dem exakten Moment der Übergabe zu tun, mit dem blühenden Krater des Fretla hinter der zottigen Gestalt Isleifurs, mit den Blicken der Bewohner des Skáldastígur, mit dem Duft des Rauschbeerenreisigs an deinem Körper sowie mit dir, der du in meinem Sterben das Leben bist.

»Und Lára?« Die gleiche Frage, die du mir unaufhörlich gestellt hast, wurde jetzt an Isleifur gerichtet. Er wußte nur, daß sie sich davongemacht hatte. Wohin? »Fretla wollte es«, erwiderte er. Tagelang suchten nicht nur er und ich. Stück für Stück wurde der Boden des Fretla untersucht. Viele geöffnete Krater, Erdspalten und Schluchten hätten sie aufnehmen können. Aber wurde sie genommen? Oder ließ sie sich nehmen, nachdem sie ihre Pflicht gegenüber der Erde, dir gegenüber, erfüllt zu haben glaubte? Als riefen wir ihren Namen. Von allen Seiten dröhnte es über die Ebene.

Pétur, er ist noch immer da oben, ihr Name. Er läßt sich nicht auslöschen. Du wirst ihn hören können, wenn du allein vor unserem Haus meditierend bei deinem Kraftfleck unter den Sternen sitzt, unter dem Mond. Besonders in der Zeit der kalten Herbstnächte, wenn das Universum ein einziges großes pochendes Herz ist, wenn alles kalt und klar und außerhalb der Sprache ist und die kreisenden Lebensäußerungen keinen Eingang finden, dann fährt ihr Name über die Heide, und dann verstehst du auch, um welche gigantische Sehnsucht es im Leben geht.

Jetzt kann ich nicht mehr.

Wie eine Cumuluswolke stand Schwester Steinunn auf der Schwelle, gerufen von dem Alarmsignal, das ich kurz vor dem Hinfallen hatte auslösen können, ermattet nach der vergeblichen Anstrengung meines langen Briefs, am Ziel anzukommen. Tut uns was weh? wollte sie wissen, und so war es; doch sie sammelte meine Gliedmaßen auf und setzte mich so weit wieder zusammen, daß ich es schaffte, zum Wagen zu kommen. Ans Meer, sagte ich. Kein Krankenhaus; die Art von Pflege hat mit dem Körper schon alles getan, was sie kann. Ans Meer. Das Meer ist gut, das Meer ist A, B und C. Meer, Strand und Gebirge. Mit dem Rücken zu seinen alten, nebensächlichen Freuden dazusitzen ist Pflege genug. Doch als Geburtstagsgeschenk hätte ich gern ein Plaid, aber nein, ich kann Schwester Steinunn bitten, eins zu kaufen. Du hast sicher an so vieles andere zu denken.

Dieses wurde mir heute verboten: Buttermesser aus Wacholderholz zu schnitzen. Mit dem Schnitzen von Buttermessern wollte ich mein Leben beschließen: einer einfachen Beschäftigung mit einem glatten Gefühl in den Händen und dem Duft von Harz in der Küche. In meinem Auftrag hatte einer der Korrespondenten eine Anzahl von Stöcken aus dem Norden mitgebracht. Schwester Steinunn riß mir das Messer aus der Hand: Du hast zu viele blutverdünnende Mittel bekommen. Du würdest gar nicht aufhören zu bluten.

Damit bekamen auch meine Hände etwas ab, so daß sie schwiegen.

Geschäftig tickt der rote Wecker am Kopfende meines Bettes, als wüßte er etwas über Zeit.

Als bildete er sich ein, in einem Gemeinschaftsprogramm sämtlicher Uhren auf dem ganzen Planeten eine Rolle zu spielen.

Ja, als wäre er fähig, Zeit für mich *herzustellen.*

Pathetisch bewegen sich die Sekundenzeiger weiter, doch sie rühren mich nicht während dieser Tage auf der Schwelle zu einem Ereignis. Es sind jetzt viele solche Tage vergangen, Tage, die mich nicht an sich haben binden wollen. Die Tage sind jetzt mit anderem beschäftigt, mit anderen: Mit der Politik auf dem Fernsehschirm (meist ist es Jón Hjalmarsson) oder mit den verliebten Paaren, die sich selbstbewußt und mit dem triumphierenden Glanz des »Wie schön, daß es uns gibt« in den Augen auf den Friedhöfen des Landes bewegen. Das ist richtig, mit ihnen sollen sich die Tage und das Licht beschäftigen. Und ich weiß, Pétur, daß ich im Namen der Gerechtigkeit zugeben muß, daß auch ich ein paar Mal von diesem Glanz der Gnade erreicht worden bin, doch das ist schon lange her. Ich trotte auf und ab, versuche Zeit aufzuwirbeln, doch alles ist tot. Nichts will sich mit mir befassen. Die Worte kommen nicht, die Atmosphäre ist dicht vor Abwesenheit. Die Erinnerungen wollen sich nicht einstellen. Ich vergesse alles, so wie ich die Worte der früher so deutlichen Kirchenlieder vergessen habe. »Frühmorgens, da die Sonn aufgeht / mein Heiland Christus aufersteht. / Vertrieben ist der Sünden Nacht, Licht, Heil und Leben wiederbracht ...« Wie geht es dann weiter? Den ganzen Tag suche ich nach den Worten. Ja, wie *fielen* mir die Worte früher von der Wand in den Kopf, von der Wand, an der sie wie in Gold geritzt gestanden hatten; als hätte es lange auf die Wand geregnet. Es sind Risse entstanden, die Farbe ist abgeblättert und durch die Erinnerungskloaken weggespült worden. »Frühmorgens, da die Sonn aufgeht / mein Heiland Christus aufersteht.« Ich besitze auch kein Gesangbuch, in dem ich nachschlagen könnte. Ich besitze, wie mir plötzlich aufgeht, keinen Heiligen Text.

Überhaupt keine Heiligen Texte. Das läßt mich erschauern.

Ich muß mein Altern aufhalten und an den Platz in jüngeren Jahren zurückkehren, an dem etwas geschah, obwohl ich allerdings nicht mehr weiß, was. Dort würde ich mich gern für immer verstecken. Vielleicht waren es nur ein paar brombeerdunkle Augen oder eine am Straßenrand ausgestreckte Hand. Wie auch immer, da war etwas, an dem ich vorbeikam. Außerdem weißt du ja, daß ich nur phantasiere. Bitter, Pétur. Bitter und unerträglich schmerzhaft. Aber so sieht es nun mal hier oben im Kopf aus, gleich oberhalb meines ausgedörrten Körpers. Nicht gerade eine schöne Landschaft, die man zu betrachten wünscht. Kein Ort, an dem man den Urlaub verbringt. Sich vorzustellen, daß es das ganze Leben braucht, Kind zu werden und zu wagen, wieder die Gedanken eines Kindes zu denken. Große, kopffüßige Gedanken: Was-für-eine-eigentümliche-Geschichte-ist-das-Leben-? Zum Beispiel. Manchmal glaube ich um die Ecke der Zeit einen starken Apfelduft aus dem Weltraum zu spüren. Klug bin ich nicht, aber verzweifelt, und das ist doch immerhin etwas!

Ich glaube, du kannst mich von jetzt an in Klammern setzen.

In den Briefen, die ich nie erhalte, fragst du, ob ich mich vor dem Sterben fürchte. Auf dein brennendes Interesse erwidere ich: »Wir ähneln dem Tod immer mehr.« In einem Fenster nach dem anderen geht das Licht aus, was ja ein Trost ist. Die Erscheinungen der Welt gleiten aus unserer Nähe davon und bilden an unserem Horizont einen Archipel. Wir spüren eine ins Wanken geratende Lust, die fragmentarischen Inseln zu besuchen. Lüge ich? Fürchte ich mich nur davor, daß an diesen Stränden kein Empfangskomitee wartet? Und damit muß es genug sein. Ich will dich nicht ermüden, denn mir steht jetzt ein Fiasko bevor, wie es für Todesnähe typisch ist: Ich muß die Blase entleeren und einsehen, daß ich nicht mehr recht beurteilen kann, wann sie wirklich leer ist.

Alle diese Sprachen, die nur von einem einzigen Menschen gesprochen werden!

Deine Sprache, meine Sprache?

Ich tue immer so, als wäre die myonische Sprache am 6. Juli 1956 gegen achtzehn Uhr ausgestorben. Lange Schatten auf den Berghängen, das Perlen der Glocken einer Schafherde, die zum Dorf hinunterwandert, in dem alle Fenster offenstehen, in dem alle mit weit offenen Mündern einem Todeskampf oben auf der Heide lauschen. Denn er war dank der Lage des Hauses selbst tief unten in den Tälern zu hören. Seine Worte fuhren wie Windstöße über den See, kräuselten das Laub der Birken, und dann waren sie nicht mehr. Kurz vor Beginn der Vesper hörte man die allerletzten Worte dieser Sprache: »Leechin mrylodik.« Danach Stille.

Er hieß Vittoe Tyamin. Etwas muß ein solcher Mann schließlich heißen. Sein ganzes Leben hatte er zusammen mit seiner Mutter oben auf dem Berg verbracht. Kein anderer konnte ihn verstehen, da seine Mutter und er die letzten Myonen auf Erden waren. Eifrig und schnell hatten sie gesprochen – zumindest hörte es sich für uns Außenstehende (falls ich mich überhaupt zu einem doch so Nahestehenden machen darf) so an – und vor allem laut. Dabei machte die Lage des Berghäuschens schon ihr asthmatisches Atmen zu einer Qual für die Umgebung.

Jedoch: Die Mutter starb. Jetzt war in der ganzen Welt nur noch er da, der an diesen fünfzig- bis neunzigtausend Wörtern trug, von denen mindestens rund hundert den übrigen, lebenden Sprachen an Kategoriefehlern, metaphysischen Fallen und philologischen Sackgassen hätten vorbeihelfen können. Oder rund zehn. Oder ein einziges. Doch dieser Kontinent aus Worten war unrettbar in unermeßliche Tiefen gesunken. Was ist eine Sprache, die nur ein einziger Mensch versteht?

(Ich kann unter dem Siegel der Verschwiegenheit berichten, daß man – und was *das* bedeutet, entzieht sich meiner Beurteilung – Taucher hinunterschickte, um den Versuch zu machen, das Gold zu bergen, aber das einzige, was man zumindest bis jetzt gefunden zu haben glaubt, sind alltägliche Wörter wie »sowohl als auch«, »wunde Füße«, »weil« – obwohl die Deutung der Worte noch unsicher zu sein scheint.)

Andererseits: Was ist eine Sprache, die nur ein einziger Mensch *sprechen* kann, ohne sie zu verstehen. So ist es mit mir: Ich beherrsche sicher zehntausend Wörter auf myonisch, verstehe aber kein einziges. Ich war ja damals ein Kind und hörte unwillkürlich mit, obwohl man mir sagte, es sei eine häßliche Angewohnheit. (Habe oft über diesen Satz nachgegrübelt: »Es ist häßlich zu lauschen.« Habe viel gegrübelt. Eine Menge nachgedacht.) Möglicherweise habe ich landwirtschaftlichen Berechnungen gelauscht, theologischen Spitzfindigkeiten – vielleicht hatte jemand das Gottesrätsel gelöst – oder einem Rezept für Rauschbeerenkonfitüre. »Bredmenck, iory kappesam dervit.« Lange Litaneien dieser Art: »Lavi eberzin alomatti wrkat.« »Iperke mans telvor riedjek.« Ich habe eine Form, aber keinen Inhalt. Immer öfter ertappe ich mich dabei, auf myonisch zu »denken«, doch das ergibt nicht sonderlich viel, wie dir klar sein dürfte. »Babinmick tjis baordonit hagge masferits ablo konvelsh adiori.« So tödlich ermüdend, nicht in eine Sprache hineinzureichen, in der ein Verstehen auf der Lauer liegt. »Kwat iperomen svalvi ehik aboli tavat merski.« Wenn ich wüßte, was ich denke, wenn auch nur für eine schwindelerregend kurze Sekunde, würde ein großes Tor aufgehen, wie ich mir einbilde, und es würde strömen. »Strang kvov belim ta mana frong, iq vever balm oltij. Hagg? Hagg ori.« Hört sich meine Sprache in deinen Ohren so an, Pétur?

In dem Zustand, in dem ich mich befinde, wage ich nicht einmal gute Poesie zu lesen, um die Tage in Gang zu halten. Schlechte, ja, das ja, die perlt an mir ab, aber *gute*: die sticht mir die Kanülen ihrer gelassenen Worte direkt in den Körper und erfüllt ihn mit *hoher* Energie, die anzunehmen ich nicht die Kraft habe, denn dann würde ich zerspringen und in Stücke gehen. Ich weiß, daß ich wie die heilige Theresa »nuevas palabras« suchen und das Leben und die Erde preisen sollte – die einzige Oase im ganzen Gott. Doch wo finden sich diese Wörter, und noch einmal: Wo in mir kann ich die verborgene Ader eines Gebets wiederfinden? Einmal in kindlicher Dunkelheit fand ich sie und konnte die Hände um die seelenlosen Wort-Embryonen ZUSAMMENFÜHREN, die Gebet *werden* wollten. Eine Geste der Übertragung, die Stärke verlieh. Ich fand diese Geste in einem bemerkenswerten Raum, direkt unter Gottes Auge. Wir leben ja ständig unter den Augen anderer: zunächst unter denen der Eltern, dann vielleicht denen Gottes, danach – wiederum im besten Fall – denen der Liebe. Man kann sie ertragen oder kämpft gegen ihre durchdringenden Blicke. Doch gegen das Auge des Arztes – ja, er hat nur eins – ist kein Kraut gewachsen. Man hört auf zu sein, was Aristoteles als »einen natürlichen Körper mit Organen« bezeichnet, was die Seele einschließt. Man wird zu einer Tüte voller Blut, Schleim und Knochen und befindet sich in einem bestimmten Stadium der Verwesung. Er weiß es. Er brummt seine Aussagen, und jenseits von ihnen gibt es keine Gnade. Wie soll ich so reduziert den Mut zum Sterben aufbringen. Ich habe Angst und bin dein Vater, Pétur.

Pétur,

Bei zahlreichen niederen Organismen wie etwa Infusorien ist der Scheintod oder, wie man sich auszudrücken pflegt, das latente Leben, dem Konversationslexikon zufolge, eine normale Erscheinung. Etliche Tierarten können austrocknen, in Form eines trockenen Pulvers beliebig lange aufbewahrt und durch Zugabe von Feuchtigkeit wiederbelebt werden.

Dies dürfte neuerdings auch für mich gelten, doch muß ich mich nach dieser lebenspendenden Feuchtigkeit umsehen, welche die Reibung – wenn ich mich recht erinnere – an gleichgesinnter weiblicher Haut einst hervorrief. Schwester Steinunn frottiert sich nicht an mir. Ich bin nicht mehr würdig, ein Objekt ihrer Lüste zu sein, denn sie unterscheidet zwischen Lust und Fürsorge.

Das Komische am Tod, mein Sohn, ist die Tatsache, daß er zu zahlreichen Traktaten über die Kunst des Sterbens geführt hat, zu einem Überfluß an Aphorismen – für denjenigen, der den Wunsch verspürt, im Sumpf der Aphorismen zu versinken – und etlichen Reisehandbüchern für Die Andere Welt: Ich nenne nur das ägyptische Totenbuch, das tibetanische Totenbuch Bardo Thödol, De Arte Moriendi, das orpheische Handbuch Abstieg zum Hades, Swedenborgs Himmel und Hölle.

Ich erfahre auch folgendes: Als der Yoga-Meister Milarepa sich zum Sterben bereitmachte, wählte er nicht nur eine günstige äußere Umgebung dafür aus, sondern auch einen inneren Zustand geistig-seelischen Gleichgewichts, der mit dem näherrückenden Nirwana im Einklang stand. Mit Gesang hieß er den Tod willkommen. Man muß nehmen, was kommt.

Und welch ein Trost ist es doch, im »Buch über die Kunst des Sterbens« lesen zu dürfen: »Gegen seinen Willen stirbt der, der nicht gelernt hat zu sterben. Lerne sterben, dann wirst du lernen zu leben, denn niemand wird leben lernen können, der nicht erst gelernt hat zu sterben.«

Als Beispiele von Menschen, die diese Kunst erlernt haben, zählt der Romantiker Evans-Wentz, der Herausgeber des Bardo Thödol, wenn wir uns nur mit Kerlen begnügen, deren Namen mit P beginnen, folgende auf: Pindar, Platon, Plutarch, Plotinos und Porphyrios, während er für den modernen Westen nur ein verächtliches Schnauben übrig hat, denn dort ist diese Kunst kaum bekannt, wird nur selten ausgeübt, und überdies hegt man dort einen allgemeinen *Widerwillen* gegen das Sterben.

Damit du, mein Sohn, nicht darüber nachzugrübeln brauchst, was ich mitmache, will ich erneut das Konversationslexikon zitieren: »Tod, der endgültige Stillstand des Lebensprozesses und das Aufhören der äußerlich wahrnehmbaren Lebenserscheinungen. Gewöhnlich betrachtet man als den Moment des Todes denjenigen, in dem die Atmung sistiert. Doch lehrt die tiefere Betrachtung, daß Tod und Leben durch eine so scharfe Grenze voneinander nicht geschieden sind: Die Herzschläge können den letzten Atemzug überdauern, die Muskeln noch lange erregbar für künstliche Reize bleiben, etc. ... Die Erscheinungen, unter denen das Leben erlischt und der Tod eintritt, sind in jedem Falle gemischt aus den Symptomen der Krankheit, die dem Leben ein Ende macht, und den Zeichen der fortschreitenden Lähmung des Nervensystems. Sie sind je nach den Umständen (Todesart, Krankheit etc.) sehr verschieden und durchaus nicht sämtlich jedesmal zu beobachten. Die wichtigsten Sterbeerscheinungen sind der meist allmählich eintretende Stillstand der Atmung und das Aufhören des Herzschlags, weil damit sehr schnell auch die nervösen Zentren für die verschiedenen anderen Funktionen des Körpers außer Tätigkeit gesetzt werden und die Ernährung aller Organe und Gewebe aufhört. ... Bisweilen gehen dem Tod Erregungserscheinungen, Krämpfe etc. vorher. In diesem Falle spricht man von einem *Todeskampf (Agonie)* ...«

Solltest du Lust haben, mein Sohn, bei diesem Todeskampf anwesend zu sein, bitte ich dich, nach Möglichkeit auf die Geräusche zu achten, die einem Sir John Woodroffe zufolge in »Wissenschaft vom Tod« »die psychischen Resultanten des Zerfallsprozesses sind, die man Tod nennt. Sie lenken die Gedanken auf die surrenden, rollenden und knisternden Laute, die man kurz vor dem Augenblick des Todes und bis zu fünfzehn Stunden danach hören kann. Sie wurden 1618 von Gruenwaldi entdeckt und 1862 von einem Dr. Collingues zum Gegenstand einer eigenen Untersuchung gemacht.«

Ja, der Tod mag komisch sein: viel Lärm um nichts. Das Sterben aber, Pétur, nein, das nicht. Es hört ja auch nicht auf, solange man noch das Wort *ich* ausstoßen kann. Du hast mich einmal nachhaltig getröstet, Pétur. Wir standen am Fenster. Du warst drei Jahre alt, und ein Trauerzug kam vorbei, weil auch im Skáldastígur Menschen sterben. Was machen die da? fragtest du und zeigtest auf den Sarg und die schwarzgekleideten, langsam dahinschreitenden Menschen. Da ist jemand gestorben, erwiderte ich. Sie sind auf dem Weg zum Friedhof. Eine Stunde später kam das Gefolge zurück: Ist er jetzt zu Ende gestorben? wolltest du wissen. Ja, erwiderte ich und atmete auf. Selbst heute noch, nach all diesen Jahren, empfinde ich es als befreiend, wiederholen zu können: Jetzt ist er endlich zu Ende gestorben.

Es gibt natürlich beneidenswerte Tode. Schwester Steinunns Mutter war die Gnade vergönnt, einen solchen Tod zu haben. Eines Tages – sie war schon über neunzig – rief sie Steinunn an: Jetzt mußt du nach Hause kommen. Ich werde jetzt sterben. Aber Mama, protestierte Steinunn, so etwas darfst du nicht sagen. Doch die Alte insistierte: Stell dich nicht so an, nimm den Zwölf-Uhr-Bus, dann schaffst du es. Steinunn fuhr, kam nach Hause, und die kleinwüchsige alte Dame sagte: Heute werde ich mal *deine* Tochter sein und im

Schaukelstuhl auf deinem Schoß sitzen. So geschah es. Sie legte ihren ausgedörrten Körper an Steinunns, der noch voller Wärme war, und legte den Kopf an den Busen der Tochter. Dann schlief sie ein, wachte wieder auf, seufzte: Schrecklich, wie lange das dauert.

Schlief ein, erwachte erneut: Wo willst du heute nacht schlafen? Ja, nimm mein Bett. Mich kannst du auf den Tisch da legen. Schlief ein, wachte auf und hob den Kopf. Ihre Augen weiteten sich, und sie riß den Mund auf: Nein, sagte sie verwundert, jetzt begreife ich gar nichts mehr.

So durfte sie sterben. Verblüfft.

Wirst du das je von meinem Tod sagen können?

Heute habe ich einen Holzstuhl zum Meer hinuntergeschleift, um dort zu sitzen und eine Bestätigung dafür zu erhalten, daß es größer ist als ich. Es sieht recht lächerlich aus: ein vorzeitig gealterter Mann auf einem wackligen Stuhl unter dunklen Wolkenfetzen an einem unendlichen Strand. Langer schmaler Hals, leberfleckige Hände auf den Knien. Und dann die im Wind flatternde Sprechblase, die beim Sterben sein einziger Trost ist: »Das Meer ist größer als ich.«

Die Seerose ist tot.

Ich weiß natürlich, daß ihr Tod schon bei der Geburt begann. Ich weiß, daß er beschleunigt wurde, als ich oben beim Waldsee ihrer Schönheit nicht widerstehen konnte und sie vom Stengel riß. Das war unverzeihlich: Man soll keine Blumen *haben.* Blumen sollen sein, selbst wenn der Prozeß von Leben und Tod niemals aufhört, niemals und nirgends.

Doch während dieser Zeit, in der ich sie *hatte,* ruhte in der Kristallschale eine verblüffende Zeitlosigkeit: Unablässig wandte sie mir ihr großes Auge zu, sobald ich mich vom Tisch erhob. Ich nährte wohl die Hoffnung, daß dieser Zustand von Dauer sein möge, jedenfalls solange mein Leben noch andauerte. Ja, vielleicht bildete ich mir sogar ein, daß sie zusammengehörten, ihr Leben und meins, daß sie aufeinander achtgaben und mir eine Dramaturgie schenkten. So war es nicht.

Es begann damit, daß ihr Inneres, der Stempel des gelben Auges, dunkel wurde und erlosch. Zunächst fast unmerklich, dann ging es damit weiter, daß der weiße, alabasterfarbene Schimmer der Blütenblätter durchbrochen wurde und das Wasser sich gelblich verfärbte. Schließlich bekam sie Schlagseite und nahm Wasser. Danach ging alles sehr schnell: Sie ist jetzt zu Boden gesunken, liegt an die Wand der Schale gedrückt, ein bräunlicher, schlammiger Klumpen, den ich bald wegwerfen werde.

VII

Wie es einem in Schuhgeschäften ergeht: Man probiert und probiert, und plötzlich paßt ein Paar *perfekt.* Und nun folgen einige Seiten über das Erwachen der Liebe, die mich bleibend getroffen hat:

Bestieg den 96er, um nach Hause zu fahren. Hing an der Schlaufe, las die Schlagzeilen in *Morgunbladid.* Schuld. Regen und Schuld. Duft von nasser Wolle. Eine Stimme in meinem Ohr:

»Er tu islenskur?«

Man kann sagen: Are you English? Êtes-vous Français? Und man braucht dann nur ein Ja oder Nein zu nicken. Das gilt aber nicht, wenn jemand in der unbekannten Sprache meiner Heimat fragt. Eine solche Frage bekam ich so selten zu hören, daß sie mir aus einem Traum zu kommen schien. Wie leicht das melodische Ornament, das den Satz trug, die Phrasierung. Wie delikat die Veränderung der Tonhöhe zwischen dem U in tu und dem I in islenskur – und der leichte Blaselaut, als spitzte man die Lippen vor einem Löwenzahn im Endstadium. Er tu islenskur?

Und das Privileg zu besitzen, antworten zu dürfen: Ja, ich bin Isländer.

Um sich dann umzusehen.

Um dann seinen Augen nicht zu trauen, obwohl das Ohr schon Bescheid weiß.

Auch wenn ich zu einer Begegnung bereit war. Die Türen meines Auges, meiner Zunge, meines Ohrs, die nie verschlossen sind. Meine Hände, meine Arme. Niemals verschlossen.

Kurze Begegnung. Bleibende Begegnung. Denn schon bei St.-Paul wandte sie sich zum Ausgang:

»Jetzt muß ich aussteigen.«

Paris drehte sich künftig um ihr Verschwinden.

Kastanien, Cafés, Straßenkreuzungen: Alles enthielt ihr Verschwinden. Warum hatte ich sie nicht aufgehalten? Ich hatte doch immerhin den Punkt in meinem Reifeprozeß erreicht, an dem die Säfte aus der Ich-Schale zu entweichen beginnen, und es vergingen Tage und Nächte, in denen ich mich fragte, wie sie es anstellte, mein Sekret nicht an jeder Straßenecke zu spüren. Ich spritze in meiner eitlen Jagd nach ihr das ganze Marais-Viertel voll. Man konnte mich mit hocherhobener Schnauze von der Rue Charlot zur Rue St.-Antoine rennen sehen, von der Rue Vieille du Temple zur Rue de Turenne. Man hätte mein Jaulen meilenweit hören müssen.

Wer war sie? Eine Mondmilchfrau? Ein Konglomerat aus den kühnsten Träumen der in Paris versammelten literarischen Schulen? Die allerreinste Essenz von Frau nach Entfernung aller Schlacke, nach dem Verwelken aller unnötigen Gedankenschößlinge? Als *Sie.* Als dieser Besuch. Eine Berührerin aus einer anderen Zeit? Bretons Nadja? René Chars Liebling in Kleid wie ein blauer Leuchtturm?

Auch wenn meine Fähigkeit, aus reiner Luft Frauen zu materialisieren, der Vaters in nichts nachstand, es half nichts. Doch Paris veränderte sich. Wo eben noch nichts gewesen war, gab es jetzt alles: indische Stoffe aus Rajastan, Kachelofenfriese und Calvados, frischbemalte antike Schränke und Cabanossi, kongolesische Kleeblatt-Muster, Schokoladeneier und Kenzo-Anzüge, rumänische Blusen und syrische Skulpturen, Hundescheiße und Postämter, Bettlerinnen aus Moldawien gab es und einen feinen Sprühregen aus Beamten über allen Dächern. Es gibt Aschenbecher und pensionierte Lokführer. In der Welt wimmelt es von allem, nur von einem nicht. Wie ein Weberschiffchen sause ich in Blumenläden und wieder hinaus, in Cafés, blättere sämtliche Bücher bei Odile durch, Poesie, Philosophie, Theologie. Bist du dort? In elsässischen Essays, in portugiesischen Gedichten, in sanguinischen Liedern, in einem Reim Rimbauds? Meine Augen lassen mir keine Ruhe, die Ohren auch nicht, nicht die Zunge, eine Tarte de rhubarbe, ein Käse aus der Auvergne. Die Welt ist eine einzige Verschwörung. Sie arbeitet mit ihr zusammen. Alles geht von ihr aus. Oder ist sie eine Geisel der Welt, ausgeschickt, damit ich deren Tiefe, Höhe und Breite kennenlerne? Oder den Schmerz, damit ich mit ihm Bekanntschaft schließe? Die Sprache, weil ich sie erfinden soll? Die Gefühle, weil ich in ihnen herumgewirbelt und gereinigt werden soll?

Ich wußte, daß sie für mich geschaffen war, daß ich sie zuvor schon gesehen hatte, und wenn nicht sie, dann eine Skizze von ihr, die man versuchsweise ausgesandt hatte und die jetzt hinter den Augenlidern anderer Frauen spöttisch zu Besuch war, bei der da, da läßt sie sich eine Sekunde blicken, in der U-Bahn, in den Restaurants. Ja, ich sah ihre Beine in den Beinen anderer, als sie die Place des Vosges überquerten. Die Welt probierte sie aus, indem sie sie – für einen Augenblick – durch die Augen anderer Frauen hinausblicken ließ ... Ich sah sie in der Handbewegung einer Frau in einem Félix-Potin-Laden, in der Hüfte einer Frau, die Matisse' *Luxe, calme et volupté* betrachtete. Im La Palette an der Rue de Seine war sie in einem Lippenpaar sichtbar. Unerträglich. Die Welt war unerträglich.

Unfähig, stillzusitzen, unfähig, allein zu sein, verbrachte ich den regnerischen Nachmittag damit, verschiedenen Menschen bei ihren Wanderungen zu folgen. Auf diese Weise landete ich schließlich in Nôtre-Dame, denn dorthin wurden viele Menschen wie Eisenspäne gezogen. Die Kathedrale war bis zum letzten Platz gefüllt. Hier hatte vor kurzem eine Messe begonnen. Ich fand einen Platz ganz in der Nähe des Altars, und in dem Augenblick, in dem ich mich setzte, erschien die Garde der Gottesdiener: junge Frauen mit ihren Stimmen, frisch ausgebrütete Theologen mit Kerzen und sehr alte Priester mit schweren Körpern. Der Hohepriester kam und las: Évangile de Jésus Christ selon saint-Jean, I 35–42: Jean Baptiste se trouvait avec deux de ses disciples. Postant son regard sur Jésus qui allait et venait, il dit: »Voici l'Agneau de Dieu.« Les deux disciples entendirent cette parole, et ils suivirent Jésus. Celui-ci se retourna, vit qu'ils le suivaient, et leur dit: »Que cherchez-vous?« Ils lui répondirent: »Rabbi (c'est-à-dire: Maître), où demeures-tu?« Il leur dit: »Venez, et vous verrez.«

Ich wußte es und bekam recht: Um diese Fragen und Antworten herum würde die Predigt ein Haus mit stabilen Wänden bauen, einem warmen Fußboden und einem schönen gewölbten Dach. »Que cherchez-vous?« Der Hohepriester bewegte den Körper nicht einen Millimeter. Er genoß seine klare Diktion: Kein Atemhauch brachte die Worte zum Schwanken. Ein Stoß in das Wort »vous«, so daß es uns wie ein Pfeil direkt in die Herzen fuhr, und die Pause danach war der absolute Gegensatz jedes Lauts. »Que cherchez-vous?« Was sucht ihr? Ich hielt mir den Regenmantel vors Herz. Ich saß hinter einem großen, kompakten Mann verborgen, aber durch die Macht der Wiederholung drang es trotzdem bis zu mir. »Que cherchez-vous?«

Ja, was suchte ich? Ich trieb auf den Wellen meiner Assoziationen dahin.

Fragen schweben immer im Weltraum des Gehirns umher, doch plötzlich wird eine davon von einem Pfeil getroffen, den jemand oder etwas abgeschossen hat. Sie stürzt einem ins Herz hinunter und bleibt dort liegen. Und du siehst dich genötigt, dich über sie zu beugen, siehst, daß sie atmet, daß sie etwas von dir will.

Was hatte ich hier zu suchen?

Ich bin hier, so begannen die Gedanken zu denken, um meine Wünsche nicht zu verleugnen.

Ich bin hier, um DEM WEG DER BEJAHUNG ZU FOLGEN.

Um mich vom Beben erreichen zu lassen.

Ich erhob mich schnell, als ich sah, daß der Priester mit

dem Abendmahlskelch näher kam. Ich stürzte hinaus, befand mich schon auf halbem Weg zum Portal, mußte dann aber doch stehenbleiben, um zu sehen, wie diese schwarze Masse aus Individuen die Oblate in Empfang nahm. Ich wollte die nicht erfolgte Verwandlung sehen, war aber nicht überzeugt. Schließlich werden hier und da Feuer angezündet. Ich lief hinaus und weg über den Platz vor der Kathedrale in Richtung Rue de Seine, zum Fischgeschäft:

»Ein Kilo Loup de mer, bitte.«

Gedränge auf der Straße wie in meinem Kopf, Gedränge unter allen Regenschirmen, ein Blitzen und Funkeln in Regenmänteln. Da werde ich mit schwindelerregender Geschwindigkeit ins Dunkel ihrer großen Augen gesogen:

»Du?«

Sie nimmt direkt vom Tresen eine Faust voll kleiner Fische und schleudert sie mir direkt ins Gesicht. Blut, Eingeweide, Lachen. Sie lacht die ganze Rue de Seine zum Schweigen.

»Endlich, Pétur Halldórson. Endlich sind wir quitt. Können wir uns treffen? Ich fahre morgen nach Afrika, komme aber – wenn Allah es will – in zwei Wochen wieder. Niemand erwartet mich. Ich weiß, wo du wohnst. Wenn du willst?«

»*Ich* erwarte dich.«

Ich sah mich in der Wohnung um. Sie war – um die Bildersprache meiner Heimat zu verwenden – ein Lavafeld. Nichts erhob sich aus dem Aschgrau, außer anderen aschgrauen Formen.

Ich brauchte Rot. Ich brauchte Mengen roter Nuancen, doch ein Kochbuch besaß ich erst, als ich eine halbe Stunde bei Odile im *Village Voice* zugebracht hatte. Drei Meter Essenspornographie schluckte ich.

Fisch- und Fleischgerichte.

Suppen und Desserts.

Ich las Die Besten Süßigkeiten der Welt. Die Besten Pastarezepte der Welt. Ich begann, den Büchern Noten von eins bis fünf zu geben und bemerkte sofort einen bei mir zuvor nicht beobachteten Widerwillen gegen Gerichte, die Tomaten enthalten. Ich sagte zum Heizkörper: Tomaten sollen roh, frisch und am besten frisch gepflückt verzehrt werden, denn es gibt, fuhr ich fort und wandte mich zu dem Stuhl, auf den sie sich schon bald setzen würde – einen speziellen Duft, der wie unsere Astralleiber noch eine Zeitlang hängenbleibt, nachdem man ihn vom Ast des Lebens gepflückt hat –, einen Duft, welcher der Sinn der Tomate ist.

Im Pasta-Buch fanden sich auch einige Rezepte für Crêpes. Aber Crêpes sind mächtig. Diese Mahlzeit mußte leicht sein. Fünf Sterne gab ich *Spaghetti al caviale*, natürlich wegen des russischen Kaviars – und der Sahne. Meine Schwäche für Sahne hatte ich ein halbes Jahr lang unterdrücken können, doch vielleicht kommt im Leben eines jeden *eine* Mahlzeit, bei der man keine Kosten scheuen sollte, selbst wenn Die Andere es nie bemerkt. Die Ausdehnung der Seele, des Körpers! Ich sah vor mir ein *mildes* Gericht, ein Gericht, das durch das Schleusentor der schönen Lippen *glitt* (zu welchen Bildern einen die Liebe doch verleitet), um dann von der Zungenspitze aufgefangen und durch die Innenseite der vollendeten Außen-dito weiterbefördert zu werden.

Andererseits gab es ja Lachs- und Avocadomousse, es gab fritierten Ziegenkäse mit Dressing und Mandelsplittern, kühlende Melone. Ja, die Nachschlagewerke über die tausend besten Vorspeisen machten noch einen Tag erforderlich. Und die ganze Zeit: diese Lippen und diese Gabel – nein, ich erkannte, daß ich mir ein noch leckereres Besteck anschaffen mußte, ein noch schöneres Service und dazu ein Tischtuch von allerfeinster Qualität. Was lernt man nicht alles als verliebter Mensch: beispielsweise etwas über Textilien.

So kam es am dritten Tag meiner neuen Wachheit, daß ich und einige Verkäuferinnen auseinandergefaltete provençalische Baumwolltücher mit indisch inspirierten Lilien zwischen uns hielten. Ich strich mit den Fingern über Seide und Leinen aus Avignon, stellte eine Schüssel aus dem Service

»Opaque dubarradure Minés« auf blaue, auf rosafarbene, auf gelbe Tischtücher. Weingläser aus Skandinavien waren das Ergebnis des vierten Tages. Am fünften entdeckte ich, daß der Stuhl, auf dem sie sitzen sollte, nicht zu ihrem schönen Hohlkreuz paßte und die Tapete hinter ihr nicht zu ihrem dunklen Haar. So lernte ich tapezieren. Als die hellen, leichten Tapeten an der Wand klebten, vermißte ich Kunst. Vermißt man Kunst, braucht man auch Musik. Wie hatte ich noch vor kurzem nur gelebt?

Die Verliebtheit ist offenbar kein Mysterium mehr. Sie soll durch die gleiche Droge ausgelöst werden, wie sie auch in Schokolade enthalten ist. Also Ende der Debatte? Nein. Wenn die Zellen im Körper Deckel haben, war jetzt jeder Deckel geöffnet. Eine neue Luft wurde eingelassen, mein Gewicht reduzierte sich auf die Hälfte, jede meiner Handlungen wurde von einer Motivation getragen, und die Motivation war Sie, Die Andere.

Diese Liebesvorbereitungen.

Und die Wirklichkeit der Liebe: Bei der ersten Begegnung war sie sehr verlegen und erklärte, sie habe ihren Körper zu Hause vergessen. Sie habe so viel anderes zu tragen gehabt. Beim zweiten Mal hatte sie *nur* ihren Körper mitgebracht, wollte ihn mir aber nicht geben, »denn wie soll ich dann nach Hause kommen?« Doch bei der dritten Begegnung war sie komplett, meine November-Geliebte mit einer blauen Linie in der Leiste. So wie sie noch heute ist, Juliette, wenn die Abendlampe brennt, die Brille auf der Nase sitzt und ich in der ewigen Ungewißheit der Liebkosung mit den äußersten Fingerspitzen über die Küstenlinien ihres Körpers streiche. Dann einfach nur daliegen; der stürmische Wind des Atems legt sich, die Nacht kommt.

Lieber Vater!

Heiliger Text oder nicht. Hier ist die Fortsetzung:

> Sie steigt über die Kuppe des Berges
> bestrahlt Stadt und Dorf
> Sie kommt von der lieblichen Küste
> dem Ort des Paradieses
> Sie schenkt den Alten Leben und Lüste
> und erfreut der Kinder Sinn.

Es gibt noch weitere Verse. Frage nach ihnen, dann kommen sie.

Pétur

Wenn man neue Geschäfte ankurbelt, lohnt es sich, schon existierenden Organisationen beizutreten und deren Erfahrungen und Strukturen zu nutzen, jedoch ohne sie für selbstverständlich zu halten. Alle Organisationen sind ebenso wie sogenannte Wirklichkeiten fließend. Nichts ist fest. Man erschafft seine eigene Welt. Aus diesem Grund lud ich mit der Regierung auch den Geschäftsführer der Firma *Sambandid* ein. Während der Zeit, in der ich mich auf Bifröst aufgehalten hatte – »der Schule des erbebenden Weges« oben im Norden –, hatte ich die Krakenarme Sambandids gründlich kennengelernt, ebenso ihre Macht über die Gesellschaft. Sambandid war der Name »unserer größten Genossenschaftsbewegung« – sie besaß Kühlhäuser, eine eigene Reederei, Büros in London und Rotterdam. Reisebüros, Versicherungsunternehmen, Kaffeeröstereien, und so weiter. Wäre es mein Lebensziel gewesen, mich selbständig zu machen, hätte ich die Regierung draußen gehalten, doch ich wollte nicht groß werden: Ich *spielte* ja nur Unternehmer. Ich spielte und genoß es, Riten, Sprechweisen und Mythen des Unternehmenskults zu sehen, genoß zu sehen, wie sie gerannen. Ich genoß es zu sehen, wie die neuen Zähne, mit denen unser Kirchenminister (früher bei der Straßen- und Wasserbauverwaltung tätig) sich zur Wahl stellen wollte, während der Paris-Besuche heranwuchsen. Auf den Reiseabrechnungen wurden als Reisezweck nicht mehr wie früher »kommunikative Veränderungsmöglichkeiten« genannt, sondern »Formen ökumenischer Zusammenarbeit in den Kirchen der Zukunft«. Alles war ein Spiel, bis ich im Büro eines Tages ein Papier mit dem Stempel *»Refoulé«* zurückerhielt.

»Refoulé« bedeutet, daß die Ladung in Frankreich nicht willkommen ist, sondern an ihren Herkunftsort zurücktransportiert werden muß. Mich überkam rasende Wut auf den kleinen Beamten, der den Stempel gehalten hatte.

»Warum, Monsieur?«

»Meine Beurteilung ist nun mal so. Die Papiere sind unvollständig.«

»Das sind sie ganz und gar nicht.«

»Sie sind geändert worden«, korrigierte er sich.

»Ich verstehe nicht.«

»Hier«, sagte er und legte den Finger auf eine mit Tipp-Ex verwischte Stelle im Text. »Hier ist etwas geändert worden.«

»Unser Mädchen auf Island hat sich wohl zufällig *verschrieben*. Die französische Sprache ist nicht immer leicht zu buchstabieren.«

»Sämtliche Papiere müssen korrekt sein. Ich habe meine Anweisungen.«

»Und wer hat diese Anweisung unterschrieben?«

»Jemand da oben.« Er zeigte mit dem Finger an die Decke und machte ein erleichtertes Gesicht.

»Verschreiben Sie sich nie, Monsieur?«

»Das ist eine in diesem Zusammenhang völlig irrelevante Frage.«

»Darf ich wenigstens erfahren, *wer* ...?«

»Ich kann die Unterschrift nicht lesen.« Jetzt lächelte er verschwörerisch. »Sie wissen doch, wie die hohen Tiere ihre Namen schreiben.«

Natürlich schickten wir diese Tonnen von Grenadierfisch nicht zurück. Das große Frachtschiff, das am Quai lag und daran scheuerte, mußte außerhalb des Hafens eine Runde drehen, und in der folgenden Nacht, als die Beamten ausgetauscht worden waren, ließ ich es erneut anlegen. Inzwischen hatte ich neue, frische Papiere besorgt, und diesmal schien alles gutzugehen. An der französischen Grenze wurden die Kühllaster jedoch von einer Schar Fischer aus der Bretagne gestürmt. Sie brachen die Plomben auf, wuchteten die Fischkisten hinaus und kippten den Fisch auf den Asphalt. Die herbeigerufene Polizei stand daneben und sah mit der Gauloise im Mundwinkel zu.

Da war jemand, der Island nicht liebte.

Ich begab mich in der Verwaltung auf die Jagd. Ich verlangte, die Anweisungen zu sehen, denen zufolge unser Import vernichtet werden sollte, erlebte jedoch einen äußerst unfreundlichen Empfang, sobald ich mich als Isländer zu erkennen gab. Wahrscheinlich war ich kaum als Charme-Bolzen zu bezeichnen, als ich durch die Korridore stürmte und überall die Türen aufriß. Andererseits liebt ja auch kein Mensch die Franzosen, diese Wichtigtuer mit ihren schmalen Schultern.

Mir wurde bald klar, daß es eine große Frage war, dieser Fischimport aus dem Norden: Selbst wenn man in Regierungskreisen einsah, daß die eigenen Ressourcen zu gering waren, wagte man es nicht, sich der Wut der einheimischen Bevölkerung auszusetzen, vor allem der Fischer aus der Bretagne. In Paris war man der Traktoren, der rollenden Weinfässer und der Pflastersteine überdrüssig. Ebenso war man sich – zumindest an manchen Stellen – darüber klar, daß die Konflikte in vielen Fällen auf einen Gegensatz zwischen Stadt und Land zurückgingen, oder, noch deutlicher: zwischen der hochgebildeten Pariser Politiker-Kaste und einer immer mehr in Bedrängnis geratenden Unterschicht. Aber wie schon so oft zuvor – es war leichter, die Wut einiger kleiner Länder gegen sich zu haben als die des eigenen Volkes.

Als ich unseren Kirchenminister ermahnte, nach einem seiner ökumenischen Zahnarztbesuche eine scharfe Note nach Hause mitzunehmen, die ich verfaßt hatte, damit sie auf dem Umweg über unseren verantwortlichen Minister nach Paris zurückgeschickt werden konnte, wehrte er ab und sagte mit der weicheren Stimme, die er sich beim Ressortwechsel zugelegt hatte:

»Wir müssen vorsichtig sein. Immerhin sind wir ...«

»... ein kleines Land«, ergänzte ich. Mich ergriff eine ganz neue Welt, die mich regredieren und wieder zwölf Jahre alt werden ließ. Doch da der Kirchenminister kein Neuling in der Politik war, hörte er nicht zu:

»... ein kleines Land. Wir sind ja nicht mal auf ihren Wetterkarten zu finden.«

»Nur weil man dich degradiert und in ein für die weichen Fragen zuständiges Ministerium versetzt hat, brauchst du doch nicht deinen ganzen Masochismus auszubreiten. Im übrigen nutze ich dich nur als Kurier und bin überdies nicht der Meinung, daß es dir zukommt, mein Handeln zu beurteilen.«

»Ich wage schon zu behaupten, daß ich im Namen der Regierung spreche. Außerdem sind wir diejenigen, welche die Verantwortung tragen.«

»Verantwortung. Was für ein eigentümliches Wort«, entgegnete ich. »Wie abstrakt es geworden ist. Die Verantwortung eines Politikers ist ja zumindest anfänglich eine freiwillige Verpflichtung. Ohne zwingenden Grund nehmen also bestimmte Menschen eine Verantwortung für ›die öffentliche Sache‹ auf sich. Nicht weniger eigentümlich ist es, daß wir, die sogenannten Untertanen, den Mut aufbringen, unser Leben in die Hände der Politiker zu legen. Daß wir eine Gabe besitzen – oder was sonst immer es sei –, die man Vertrauen nennt, und jetzt spreche ich nicht von Diktatoren, sondern von dem mediokren Lokalpolitiker, der *gegen* unseren Willen eine Brücke, eine Straße, einen Flugplatz bauen will. Wir haben euch eine Vollmacht erteilt, können euch aber nicht zur Verantwortung ziehen.«

»Jetzt hör mal zu, junger Mann«, sagte der Kirchenminister. »Ich finde, du solltest nicht so große Worte in den Mund nehmen. In nicht allzu ferner Zukunft dürftest du selbst auf einem dieser Stühle sitzen.«

»Wie bitte?« sagte ich.

»Tu bloß nicht so: Du weißt sehr wohl, daß wir in der Regierung ein Auge auf dich geworfen haben. Du hast eine ungewöhnliche Begabung, viel Energie und eine breite Bildung.«

»Sei still«, sagte ich.

Vater schrieb:

»Glücklich über Deinen erschöpfenden Brief. Ich habe lange gebraucht, um mich daran zu erinnern, wovon er handelte. Jedoch: Alles Gerede von Sonne ist immerhin lebenspendend. *Das* habe ich mal gedacht, das weiß ich noch. Denn es entgleitet einem, Pétur, alles entgleitet einem, wird fern, und das geht in schwindelerregendem Tempo. Die Bücher in meinen Regalen – es sind allzu viele, die ich schon lange nach und nach hatte wegwerfen wollen, damit Dir erspart bleibt, Dich um dieses Wortgerümpel zu kümmern. Ich hebe die Hand zum Regal, um eins herauszunehmen und zu begraben, von dem ich weiß, daß ich es nie mehr aufschlagen werde. (Wie ist das übrigens, haben Bücher Grabsteine, wie der Philosoph Lichtenberg geschrieben hat?) Doch dann zögere ich. Ich weiß noch, wie gerade dieses Buch einmal gerochen hat,wie es ein Fenster war, das sich zu einer unbekannten Landschaft hin öffnete, wie ich die Worte trank, voller Eifer auf sie zeigte und jemandem vermitteln wollte, nein *mußte: Sieh doch, sieh doch*, da steht ja alles. Deshalb schiebe ich es wieder hinein, worauf es mir den Rücken zuwendet. Ich sehe sein Gesicht nicht mehr, es stirbt. Wie alles andere. Pétur, der Tod fächelt mir die linke Wange – warum gerade die linke? –, und das jeden Abend, wenn ich zu Bett gehe, und jeden Morgen, wenn ich zu meinem Erstaunen aufwache.

Ich gehe mit unsicheren Schritten. Es ist schon eine Qual, auch nur über die Straße zu gehen, um die Päckchen mit Haferbrei zu kaufen, die jetzt meine Hauptnahrung sind. Wie ich schon früher gesagt habe: Ein Vater sollte nicht mehr leben, wenn er seine paar Geschichten zum fünften Mal wiederholt hat. Du hattest vielleicht auch beim sechsten oder gar siebten Mal noch Geduld mit mir, aber ich habe sehr wohl Deine Blicke gesehen, wie sie flackerten, auswichen, um dann wie eine Messerklinge mein Bewußtsein zu durchschneiden: Es ist grausam, sich in solchen Augenblicken selbst zu ertappen.

Ich huste Schleim, habe Schwindelanfälle – nichts ist mehr richtig schön. Es entgleitet mir. Der Skáldastígur entgleitet mir. Schwester Steinunn entgleitet mir, obwohl sie immer noch kommt und Händchen hält. Wir sind noch zusammen, um Händchen zu halten. Wir essen Haferbrei. Manchmal lege ich den Kopf an ihren Busen. Weiter kann man neuerdings nicht kommen. Sie weiß, daß ich an Lára denke, an Lára, die vom Fretla geholt wurde, aber Schwester Steinunn denkt auch an andere. *Falls* wir überhaupt denken, denn auch die Gedanken entgleiten mir neuerdings. Sie finden keinen Halt mehr in der leeren, abblätternden Kathedrale, die *einmal mein Gehirn* gewesen ist, wie ich mir einbilde. Es ist außerdem nicht mehr so wichtig. Was wirklich oder unwirklich ist oder genau dazwischen: Stundenlang kann ich zum Fenster auf der anderen Straßenseite hinüberblicken und Lára sehen: Sie wirft den Kopf in den Nacken und spielt auf ihrem Cello. Kein Laut dringt zu mir herüber, kein Blick. Sie spielt mich in den Tod hinüber. Eines Tages wird es ihr gelungen sein.

Ich lausche den Berichten aus dem Körper, und sie bieten in dieser Hinsicht Anlaß zur Hoffnung: Zweige werden gebrochen, ein Baum kippt um, ein Betonblock fällt zu Boden. Trippelnde Mäuseschritte in den Labyrinthen meiner Erinnerung, als die Tiere einen weiteren Verbindungsnerv durchnagen. Dort drinnen geht eine segenspendende Sanierungsarbeit vor sich.

Und hier draußen: Zwischen Haferbreipaketen und Händchenhalten betrachte ich den immer langsameren Strahl, der davon kündet, daß die Quellen bald versiegt sein werden.«

Als uns im folgenden Frühling klar war, daß der frühere französische Botschafter auf Island mein Schwiegervater werden würde, beschlossen wir, hinauszufahren und den Alten in seinem Haus in Honfleur an der Atlantikküste zu besuchen. Juliette und ich hatten hin und her überlegt und ausgiebig diskutiert, ob es passend sei, meine Lebensgeschichte zu erzählen. Juliette wollte es nicht. Ihr Vater sei verbittert. Nach Island habe er einige unbedeutende Posten im Fernen Osten erhalten. Jetzt lebe er als Pensionär, züchte Rosen und mache Spaziergänge an der Küste.

»Aber dich habe ich trotzdem ihm zu verdanken. Auf gewisse Weise.«

Juliette tat, was sie immer tat: legte mir die Hand aufs Handgelenk. Und dabei blieb es. Mein Vater wußte ja ebenfalls nichts. Ich fürchtete mich vor einem gewaltigen Erdbeben.

Kirschblüte. Meer. Klippen. Das Essen war delikat, der Umgang still, der Alte erstaunlich offenherzig:

»Als Botschafter war ich wohl nicht geeignet. Ich habe nämlich nie lächeln gelernt«, sagte er ernst und hob sein Glas. Er betrachtete die rote Farbe des Weins, stellte das Glas wieder hin. »Ein ausgebliebenes Lächeln kann ein Land große Summen kosten. Laßt mich Harold Nicolson zitieren: ›Die Kunst der Diplomatie hat ebenso wie die der Aquarellmalerei wegen ihrer faszinierenden Wirkung auf Amateure sehr leiden müssen. Sie scheint auf den ersten Blick keine komplizierte Ausrüstung und auch keine vorhergehende technische Ausbildung zu erfordern. Ein Stück Papier, einige Pinsel und Farbtuben sowie eine Schale mit Wasser – und mit einem Mal steht der Künstler voll ausgerüstet da. In der internationalen

Politik gibt es nur wenige Dinge von großer Bedeutung und viele, die es nicht sind. Nur ein großer Staatsmann vermag aus dem allgemeinen Brei die wichtigen herauszusuchen – und wir Diplomaten tun am besten daran, uns nicht einzumischen. Wir sollen anleiten, wenn man uns fragt.‹«

»Und das Lächeln?«

»Eine erste Voraussetzung für Kontakt besteht darin, daß man darauf verzichtet, die Vertreter der Gegenseite zu demütigen oder zu töten. Gegen diesen Grundsatz habe ich mich wohl ein paar Mal aufgrund meines Temperaments und meiner Sturheit versündigt. Prost. Ich kann mich nur einer Sache rühmen, nämlich der in der Diplomatie ungewöhnlichen Kunst, eine Ziege zu melken.«

»Papa, mach dich nicht schlechter, als du bist.«

»Das habe ich auf Island gelernt. Meine Tochter hat vielleicht erwähnt, daß ich ...«

»Ja, sie hat etwas davon gesagt. Sie spricht ja sogar unsere Sprache.«

»Oh, davon hatte ich keine Ahnung, Juliette.«

»Du hast mich nie gefragt. Es gab nie einen Grund, es zu sagen.«

Der Botschafter trat ans Fenster.

»Juliette hat vielleicht auch erwähnt, daß es hier gewesen ist, wo ...«

»Monet. Ja, Vater. Ich habe erzählt, was es zu erzählen gibt.«

»Ich finde, ihr solltet einen Strandspaziergang machen. Es ist Zeit für meine Mittagsruhe.«

Juliette kannte die Wege hier und führte mich zum Strand hinunter. An diesen Strand, dessen Klippen Monet gemalt und mit Hilfe von Farbtuben, Leinwand und Pinseln sichtbar gemacht hatte. Wir gingen in Gegenlicht, und um uns herum entdeckten wir einen riesigen goldenen Rahmen. Juliette warf einen Ast ins Meer, als hätte sie einen Hund bei sich, mit dem sie spielen wollte. Sie zog die Schuhe aus und schlenderte im seichten Wasser, in dem Kammuscheln und Muschelschalen auf und ab trieben. Dunkles Wasser spritzte ihr auf den Rock. Juliette lächelte, Juliette lachte und machte diese ihre Welt auch zu meiner. Es traf mich als Atemnot.

In einem der nie beantworteten Briefe hatte Vater einen Zeitungsausschnitt aus *Morgunbladid* mitgeschickt. Es war ein Leserbrief, in dem vorgeschlagen wurde, man solle mich an der Ecke Skáldastígur und Friedhofsstraße zu einem Standbild versteinern. Die Sprache des Leserbriefs täuschte mich nicht. Es war Vaters Sprache. Ich konnte ihn unten am Tjörnin sitzen sehen, wie er Berichte über das, was er meine Erfolge nannte, unters Volk streute. Ich konnte ihn im Skáldastígur sehen, wie er gegen das Barometer klopfte und die dahintreibenden Regenschleier betrachtete, bevor er sich setzte, um Episteln über meine Tüchtigkeit zu Papier zu bringen, und es war, als baute er Sarkophage für mich. Man brauchte nicht so *entsetzlich* viel zu können, um in der Wirtschaft zu arbeiten. Die einzige Tat meines Lebens war ein Fehlschuß über eine Mauer, im Alter von zwölf Jahren. Und im Luftwirbel dieses Schusses, von Vater eifrig angefeuert, ja sogar gezwungen, war ich seitdem getrieben, aber *hierher*.

Zu diesen nackten Füßen.

Zu diesem im Gegenlicht erstrahlenden Meer.

Eine eigene Welt –

Ich setzte mich in den Sand und betrachtete ein großartiges Spektakel, das schon lange stattfand, ohne daß ich es bemerkt hatte: Ich war dabei, mich selbst zu erfinden. Nein. Ich sah *jetzt*, daß ich schon lange ... wie grundlegend. Wie einfach. Wie herzlich einfach –

Ich nahm einen Telefonhörer ab.

Es war sehr einfach. Es war – dachte ich, während ich es läuten ließ – unfaßbar, wie kompliziert es noch vor kurzem gewesen war. Ich dachte: Will nur – in aller Einfachheit – hören, wie es geht. Wollte etwas über das Wetter hören, Regen, Gesundheit, die allereinfachsten Dinge. Sie waren ja da, ungebraucht, nicht verwendet, nicht in Anspruch genommen.

Ich wollte aus der Höhle des Löwen anrufen, dem Haus des Botschafters, und Vater erzählen, daß ich ihn am Haken hatte, daß ich in sein Allerheiligstes eingedrungen war. Ich rief beim Nachmittagskaffee auf der Terrasse an, rief vor und nach dem Abendessen an, ich rief am folgenden Morgen an, als das Licht über Felder und Weinberge strich, über weiße Häuser und Kirchtürme, über krähende Hähne und hupende Autos.

Bis schließlich –

»Ja, hallo, hier Schwester Steinunn.«

»Ich bin es, Pétur.«

»Endlich.« Sie sprach sehr leise.

»Du solltest vielleicht nach Hause kommen, Pétur. Dein Vater ... deinem Vater geht es nicht gut. Gehirnblutung.«

VIII

In seiner irdischen Bibliothek besaß Isleifur nur ein einziges Buch: »Die uralte Weisheit« von Annie Besant. In seiner astralen Bibliothek gab es dafür um so mehr Bücher. In ihnen las er am häufigsten, was praktisch war, da er kein elektrisches Licht hatte, sondern mit Torf und Holz Feuer machte. Um es zu sammeln, mußte er den langen Weg zum Strand zurücklegen. Denn bei den astralen Büchern verhält es sich ja so, daß die Seiten selbst leuchten. Zwar nur für die Eingeweihten, und nicht einmal für die zu jeder Stunde des Tages. Nur kurz vor dem Einschlafen geben sie ihre Geheimnisse preis. Sie sind trostreich, sagte er manchmal, und helfen mir über die schwarzen Stunden hinweg. Trostreich, von den anderen Körpern zu lesen, die wir besitzen. Nicht nur diesen dichten, niedrigen Körper mit all seinen Flüssigkeiten und Gasen, der tief in *diese* Welt hineingezogen ist. Isleifur sprach gern vom ätherischen Leib, dem ätherischen Gegenbild, dem grauvioletten oder graublauen Gegenbild, das den dichten Leib durchdringt und aus Materie der vier Dichtegrade physischer Materie besteht. Der ätherische Leib spürt nicht auf die gleiche Weise Hunger, und wenn ich Isleifur glauben darf, hat er zahlreiche Vorteile.

Er kam mit diesem seinem liebsten Besitztum unter dem Arm an. Er stellte es auf den Küchentisch:

»Du kannst das hier ja mal lesen, wenn du Lust hast.«

Damals ließ ich mir das keine Warnung sein.

»Ich meine, wenn du gelegentlich mal Zeit hast.«

Er sah mich von der Seite an, wie er es immer tat, so wie Tiere einen ansehen, drehte das Buch, so daß es sich parallel zur Außenkante der Tischplatte legte, schlug es an einer beliebigen Stelle auf, las eine Zeitlang, zuckte die Achseln:

»Vielleicht ist kein einziges Wort wahr. Aber wenn du gelegentlich mal Lust hast?«

Danach sagte er:

»Ob du vielleicht Lust hast, mit mir zum Pastor hinunterzugehen?«

Da brauchte ich nicht zu fragen. Tat es auch nicht. Ich zog die Jacke an und begleitete ihn hinaus. Auf der Treppe stand eine Milchkanne, die er aufhob. Sie war sehr schwer. Das merkte man daran, wie er sie trug. Es herrschte starker Wind. Schwere, tintenschwarze Wolken trieben vom Meer herein. Isleifur schwankte einen halben Meter vor mir auf dem schmalen Weg, und ich fragte mich, warum er erst zu Pastor Magnus gehen wollte. Es kommt vor, daß mir schwindlig wird, wenn ich an den Tod denke, doch wenn ich gleichzeitig denke, daß es Pastor Magnus ist, der mich in meinen letzten Stunden besuchen soll, gerate ich vollkommen außer mir, yes, my Lord. Es sind diese Süßigkeiten, die mir so zumute werden lassen. Ich habe ihn beten hören. Er schafft es nicht, auch nur ein einziges Vaterunser hinter sich zu bringen, ohne den Mund voller Bonbons und anderer Plombenzieher zu haben. Seine neueste Leidenschaft: Pfefferminzlollis aus Schweden. Ich habe ihn zwischen »geheiligt werde Dein Name« und »Dein Reich komme« schlucken hören und einmal sogar mitbekommen, wie ein solcher Lolli zerbrach.

Er sollte an meinem Totenbett sitzen und mich mit der Erzählung von Tod und Auferstehung seines Landrover unterhalten, während er versuchte, mir »ein letztes Stück Lakritze« aufzudrängen. Der ganze Mann, dieser Vorposten in Richtung Gott, wie ich ihn einmal genannt hatte, gibt mir Ekel ein, denn obwohl ich nicht gläubig bin, will ich keinen Priester, der sich keine vierzig Tage und vierzig Nächte in der Wüste aufgehalten hat. Ich will keinen Pfaffen, der *nicht* mit Gott gerungen und tiefe Wunden erhalten hat. Ich brauche einen Pastor, der dieser Vorposten *ist.*

Doch jetzt stand ich dort und klingelte. Isleifur hatte mich darum gebeten. Er selbst stand unterhalb der Treppe und blickte zum Hafen hinaus, wo man gerade dabei war, den Dorsch anzulanden. Pastor Magnus machte auf, und da ging Isleifur mit ein paar langen Sätzen direkt in die Küche des Pastors, hob den Deckel der Milchkanne hoch und stellte sie auf den Kopf: vier Liter Kleingeld bedeckten den Tisch, sein in Jahrzehnten angesammeltes Vermögen.

»Ich habe mir gedacht, daß du das regelst, so daß der World Wildlife Fund es bekommt. Vielleicht hilft es *ein bißchen* weiter.«

»Du verschenkst das hier an ...«

»Ja, es ist alles, was ich habe sparen können, sonst ...«

Pastor Magnus nahm eine Faust voller Münzen, warf sie in der Hand kurz in die Luft, betrachtete sie dann näher und ließ sein entsetzliches Lachen hören:

»Das hier ... das hier ... das sind ja fast alles ungültige Münzen. Das Zeug ist ja wertlos. Alles wertlos.«

Ich weiß nicht, ob es fehlende Übung war, was mich daran hinderte, ihn zu schlagen. Im nachhinein sehe ich mein Nicht-Handeln als eine dieser Sünden, die nicht vergeben werden können.

Isleifur wurde zunächst gezwungen, katatonisch still zu stehen und in die Teufelsgrotte des Lachens hineinzublicken: Er sah, wie aus deren tiefem Schlund Lava und tödlicher Kies emporgeschleudert wurden, sah die dreiköpfigen Dschinnen der Bosheit um sich herumwirbeln. Er mußte gegen sie kämpfen und ruderte mit seinen langen Armen herum, schlug mit den Fäusten auf den Tisch, fegte schließlich seinen ganzen großen, wertlosen Schatz auf den Fußboden und wurde dann ganz still:

»Du kannst jetzt die Polizei anrufen, Magnus. Ich habe den Deutschen erschossen.«

Vater wurde mein Sohn.

Vater, der durch sein Leben die perfekte Karte sämtlicher Irrwege erstellt hat, die ein Mann während der Suche nach dem Halt der Liebe beschreiten kann, hatte sich verdüstert. An dem Tag, an dem ich die Tür am Skáldastígur öffnete, saß er in langen Unterhosen und einem weißen Unterhemd da. Sein Blick war an die Decke gerichtet, und da ging mir auf, daß die Monate meiner Abwesenheit wie Jahre gewesen waren.

»Wer ist da?«

»Erkennst du mich nicht, Vater?«

»Oh«, sagte er und brach in Tränen aus. »Bist *du* es?«

»*Siehst* du denn nichts?«

»Es ist heute sehr dunkel. In dieser Bude gehen sie nicht gerade verschwenderisch mit Licht um.«

»Du bist doch zu Hause. Zu Haus am Skáldastígur.«

»Ja, wahrscheinlich habe ich mir das alles nur ausgedacht. Ach so, du bist zu Hause. Bin ich dir wieder eingefallen? Daß ich hier sitze . . .«

»Jaa.«

»Und jetzt willst du gleich wieder los?«

»Denk nicht daran. Was machen eigentlich deine Augen? Du hast nichts darüber geschrieben.«

»Es soll mit dem Sehen besser werden, sagen sie. Mit den Augen selbst ist alles in Ordnung. Es ist die *Deutung* dessen, was ich sehe, die nicht stimmt. Obwohl das wohl schon immer so gewesen ist.«

»Was ist in dieser Welt richtig und was falsch, Vater?«

»Das hättest du vor zehn Jahren fragen sollen. Oder zwanzig.«

Ich wußte ja, was die Ärzte gesagt hatten: daß das Sehvermögen ein Trümmerhaufen und die Gehirnblutung stark gewesen sei, daß die Motorik sich nicht bessern werde.

»Wie also verbringst du deine Tage?«

»Es ist nicht leicht. Wo bist du in der letzten Zeit gewesen?«

»In Paris, Vater. In der Rue Charlot.«

»Ach ja, ich habe die Adresse hier irgendwo auf dem Tisch. Kannst du sie mir geben?«

»Sie liegt nicht hier. Und ich kann sie auswendig. Rue Charlot 76.«

»Sie haben sie wahrscheinlich beim Saubermachen verschlampt. Die Putzfrauen verschlampen alles.«

»Hast du gute Hilfe?«

»O ja. Aber sie verstehen nichts von Musik. Folglich werde ich mir bald eine neue suchen. Eine, die Brahms mag. Ich werde in der Pflegezentrale Bescheid sagen, daß ich eine will, die Brahms mag. Glaubst du, die haben eine Heimpflegerin, die Brahms mag? Es ist doch immerhin *unser* Zuhause. Nicht wahr, Pétur? Das ist es doch? Halt mir die Hand, Pétur. Halt mich an der kleinen Hand.«

Er schrie. Er erfüllte den Raum mit seinen Schreien.

»Das Händchen, ja, so ist es gut. Ich bin doch immer lieb zu dir gewesen, Pétur? Manchmal denke ich, ich bin es nicht gewesen. Schwester Steinunn sagt, ich sei es gewesen.«

»Aber ja, Vater. Möchtest du jetzt Brahms hören?«

»Nein. Ich habe jetzt nicht die Kraft. Sie kommen wahrscheinlich bald mit dem Essen.«

»Ist das Essen gut?«

»Ich weiß nicht. Ich schmecke nichts. Fruchtsaftcreme ist gut, das mag ich am liebsten, denke ich. Fährst du bald wieder weg? Und läßt mich mit denen allein?«

»Ich bin doch gerade erst gekommen.«

Es war ein erschreckendes Wort: »Denen«.

Er sagte es so oft, daß sich zwischen ihm und der Welt ein Spalt auftat. Als säße er auf einer Insel, die sich Stück für Stück vom Festland entfernte. Unrasiert, hohläugig. In seinen fleckigen langen Unterhosen saß er mir gegenüber und weigerte sich, meine Hand loszulassen.

Es kamen aber Tage, an denen er klar im Kopf war.

Doch ich befand mich selbst in einem Zustand »hoher Geschwindigkeit«, was wohl bedeutet, in einem fast manischen Zustand. In einer kreativen Hitze. In einem großen Gedränge. Als wäre ich gezwungen, mit der Hand nach allen schwärmerischen Gedanken zu schlagen, um etwas so Einfaches wie meinen Vater entdecken zu können und in ihm *die Zeit*.

Die kreative Hitze des Wachsens, wenn man dabei ist, sich selbst zu erfinden.

Vielleicht hatte ich die Entdeckung aber auch schon gemacht. Vielleicht kühlte ich an den Rändern schon ab. Ich konnte ruhig zulassen, daß er meine Hand hielt. Es tat nicht weh.

»Gib mir ein Glas Wasser.«

Er gluckste zufrieden:

»Die Heimkehr des verlorenen Sohnes.«

»Ich bin nie verloren gewesen.«

»Ich weiß, ich weiß, aber ich habe es nicht gewußt. Wie ist es dir eigentlich ergangen?«

Ich suchte unter meinen Standardantworten und entschied mich für diese:

»Es macht nicht immer Spaß, in Paris unter dem Dachfirst zu sitzen, Chablis zu trinken und Spargel und Erdbeeren zu essen, wenn man allein ist.«

»Hast du diesen ... Franzosen erwischt?«

»Ich habe dafür mächtig strampeln müssen.«

»Frankreich muß seine Verbrechen zu spüren bekommen.«

»Ja, Vater.«

»Niedersäbeln sollst du diesen Scheißkerl«, sagte Vater. Es war das erste Mal, daß ich ihn fluchen hörte. Ein anderer hatte die Macht übernommen und machte jetzt seine erste Aussage aus seinem Körper, und ich wußte nicht, ob mir der Neue gefiel. Vater wieherte hohl.

»Bekommst du manchmal Besuch?«

»O ja, aber es ist nicht einfach. Sie ist aber hier gewesen. Wie heißt sie noch schnell?«

»Schwester Steinunn.«

»Nun, sie kommt ja auch, aber ich meine diese andere, die vom Justizministerium.«

»Svava Erlingsdóttir.«

»Das dürfte stimmen. Ich war, glaube ich, einmal mit ihr zusammen ... eine Nacht ... ich muß sie gelegentlich fragen.«

»Du erinnerst dich nicht mal.«

»Es waren immer so viele Menschen auf diesen Parteitagen ... und wenn die Partei gewonnen hatte ... wie soll ich sagen ... nahm die Freude ... die Freude kein Ende ... und die Freude verschafft sich ja immer einen ganz eigenen Ausdruck, Pétur. Wie hieß sie noch, was sagtest du?«

»Svava Erlingsdóttir. Es fällt mir wirklich sehr schwer, mir vorzustellen, wie du mit ihr im Bett liegst.«

»Na ja, was heißt Bett. Ich sollte dir was zu essen vorsetzen, aber ich weiß nicht, was wir im Hause haben. Sie kommen ja immer mit Essen her.«

»Ich kann losgehen und einkaufen.«

»Erinnerst du dich an meinen Salat, den provençalischen?«

»Nun ja, doch.«

»Nein, das tust du nicht. Er war es vielleicht auch gar nicht wert.«

»Du kannst ihn gern machen. Wenn du es schaffst.«

»Nein, das tue ich nicht. So endet es nämlich. Beim Dressing, und selbst das schaffe ich kaum. Erinnerst du dich an unsere Mahlzeiten? Bevor du von mir Abstand nahmst.«

»Nicht an alle. Pfannkuchen mit Rauschbeerenkonfitüre, daran erinnere ich mich gut. Tiefgekühlte.«

»Mach dich nicht lustig über mich! Das ist höchstens zwei oder drei Mal passiert. Als ich mich ausgelaugt fühlte. Sonst ist mir nie ein Halbfabrikat über die Schwelle gekommen. Erinnerst du dich etwa an weiße Bohnen in der Dose? Erinnerst du dich an fertiggegrillte Hähnchen? Als du klein warst, habe ich mir nämlich gesagt: Wenn du auch nur eine einzige Dose mit Fischfrikadellen aufmachst, bist du nicht wert, Vater dieses Jungen zu sein. Meine ganze Erziehung lief darauf hinaus, dir Qualität zu geben. Frische Waren zu lieben. Die Kartoffeln sozusagen an der Quelle zu holen.«

»Na ja, unseren Käse hast du nicht hergestellt, Vater, und auch die Butter nicht im Schweiß deines Angesichts gewonnen.«

»Zeit, Pétur. Die Zeit fehlte mir.«

»Du brauchst dich nicht zu verteidigen. Wir streiten nicht.«

»Du hörst dich aber wütend an. Wenn ich es mir recht überlege, ist sie wohl doch nicht hier gewesen.«

»Wer?«

»Die, deren Namen du genannt hast. Ich habe es wahrscheinlich nur erfunden. Solche Dinge denken sich wohl so stark hervor, daß man ... daran glauben muß. Weil es nichts ... nichts anderes gibt.«

Da saßen wir nun, Vater und Sohn. Ich Helfer, er hilflos, doch ich dachte, daß er *groß bleiben mußte*, obwohl mir klar war, daß es zu den Unvermeidlichkeiten des Lebens gehört, daß einer schrumpft, wenn der andere wächst. Daß alles, was zum Dialog des Wachsens gehört, nur einen bestimmten Punkt erreichen kann, und daß das Kind sich dann vom Hocker zu Füßen des Vaters erheben und sagen kann: Danke, Alter, jetzt hast du mir beigebracht, was *du* kannst, von jetzt an komme ich allein zurecht.

Doch nun saßen wir dort und unterhielten uns bei dem, was ich einmal als die blaue Stunde des Plauderns bezeichnet habe, und jetzt war zum ersten Mal ich derjenige, der durch die Stille des Nachmittags das Wort lebendig erhielt. Es war ein Gefühl, das sich nur langsam einstellte, jedoch durch alle Ecken des Zimmers eindrang. Die Erzähler der Vergangenheit krochen hervor und ließen sich in sämtlichen Stellungen nieder, in denen ich mich selbst an den Abenden und in den

Nächten meiner Kindheit und Jugend eingerichtet hatte. Vater saß in seinem Sessel und ich in einem anderen ihm gegenüber. Mir fielen seine Hände auf. Sie hatten einander gleichsam gefunden und für alle Zukunft einen gemeinsamen Platz auf seinem Bauch gefunden. Ich sah, daß die Haut für die eigentliche Hand eine Spur zu groß war, so daß sich Falten und Runzeln bildeten. Ich sah einige dunkelbraune Leberflecken auf den Handrücken. Vielleicht hatte es sie dort schon lange gegeben, doch jetzt war es vielleicht Zeit, sie zu sehen und auch zu erkennen, wie sich der Haaransatz ein wenig nach hinten verflüchtigt hatte, und ferner zu sehen, daß es da oben ziemlich dünn war, wenn er sich vorbeugte, um eine Fliege vom Schienbein zu verscheuchen. Ferner Zeit zu sehen, daß seine Zähne länger geworden waren, und zum ersten Mal in meinem Leben dachte ich: Er braucht Schutz und Fürsorge – jetzt wendet sich das Blatt, so wie Papierblätter sich im Wind wenden, und ich bin derjenige, der ihm Schutz geben kann. Von allen Menschen nur ich. Die Kontinuität ist wichtig, der Fluß von Generation zu Generation. Erst der erschafft das Muster des Lebens.

»Hat dir die Niederlage hart zugesetzt, Vater?«

Er senkte den Blick auf die Hände.

»Welche denn?«

»Aber Vater ... die Kandidatur, die Präsidentschaft. Du weißt sehr wohl, was ich meine.«

»Hat es *dir* hart zugesetzt, Pétur? Ich meine, *du* warst ja schließlich der Sohn eines Versagers. Und deinetwegen habe ich ja überhaupt kandidiert, weil ich ... na ja, ich war ja so eine gescheiterte Existenz und dachte mir – selbst wenn ich das Elend jetzt nur schlimmer machte –, daß du etwas brauchtest, worauf du stolz sein konntest, etwa wenn du der Sohn eines Präsidenten wärst. Die Presse schrieb ja nicht viel über unseren Fall, und ich glaubte, die Anonymität würde dich mutlos machen. Bei manchen Menschen ist es ja so, daß sie beleuchtet sein müssen, um zu spüren, daß sie leben.«

»Es gibt Lampen von verschiedenster Beschaffenheit. Aber warst du nicht derjenige – wenn du ehrlich sein willst –, der nach dem Ruhm trachtete?«

»Man landet im Kochtopf der Medien oder nicht. Er erschafft, wie soll ich sagen – eine bestimmte Biosphäre, ohne die man nicht überlebt, wenn man sich einmal daran gewöhnt hat.«

»Hattest du je die Hoffnung zu gewinnen?«

»Es gab ja Leute, die an mich glaubten.«

»Schwester Steinunn? Der Pilzmann und diese anderen Verrückten?«

»Verachte mir die Verrückten nicht. Und auch nicht Steinunn.«

»Ihr habt also immer noch eine Beziehung?«

»Das kann man sicher sagen. In meinem Alter ist diese Art von Liebe aber nicht ganz einfach. Es brennt nicht mehr so heiß. Ich muß mich wohl eine Weile hinlegen.«

Ich half ihm ins Bett, zog die Kissen hoch und deckte ihn zu.

Was hatte man in dieser Küche nicht alles hören können! Ich stand in der Türöffnung und schloß die Augen, um mich erneut von der Wärme fallender Quinten von Streichern, des Todestickens von Tonwiederholungen und leichter Rondi erfüllen zu lassen. Doch hier war zu Ende gespielt. Ich schloß behutsam das Fenster zum Skáldastígur, damit es den Passanten erspart blieb, die Stille zu hören. Ich finde es nämlich nicht recht, Menschen diese Art Stille aufzudrängen. Auf dem großen Eßtisch standen die Blumentöpfe auf einem Backblech versammelt, damit irgendeine Hilfskraft ihnen leichter Wasser geben konnte. Auf einem Tablett daneben lag Post – keifende Mitteilungen, die Vater in die Fersen beißen wollten, Rechnungen, neue Evakuierungskarten, Langzeitabonnements für *Morgunbladid*. So viele Adiaphora! Ich strich mit der Hand über die gelblasierte Wandtäfelung. Ich konnte keine Risse und Sprünge entdecken. Der Fretla hatte also noch nicht gezürnt.

Juliette war auf dem Weg von Paris und befand sich jetzt zehntausend Meter über dem schwarzen Atlantik. Ich wollte, daß sie Vater traf, der unwissentlich an Fäden gezogen hatte, die zu unserer Vereinigung geführt hatten.

Unter den Briefen befand sich einer, der in Buenos Aires abgestempelt worden war. Er war lange unterwegs gewesen oder hatte lange auf dem Tisch gelegen. Absender war M. Katzenstein.

Lieber Halldór,

die Jahre vergehen. Wie lange ist es her, seit ich über Kornelius Jonssons eingelegten Hering gebeugt stand, und doch kommt es mir vor, als wäre es gestern gewesen. Noch vor kurzem und doch vor so langer Zeit habe ich in Islands schönster Küche am Herd gesessen und euch mit meiner brüchigen Stimme und meiner Liebe zu Franz gelangweilt. Heutzutage sind meine Finger für die Geige viel zu steif, doch das Zuhören versuche ich selbst an den eigentümlichsten Orten lebendig zu erhalten, selbst hier auf der südlichen Halbkugel, wohin man mein Leben unbedingt verfrachten wollte. Deshalb laufe ich immer wie ein Spion oder Privatschnüffler in einem amerikanischen Film herum und frage Leute aus. Ob sie wissen, wo Kammermusik gespielt wird, vorzugsweise Streichquartette? Eine nicht ganz leichte Aufgabe, denn hier gilt das Großartige: Oper, Operette, Musical. Klaviervirtuosen sind vorhanden, ebenso Heldentenöre und Primadonnen verschiedener Schattierungen. Warum scheue ich neuerdings das Großartige?

Die Solisten? Wir sind ja selbst in unserem eigenen Leben kaum Solisten, sondern Schauplatz eines vielstimmigen Gesprächs, bei dem alle – vielleicht bedauerlicherweise – ebenbürtig sind. War es Kant, der Kammermusik als »Zweckmäßigkeit ohne Zweck« definierte? Wie auch immer: Neulich wurde ich durch dunkle Straßen in einen obskuren Kellerraum geführt, und dort saßen – – – *wir* (ich muß hier diese Gedankenstriche einfügen, um meine Verblüffung zu illustrieren. Nein, nein, es war keine Verblüffung. Die Sprache geht mit einem durch. Gleich um die Ecke zu dem, was wir ausdrücken *wollen* und *müssen*, steht die Phrase verborgen, jedoch jederzeit bereit, vorzutreten und die *nackten* Wörter niederzuschießen). Also keine Verblüffung, sondern ... Bestätigung? Kommt das einer eventuellen Wahrheit näher? Gibt es überhaupt Worte für das, was wir empfinden und denken? Ist die Sprache vielleicht eine gigantische Falle, in die wir immer wieder hineintappen, aus der wir uns nur mit der Opferung eines Glieds, eines Lamms, losreißen können?

... Ich muß mich zusammennehmen, denn jetzt sitze ich seit einer halben Stunde da und starre meine zwei oder drei letzten Sätze an. Sie sind wie Schlamm gewesen, der dabei ist, mich zu verschlingen und mit einer rückwirkenden Angst wegen alles dessen, was ich gepredigt, interpretiert und gelehrt habe, zum Gefangenen der Vergangenheit zu machen. Doch gleichviel – wenn die vier im Keller nicht *ganz* und *gar* wir waren, so hat doch nicht viel gefehlt. Ein älterer Herr mit äußerst wenig Haar auf dem Scheitel – der alte Sveinn Helgason lebt wohl nicht mehr? –, eine junge, bärtige Bratsche und dann du und ich, Halldór: ein Jude und ein ... vielleicht Arzt, doch vor allem: Der Tod und das Mädchen. Die gleiche zittrige Darbietung, die wir früher einmal zustande brachten. Doch was spielte das für eine Rolle.

Er stellt unsere Geduld manchmal auf die Probe, der Franz – er läßt zu, daß der Tod sich Zeit läßt.

> Bin Freund und komme nicht zu strafen
> Sei guten Muts! Ich bin nicht wild,
> Sollst *sanft* in meinen Armen schlafen!

Werden wir uns je wiedersehen? Es ist wenig wahrscheinlich. Was ich mich aber frage, ist folgendes: Würde es uns erfreuen? Würde es unser beider Leben etwas hinzufügen? Die Zeit der stürmischen Begegnungen ist vorbei: Wir haben keine Zukunft mehr, für die wir planen können. Keine Konzerte. Keine Reisen. Keine Weine, die besser sind als die, die wir einmal getrunken haben.

Mordecai Katzenstein

Stille.

Wir stehen an unserem Fenster im Skáldastígur. Vater sagt: »Jetzt spielt Lára!«

Da trauern wir.

Dann sind Sterne am Himmel.

Diesen Kopf zu betrachten. Es zu müssen. Es zu *dürfen.*

Einst enthielt er Segel, Geigenbogen, den Fretla und dessen violette Kissen aus Feldthymian, Meerrettich und zerlassene Butter, die Augenfarbe von Geliebten und die Laternen des Wollgrases in der Nacht. Viele Zimmer gab es dort, helle und dunkle, Magazine und Kathedralen.

Ein schwarzer Tag. Das Universum brandete gegen unsere Küsten an, seine Wellen umwarben den Kopf auf dem Kissen, die Krallen der Wogen schnappten nach seiner Haut, ich hielt Juliette die Hand, legte ihr einen Finger auf die Lippen, zeigte:

»Nicht viel zu sehen. Aber er *hat* viel gesehen.«

Dieser Kopf; jetzt nur noch ein Dickicht aus Organen, verwüsteten, heruntergerissenen Leitungen, zertrümmerten Fenstern, herausgebrochenen Pflastersteinen, Stacheldrahtrollen, verglimmenden Feuern. Ruinen einer Hauptstadt, in der ich von den Lakaien des Auges, des Ohrs, des Geschmacks, des Geruchs und des Gefühls in einer Sänfte herumgetragen worden bin.

»Wer ist da?«

»Ich bin es, Pétur.«

»Wo bin ich?«

»Im Skáldastígur 12.«

»Bin ich sehr krank?«

»Ja, Vater.«

»Hast du ihn erwischt?«

»Wen? Oh, den Botschafter, aber ja.«

»Und du hast ihm gegeben, was er verdiente?«

»Darauf kannst du dich verlassen.«

»Und die Kostbarkeit, hast du die auch bekommen? Den Ball?«

»Den gerade nicht.«

»Aber einen anderen?«

»Etwas viel Schöneres.«

Ich hob Juliettes Hand und legte sie auf seine, die auf der Bettdecke ruhte:

»Diese Kostbarkeit.«

Skáldastígurs Küche duckte sich unter dem zunehmenden Wind, doch der sanfte gelbe Lichtschein der Lampen beleuchtete Vaters Stirn, den Herd, das Sofa in der Mitte. Diese Küche! Was hätten wir nicht alles tun können? Was hatten wir nicht alles nicht getan! Vater versuchte, Juliettes Hand zu ergreifen, doch die Motorik funktionierte nicht. Er bewegte die Hand auf der Bettdecke hin und her. *Die* Kostbarkeit, die dort lag, war nicht aus der erwarteten Materie. Er befand sich weit draußen auf dem Ozean der Verwirrung, ohne sein Bewußtsein in irgendeine Richtung lenken zu können. Dann hielten die Finger inne, stürzten sich direkt auf die unausweichliche Wahrheit: Haut.

Stille. Dann verbreitete sich von innen her, aus der Stadt der Dunkelheit, ein großes Licht:

»Das Fischmädchen? Oh, das Fischmädchen. Du hast sie Ihm weggenommen? Du hast *sie* genommen. Das hast du gut gemacht. Hoho.« Er lächelte. Das Lächeln wurde zu einem Glucksen, das Glucksen zu einem Lachen, das Lachen zu einem Zischen, das Zischen zu einem erstickten Husten. Wir hoben ihn von den Kissen hoch. Ich holte ein Glas Wasser, doch er schlug es mir aus der Hand:

»Rhabarbersaft!«

Etwas, was wir nie im Haus gehabt hatten, soweit ich mich zurückerinnern konnte. Ein Geschmack aus einigen der mir unbekannten Welten. Vielleicht wollte er mir von einem gelben Erlebnis erzählen, wenn das Zischen vorüber war.

»Ist es anstrengend, Vater?«

»Es ist anstrengend. Ich will Rhabarbersaft.«

»Wo finde ich ihn?«

»Du findest ihn ...« Er atmete tief. » ... nein, das habe ich mir wohl nur eingebildet, es war wohl ... leg mich ein Weilchen hin. Es tut in der Brust so weh.«

»Wein ist da. Soll ich ein Glas holen?«

Er sah mich mit weit aufgerissenen, blicklosen Augen an. Er schloß sie. Ich glaubte, er wollte schlafen, doch dann kam es mir vor, als wollte unter der gespannten Haut erneut ein Lächeln hervorbrechen. Es zuckte ein wenig in den Mundwinkeln, und dann preßten sich die zwei Worte, die seine allerletzten werden sollten, in die atemlos lauschende Küche:

»Frag weiter!«

Es war der Tag, an dem die Blätter der Johannisbeersträucher sich vor unseren Augen entfalteten. Als wir sie ritzten, kam ein Duft hervor wie von Juliettes schwangerem Bauch: Der Duft von Erde und Wasser, von Morgen und Frühsommerversprechen.

Wir schrumpfen im Tod. Wir verschwinden durch einen geheimen Ausgang aus unseren Körpern. Der Schimmer, mag er auch schwach sein, der aus der Seele emporgestiegen ist, bevor sie entfloh, ist erloschen. Das, was von Vater noch übrig war, hüllten wir in die Johannisbeerblätter, Umdrehung auf Umdrehung. Wir legten ihn in einen Weidenkorb. Er wog nicht viel. Wir hielten den Korb zwischen uns und betraten den Skáldastígur; in einem Fenster nach dem anderen zeigten sich unsere Nachbarn. In Nummer 26 spielte Alda, die jetzt das Musikkonservatorium besuchte, den langsamen Satz aus Mozarts 26. Klavierkonzert. Wir gingen den Skáldastígur und auf anderen, kälteren Straßen zum Strand hinunter. Der Nebel wartete auf uns. Er gab uns Zeit. Und als wir fertig waren, trieb er auf den Strand zu, umarmte den Korb und entführte ihn außer Sichtweite.

Heute sind Fretlas Schultern entblößt, und der Schnee glitzert weiß – jenseits von Jahreszeiten und Glockenschlägen. Stille herrscht jetzt. Das Echo der gestrigen Sprengung ist nach und nach durch den Ausguß der Geschichte gerollt. Wie unterschiedlich wir doch unser Leben abschließen, unsere Erzählungen.

Isleifur tat es auf seine Weise:

Ich hatte meine Arbeit abgeschlossen, die Papiere eingesammelt, meinen Schreibtisch aufgeräumt und wachte mitten in einer Art *Gegenwart* auf. Ich entschloß mich, Isleifur unten in der Arrestzelle zu besuchen.

»Bitte versuch doch, Pétur, diesen Pastor aus dem Haus zu bekommen. Er versucht, mich mit so einer Vergebungscreme zu bestreichen. Ich bitte nicht um Vergebung. Die Vögel, sie waren ja ... sie waren ja das einzige, was ich besaß ... an Gesellschaft ... sie waren ... sie waren ... Geschwister ... Sie riefen mich ja dauernd ... jetzt *ist* da draußen gleichsam nichts mehr, nichts.«

Er griff sich ans Herz, um das Gefühl zu betonen.

»Und jetzt wollen sie mich auch noch am Schauplatz meines Verbrechens herumführen. Wozu soll das gut sein, Pétur, ich habe doch schon alles erzählt.«

Ich verließ ihn, rief Juliette an und kehrte noch einmal zurück, um das Haus für den Rest des Jahres abzuschließen. Da rollte es heran, das Echo. Es kam mir direkt entgegen, passierte durch meinen Körper und verschwand dort unten tief im Tal. Gleich darauf stand Kommissar Arnesen auf der Treppe.

»Isleifur?«

»Entsetzlich. Hast du ein Glas Wasser?«

Und hinterher:

»Vielleicht doch nicht. Darf ich mich setzen – sie kommen sicher bald mit dem Hubschrauber – holen die Teile. Oder, ich weiß nicht ... Wir sind ja an seinem Haus vorbeigekommen – ich sollte ihn dort befehlsgemäß herumführen, zu dem Kolkrabennest, dem Tatort ... befehlsgemäß. Er bat darum, dort herumgehen zu dürfen. Allein. Er muß sich auf einen Patronengurt gesetzt haben. Das Haus flog mit ihm in die Luft. Da oben sind nur noch Bretter, Bretter und Fleisch. Jetzt ist es vollkommen ... menschenleer. Und jetzt willst du uns auch im Stich lassen?«

Ja, Arnesen, ich werde euch bald im Stich lassen.

Ja, Leser, euch werde ich auch im Stich lassen, denn es gibt ein Schweigen, das um Einlaß gebeten hat, und das mit solchem Nachdruck, daß man nicht nein sagt.

Doch zuvor will ich auf diesem leeren Schreibtisch eine Kerze hinstellen, eine weiße, schmale Kerze, deren Flamme mir den Weg aus der Erzählung erleuchten soll.

Habe ich als Kind wirklich all diesen Geschichten gelauscht? Habe ich je eine Frau im Heidekraut geliebt? Meine Stimme gegen alle Gesichter der Ungerechtigkeit erhoben? Manchmal glaube ich, daß Lára, die ich immer noch aus reiner Luft materialisieren kann, meine einzige Gesprächspartnerin war. Lára, die immer Abwesende, so sehr abwesend, wie nur ein Engel es sein kann. Es ist vielleicht gleichgültig. Am Ende ist alles, wovon wir leben, abwesend. Am Ende haben wir unser Leben doch gedichtet, ein Lied geschrieben, das sich eine kurze Minute auf der Erdoberfläche hält, nachdem der letzte Ton verklungen ist. Deshalb dieses Licht, das uns sagt: Die Erzählung ist hier gewesen, und die Flamme ist schwach. Sie flackert schwach.

DANKSAGUNG

An Ýmir, der den Ball trat,
an Bengt Berg, der die Geschichte zu erzählen verstand,
an Thorarinn, Unnur und Steinunn,
die mich nahekommen ließen,
mein Dank auch an das Island, in dem keine See-
rosen wild wachsen,
in dem keine Frau
je auf den Namen Pàtina getauft worden ist,
in dem man in keiner Kirche mit dem Klingelbeutel
herumgeht.

Sommer 92 bis Februar 96